侯文华 主编
陈 朗 孟庆跃 编

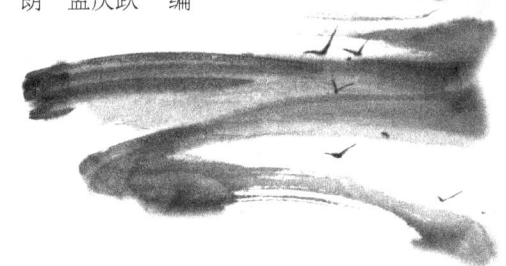

六朝文选注

北京语言大学出版社

BLCUP

本书出版受"北京市支持中央在京高校共建项目"资助

©2019 北京语言大学出版社，社图号 19045

图书在版编目（CIP）数据

六朝文选注 / 侯文华主编；陈朗，孟庆跃编. ——
北京：北京语言大学出版社，2019.7
　ISBN 978-7-5619-5463-8

　Ⅰ.①六… Ⅱ.①侯… ②陈… ③孟… Ⅲ.①中国文学－古典文学－作品综合集－魏晋南北朝时代 Ⅳ.
①I213.51

中国版本图书馆 CIP 数据核字 (2019) 第 099620 号

六朝文选注
LIUCHAO WEN XUANZHU

排版制作：北京创艺涵文化发展有限公司
责任印制：周　燚

出版发行：北京语言大学出版社
社　　址：北京市海淀区学院路15号，100083
网　　址：www.blcup.com
电子信箱：service@blcup.com
电　　话：编辑部　　8610-82303647/3592/3395
　　　　　国内发行　8610-82303650/3591/3648
　　　　　海外发行　8610-82303365/3080/3668
　　　　　北语书店　8610-82303653
　　　　　网购咨询　8610-82303908
印　　刷：北京虎彩文化传播有限公司

版　次：2019年7月第1版　　印　次：2019年7月第1次印刷
开　本：787毫米×1092毫米 1/16　印　张：18
字　数：282千字
定　价：56.00元

PRINTED IN CHINA

前 言

所谓"六朝",一般指的是中国历史上三国至隋朝统一之前南方的六个朝代,即三国吴(或称东吴、孙吴)、东晋、南朝宋(或称刘宋)、南朝齐(或称萧齐)、南朝梁、南朝陈。此六个朝代的京师均为现在的南京(孙吴时期名为建业,西晋后改名为建康),故总称为"六朝"。六朝散文指的就是这一时期的文人创作的散文作品。然而,文学的发展阶段有时与朝代的更替并不完全同步,三国散文上承汉末散文,两者无论是作家方面还是作品风格方面都存在很大程度上的承继性。因此,讨论六朝散文时也常常将汉末散文(如曹操、孔融等人的作品)囊括在内。

2008年至2012年底,编者参与了由郭预衡、郭英德教授主编的《中国散文通史》的撰写工作,在撰写和统稿的过程当中,对中国散文在各个朝代的发展状况和特点有了一定的把握。综观整个散文通史,从整体上而言,能够将思想上的深刻和形式上的美感完美地结合起来,又能充分展现个人品性、彰显文学才情的,恐怕就是六朝散文。六朝散文融诗情和灵智于一体,是中国古代文人士大夫追求个性解放、精神自由和人格独立的直接体现,是知识分子气概的一次集中释放。这其中蕴含着值得后人细细涵泳的精神养分。学习六朝散文,不仅可以使学生更深入地了解魏晋南北朝时期散文发展的状况,领略其所具有的美感特质和思想深度,也可以直接提升学生对古文的阅读兴趣。

从课程设置的角度来看,目前国内多数高校汉语言文学专业"中国古代文学作品选(二)"课程(即汉魏两晋南北朝作品选,包括诗歌、散文、小说等)仅开设一学期,学时较少,而在课堂上能够有机会讲解到的魏晋南北朝散文作品更是非常有限，难以窥其全貌。因此，开设一门专门针对魏晋南北朝散文的选修课，以弥补专业必修课课时的不足，是有一定的必要性的。本书即是为"魏晋南北朝散文研究"这一选修课所编撰的配套教材。

截至目前，国内出版的关于魏晋南北朝散文作品讲读的著作主要是两种：一是李凯先生主编的《魏晋南北朝散文选讲》（湖北人民出版社，1981年版）；二是曹明纲先生主编的《魏晋南北朝散文》（上海书店出版社，2000年版）。李本《魏晋南北朝散文选讲》是为中学生课外阅读用，选文精当，但仅选入11篇，多数篇目与现行的中学语文教材重叠。曹本《魏晋南北朝散文》选篇极为丰富，注解较为详细，篇后的鉴赏和补充说明也很是全面到位，但是在选文时，编者是按照文章的情感内容来选篇的，这虽然可以让读者清晰地看到相同的情感在不同作者笔下的不同表达，不失为一种别具一格的选篇方式，但是这种方式却不容易从纵向上展现六朝散文发展演变的轨迹。因此，编撰一本选篇丰富、注解精当、点评赏析详尽充分、依照时间顺序体现魏晋南北朝散文演变轨迹的六朝散文选本，就显得尤为必要。

本书选篇，主要考虑到以下四个方面的因素：

首先，就体裁范围而言，我们坚持"大散文"即"广义的散文"的概念。在中国古代文学史上，"散文"概念有广义和狭义之分。狭义的散文是指六朝以来区别于韵文和骈文，不讲究押韵、不重俳偶、散句单行的文章；广义的散文指的是诗歌以外的、以叙事说理记人或抒情写景为目的的文章，包括狭义的散文、骈文和赋。就六朝文学而言，如果仅仅选择狭义的散文，则不足以展现六朝章的全貌，也难以窥其精华。本书所选，既有狭义的散文，如孔融《论盛孝章书》、曹操《让县自明本志令》、嵇康《与山巨源绝交书》等；也有骈文，如鲍照《登大雷岸与妹书》、孔稚珪《北山移文》等；还包括赋，如陶渊明《闲情赋》、萧绎《采莲赋》等。骈文是从对仗这种修辞手法逐渐发展而成的，它与诗歌、辞赋、小说、戏曲等不同，并不是一种文学体裁，而是与散体的散文相区别的一种表达方式，因此从本质上讲，骈文本是由对仗这一写作手法衍生出来的散文变体，属于散文的一个门类。而赋是介于散文和诗歌之间的一种文体，一般篇幅比诗歌要长，与散文更加接近。因此，我们将骈文和赋都归入"大散文"的概念是有理由的。

其次，思想内容方面，我们尽量选取对当代青年学生具有直接启示意义的作品。与其他朝代的散文相比，六朝散文的可贵之处在于两个方面：一是个性。阮籍《大人先生传》、嵇康《与山巨源绝交书》、刘伶《酒德颂》、陶渊明《五柳先生传》《归去来兮辞》等，字里行间所流露出来的对精神自由、人格独立的向往，以及他们为此所付出的艰辛努力甚至生命代价，放在任何时代都是光辉闪耀的，而这些正是我们这个时代的传统应试教育所亟须弥补的。二是深情。六朝人的深情，既包含人与人之间的深情厚谊，也包括人对自然的一往情深。在《与吴质书》中，曹丕对吴质说："岁月易得，别来行复四年。三年不见，《东山》犹叹其远，况乃过之，思何可支！虽书疏往返，未足解其劳结。"在《与杨德祖书》中，曹植对朋友杨德祖（杨修）说："数日不见，思子为劳，想同之也。"不是深情之人，不能出此语。丘迟《与陈伯之书》："暮春三月，江南草长，杂花生树，群莺乱飞。"吴均《与朱元思书》："夹岸高山，皆生寒树，负势竞上，互相轩邈，争高直指，千百成峰。泉水激石，泠泠作响；好鸟相鸣，嘤嘤成韵。"不是真正热爱自然之人，不能有此笔。六朝人用散文教会了我们如何以富有温度的文字来维护人与人之间的真情，也教会了我们如何与人类生于斯长于斯的大自然和谐共处。

第三，语言方面，我们尽量选取那些用词平易、语言优美、易于诵读的文章。这样不仅可以提升学生的阅读兴趣，也可以在潜移默化中增强他们对文言文的语感。

第四，风格方面，我们尽量将各种风格特征都考虑在内。无论是慷慨陈词、嬉笑怒骂、冷嘲热讽，还是潇洒出尘、眷恋伤别、忘情山水，各种风格的篇目我们都尽量选入。另外，我们还会挖掘一些作家在主流风格之外的优秀作品，以帮助读者了解作者风格的多样性，了解人作为生命个体心性的复杂和幽昧。如我们选入了陶渊明的《闲情赋》，它是陶渊明所有作品中极具个性的一篇。与陶渊明大部分作品所展现的恬淡自然不同，《闲情赋》抒写的是浓烈的恋情，然而，这也正是陶渊明人性之中最真实、最深刻的另外一面。

本书在编撰过程中，遵照汉末、三国、两晋、南北朝的时间顺序来编排作品，以更好地呈现魏晋南北朝时期散文发展演变的轨迹和成就。参考多部与选篇有关的典籍文献，优选版本，每篇按照正文、注释、赏析的体例来编写，共选文三十家四十篇。本书出版后，既可作为全日制汉语言文学专业本科生相关选修课的通用教材，也可作为社会上广大六朝文学爱好者的课外读物。

编　者
2019 年 6 月

目 录
MULU

001 **孔融**
论盛孝章书 / 002

007 **曹操**
让县自明本志令 / 008
举贤勿拘品行令 / 016

020 **曹丕**
与吴质书 / 021
典论·论文 / 027

034 **曹植**
求自试表 / 035
与杨德祖书 / 044
洛神赋并序 / 052

061 **王粲**
登楼赋 / 062

067 **阮籍**
诣蒋公 / 068
大人先生传节选 / 072

080 **嵇康**
与山巨源绝交书 / 081

093 **刘伶**
酒德颂 / 094

098 **向秀**
思旧赋并序 / 099

102 **李密**
陈情表 / 103

108 **潘岳**
马汧督诔并序 / 109

118 **陆机**
吊魏武帝文并序 / 119

128 **刘琨**
答卢谌书 / 129

133 **王羲之**
兰亭集序 / 134

139 慧远

庐山记 / 140

146 陶渊明

五柳先生传 / 147

归去来兮辞 并序 / 150

闲情赋 并序 / 157

与子俨等书 / 164

169 鲍照

登大雷岸与妹书 / 170

芜城赋 / 177

183 谢庄

月赋 / 184

190 江淹

别赋 / 191

198 孔稚珪

北山移文 / 199

206 陶弘景

答谢中书书 / 207

209 刘勰

文心雕龙·神思 / 210

218 丘迟

与陈伯之书 / 219

226 郦道元

水经注·三峡 / 227

231 吴均

与朱元思书 / 232

234 萧统

陶渊明集序 / 235

文选序 / 244

253 萧绎

采莲赋 / 254

258 **庾信**

哀江南赋序／259

267 **杨衒之**

洛阳伽蓝记·白马寺／268

271 **颜之推**

颜氏家训·涉务／272

孔融
（153—208）

字文举，东汉文学家，鲁国鲁县（今山东曲阜）人。年少便已成名，与陈琳、王粲、徐干、阮瑀、应玚、刘桢六人合称"建安七子"。汉灵帝时，受司徒杨赐征召入仕。汉献帝初平元年（190），因忤逆董卓，迁北海相，故人称"孔北海"。曹操于建安元年（196）迁献帝于许昌，征孔融为将作大匠，建安四年（199）迁少府。在此期间，政见多与曹操不和，被奏免官。后再拜为太中大夫，终被曹操以"败伦乱理"之罪杀害，《后汉书》有其传。孔融在文学上的主要成就是散文。其文章虽沿袭东汉文人的传统风格，骈俪成分较重，却能以气运词，反映了建安时期散文发展的一些新变。曹丕称其"体气高妙"（《典论·论文》），刘勰评其"气盛于为笔"（《文心雕龙·才略》），张溥赞其"诗文豪气直上"（《汉魏六朝百三家集·孔少府集题辞》）。其代表作为《论盛孝章书》和《荐祢衡表》。明人张溥辑有《孔少府集》，收入《汉魏六朝百三家集》中。

孔融

论盛孝章书[1]

岁月不居[2]，时节如流。五十之年，忽焉已至[3]。公为始满[4]，融又过二。海内知识[5]，零落殆尽[6]，惟有会稽盛孝章尚存。其人困于孙氏[7]，妻孥湮没[8]，单子独立[9]，孤危愁苦。若使忧能伤人，此子不得永年矣[10]！

《春秋传》曰[11]："诸侯有相灭亡者，桓公不能救，则桓公耻之[12]。"今孝章实丈夫之雄也[13]，天下谈士[14]，依以扬声[15]，

注 释

[1] 盛孝章：名宪，字孝章，东汉末会稽人。曾任吴郡太守，后因病辞官。孙策平定江东后，孝章深为其所忌。孔融素与孝章笃善，知其处境危困，故修书给曹操，求其施以援手，拯救盛孝章。
[2] 居：停留。
[3] 忽焉：忽然。
[4] 公：指曹操。始满：刚满。是年曹操刚满五十岁，孔融则是五十二岁。
[5] 知识：有智慧、有见识的人。知：通"智"。
[6] 零落：凋落，死亡的隐晦说法。殆：几乎。
[7] 其人：指盛孝章。孙氏：指东吴孙氏政权。孙策平吴后，对英豪多所杀戮，盛孝章为当时名士，亦为孙策所忌。
[8] 妻孥（nú）：妻子儿女。湮没：埋没，此处指丧亡。
[9] 单子：孤单无援。
[10] 永年：长寿。
[11]《春秋传》：阐释《春秋》经义的文献。《春秋》有"三传"，即《公羊传》《榖梁传》《左传》，此处指《春秋公羊传》。
[12]"诸侯"三句：《春秋公羊传·僖公元年》："邢已亡矣。孰亡之？盖狄灭之。曷为不言狄灭之？为桓公讳也。曷为为桓公讳？上无天子，下无方伯，天下诸侯有相灭亡者，桓公不能救，则桓公耻之。"孔融以齐桓公比曹操，说明天下大权掌握在曹操手中，只有曹操才有力量解救盛孝章。同时也暗示曹操，拯救盛孝章对曹操来说是义不容辞的事情。
[13] 丈夫之雄：男子汉中的杰出者。
[14] 谈士：评议清谈之士。
[15] 扬声：扬名。

而身不免于幽絷[16]，命不期于旦夕[17]。吾祖不当复论损益之友[18]，而朱穆所以绝交也[19]。公诚能驰一介之使[20]，加咫尺之书[21]，则孝章可致[22]，友道可弘矣[23]。

今之少年，喜谤前辈[24]，或能讥评孝章。孝章要为有天下大名[25]，九牧之人[26]，所共称叹。燕君市骏马之骨，非欲以骋道里，乃当以招绝足也[27]。惟公匡复汉室[28]，宗社将绝[29]，又

---

[16] 幽絷（zhí）：囚禁。絷：拘禁。
[17] 命不期于旦夕：命悬于旦夕，不能预料。期：预料。
[18] 吾祖：指孔子。孔融是孔子后裔，故称孔子为"吾祖"。论损益之友：《论语·季氏》曾记载孔子论交友之道云："益者三友，损者三友。友直，友谅，友多闻，益矣；友便辟，友善柔，友便佞，损矣。"
[19] 朱穆：字公叔，东汉人。他有感于世态浇薄，著《崇厚论》《绝交论》，表达对世风的不满。
[20] 驰：飞速派遣。一介：一个。使：使者。
[21] 咫尺之书：简短的书信。咫：长八寸曰咫。
[22] 致：招致。
[23] 友道：交友之道。弘：发扬光大。
[24] 谤：批评。
[25] 要：当。
[26] 九牧：九州。古代分天下为九州，州长称牧伯，所以也称九州为九牧，也就是全中国。
[27] "燕君"三句：《战国策·燕策一》："郭隗先生曰：'臣闻古之君人，有以千金求千里马者，三年不能得。涓人言于君曰："请求之。"君遣之。三月得千里马，马已死，买其首五百金，反以报君。君大怒曰："所求者生马，安事死马而捐五百金？"涓人对曰："马死且买之五百金，况生马乎？天下必以王为能市马，马今至矣。"于是不能期年，千里之马至者三。'"此处用典，意谓孝章纵非贤良，但如果拯救了他便可获得好贤之名，天下贤人必然会前来。此处需要说明的是，市马骨的并非燕君，而是郭隗所讲故事中的国君。燕君：燕昭王。市：买。道里：道路。绝足：绝尘之足，指千里马。
[28] 惟：思量，考虑到。匡复：扶正，恢复。
[29] 宗社：宗庙和社稷，指国家政权。绝：断绝。宗庙是皇帝祭祀祖宗的地方，社稷是皇帝祭祀天地的地方，宗社断绝意味着政权覆灭。

能正之[30]。正之之术，实须得贤。珠玉无胫而自至者[31]，以人好之也，况贤者之有足乎！昭王筑台以尊郭隗[32]，隗虽小才而逢大遇[33]，竟能发明主之至心[34]，故乐毅自魏往[35]，剧辛自赵往[36]，邹衍自齐往[37]。向使郭隗倒悬而王不解[38]，临溺而王不拯，则士亦将高翔远引[39]，莫有北首燕路者矣[40]。

凡所称引[41]，自公所知，而复有云者，欲公崇笃斯义也[42]。因表不悉[43]。

[30] 正：扶正，安定。
[31] 胫：小腿，此处指足。《韩诗外传》："盖胥谓晋平公曰：'夫珠出于江海，玉出于昆山，无足而至者，由主君之好也。士有足而不至者，盖主君无好士之意耳。'"
[32] 昭王：燕昭王。
[33] 大遇：隆重的待遇。
[34] 发：启发，开掘。明主：圣明的君主。至心：最诚挚的心意，此处指礼贤纳士之心。
[35] 乐毅：魏国人，燕昭王任为上将军，曾为燕伐齐，破齐七十余城，居功甚伟。
[36] 剧辛：赵国人，有贤才，同乐毅合谋破齐。
[37] 邹衍：齐国人，阴阳家，主张"大九州"学说，燕昭王以"师"礼相待。
[38] 向使：假使。倒悬：倒挂，形容处境危急。
[39] 远引：远去，离开。
[40] 北首：北向。燕国在北，故入燕称北首。
[41] 称引：指信中所称述的古人尊贤的诸多典故。
[42] 崇笃：推崇重视。斯义：指友道、好士之义。
[43] 因：遂，即。表：上表。不悉：不能详尽。这是古人书信结尾处常用的套语。

论盛孝章书

赏 析

孙策平定吴会之后，屡屡"诛其英豪"（《会稽典录》），而盛孝章作为"策深忌之"的对象，处境更是危急。远在北方的孔融听闻此事，忧其不能免祸，便向求贤若渴的曹操发出这封紧急求救信，请求其持书遣使，一解盛孝章的危境。

孔融开篇发出"岁月不居，时节如流"的人生感慨，进而寒暄自己与曹操"忽焉已至"的"五十之年"，两句虽简短，却能够使身在"老骥伏枥"之年的曹操与自己产生情感上的共鸣。紧接着，孔融进一步指出在"海内知识，零落殆尽"的局面之下，"会稽盛孝章尚存"实为不幸中的万幸。但是此时盛孝章却"困于孙氏，妻孥湮没，单孑独立，孤危愁苦"，且有"不得永年"的伤人之忧。至此，孔融采取以情动人的方式，以短短数语形成了一股情感力量，使曹操在情感上认同救盛孝章脱于困境。

但是曹操位高权重且作为一方霸主，仅仅在情感上令其动容从而出手解救盛孝章，在孔融看来还是不切实际的，还需晓之以义。为了进一步说服曹操解救盛孝章，孔融便征引古例："《春秋传》曰：'诸侯有相灭亡者，桓公不能救，则桓公耻之。'"将曹操与春秋五霸之一的齐桓公相比，说明天下大权掌握在曹操的手中，只有曹操才有力量解救盛孝章，言外之意便是曹操施援手于盛孝章是义不容辞的事。接着，又再次强调了盛孝章其人"实丈夫之雄也，天下谈士，依以扬声"，这一方面向曹操表明了盛孝章实为难得的人才，若当机立断伸出援助之手，则可收为己用，堪为实现雄图伟业的助力；另一方面也表明救盛孝章于困境之中可扬己好贤才之名，这对其招贤纳士有着重要的作用。行文至此，孔融笔锋突转，又进一步言明盛孝章现"身不免于幽絷，命不期于旦夕"，即旦夕之间便可能会被孙氏残害致死，若曹操不赶快采取行动，则盛孝章危矣，"吾祖不当复论损益之友，而朱穆所以绝交也"。孔融至此道尽了救盛孝章的利弊关系，并再次用恳切的言语劝谏"公诚能驰一介之使，加咫尺之书，则孝章可致，友道可弘矣"。确实，若曹操反掌之间便有可

弘友道之功，何乐而不为呢？

在动之以情、晓之以义之后，劝谏位高权重的曹操对盛孝章施以援手还需诱之以利。为此，孔融先一步指出"今之少年，喜谤前辈，或能讥评孝章"，希望曹操不要轻易相信宵小之辈对盛孝章的诽谤之言，因为盛孝章实为"九牧之人，所共称叹"的名士。退而求其次，即使盛孝章不是曹操所期望的能够匡扶社稷的人才，也着实应该效仿燕君"市骏马之骨，非欲以骋道里，乃当以招绝足"之壮举，对其施以援手，解其危困之境，借以招揽天下贤才，达到自己"匡复汉室"之目的。接着，孔融用珠玉作比，指出"珠玉无胫而自至者"，全是凭借"人好之也"。珠玉尚且如此，更何况长了两只脚的贤人名士呢？若曹操能如燕昭王那样"筑台以尊郭隗"，那么像乐毅、剧辛、邹衍一样的旷世之才便会如"水之就下"一般，从四面八方归至曹公麾下。最后，孔融用"欲公崇笃斯义"作结，于反复叮咛之中结束了这封书信。孔融的这封求救信送到曹操手中之后，曹操当机立断遣使相救，征用盛孝章为都尉。只可惜孔融的笔杆和曹操的文书赶不上孙权的刀枪，征命未至之时盛孝章便遇害而亡了。

孔融作此篇的目的是请求曹操遣使救挚友盛孝章，但总览全文，孔融不卑不亢，从情、义、利三个方面入手，全面分析了救盛孝章之于曹操的利弊，让曹操顺理成章地接纳自己的谏言，这样既达到了救盛孝章于困境之中的目的，而又不失自己的傲骨。通篇来看这篇书信，语言干净有力，议论深刻，在逻辑严密的理性分析中又流露出了自己的真情实感，足见其思想之清峻与体气之高妙。故刘勰在《文心雕龙·书记》中赞此篇："详总书体，本在尽言。言以散郁陶，托风采，故宜条畅以任气，优柔以怿怀，文明从容，亦心声之献酬也。"

曹操
(155—220)

字孟德,小字阿瞒,沛国谯(今安徽亳州)人,三国时期杰出的政治家、军事家、文学家。其父曹嵩是宦官曹腾的养子,故其出身一度为清流所鄙视。曹操少年时便机敏有权术,二十岁时举孝廉为郎,授洛阳北部尉,初入仕途。适黄巾起义爆发,授骑都尉,镇压起义。其后一举平定董卓、袁绍的祸乱,并在此过程中壮大了军事实力。待到建安元年(196),迎汉献帝至许昌,受封大将军及丞相,后又进封魏王,于建安二十五年(220)病卒。其子曹丕代汉自立后,又追封曹操为魏武帝。《三国志·魏书·武帝纪》记叙其生平事迹。曹操"外定武功,内兴文学",是建安文学新局面的开创者。其诗歌均为乐府歌辞,缘事而发,"汉末实录,真诗史也"(明钟惺《古诗归》)。在散文方面,曹操的政令甚具异彩,有通脱之风。其文章用简洁朴素的文笔自由直率地写出想要说的话,却自有鲜明的个性,鲁迅赞其为"改造文章的祖师"(《魏晋风度与药及酒之关系》)。

曹操

让县自明本志令[1]

  孤始举孝廉[2],年少,自以本非岩穴知名之士[3],恐为海内人之所见凡愚[4],欲为一郡守,好作政教[5],以建立名誉,使世士明知之。故在济南,始除残去秽[6],平心选举,违迕诸常侍[7]。以为强豪所忿,恐致家祸,故以病还。

  去官之后,年纪尚少,顾视同岁中[8],年有五十,未名为老。内自图之:从此却去二十年,待天下清,乃与同岁中始举者等耳。故以四时归乡里,于谯东五十里筑精舍[9],欲秋夏读书,冬春射猎,求底下之地[10],欲以泥水自蔽[11],绝宾客往来之望。然不能得如意。

注 释

[1] 让县:辞让汉献帝封赏的三个县。令:古代上行下的一种公文。
[2] 孤:封建王侯的自称。曹操时任汉相,封武平侯,故以此自称。孝廉:汉代选拔官吏的科目。从汉武帝开始,地方长官须按期向朝廷推举各科人才,分孝廉、贤良、方正等科目。《三国志·魏书·武帝纪》:"(操)年二十,举孝廉为郎。"
[3] 岩穴:山洞石室,隐士隐居之地。
[4] 海内人:国境以内的人,这里主要指世家豪族。凡愚:平庸愚昧。
[5] 政教:政治教化。
[6] 除残去秽:曹操任济南国相时,下属官吏多趋附权贵,贪赃枉法。曹操奏请撤免八名县官,下令捣毁数百所祠庙,禁淫祀,得罪了当时诸多权贵。
[7] 违迕:触犯。常侍:官名,也称中常侍,皇帝的近臣。东汉末年,中常侍一般由宦官充任,位高权重,地方官多与之勾结。
[8] 同岁:同一年被举为孝廉的人。
[9] 谯(Qiáo):今安徽亳县,曹操故乡。精舍:学舍,书斋。
[10] 底下之地:低洼潮湿之地。
[11] 欲以泥水自蔽:指在精舍外修筑水渠,以与外界隔绝。

让县自明本志令

后征为都尉[12]，迁典军校尉[13]，意遂更欲为国家讨贼立功[14]，欲望封侯作征西将军[15]，然后题墓道言"汉故征西将军曹侯之墓"[16]，此其志也。而遭值董卓之难[17]，兴举义兵[18]。是时合兵能多得耳，然常自损，不欲多之；所以然者，多兵意盛，与强敌争，倘更为祸始[19]。故汴水之战数千[20]，后还到扬州更募[21]，亦复不过三千人，此其本志有限也。

后领兖州[22]，破降黄巾三十万众[23]。又袁术僭号于九江[24]，

[12] 都尉：官名，掌管军事，是皇帝的侍从武官。
[13] 迁：升官。典军校尉：武官名，掌管近卫兵，多由皇帝亲信担任。中平五年（188），汉灵帝刘宏建立西园军，设置八校尉，以小黄门蹇硕为上军校尉，袁绍为中军校尉，曹操为典军校尉。
[14] 更：改变。讨贼：指讨伐地方军阀及镇压农民起义军。
[15] 征西将军：东汉时授征西将军者有四人，均为东汉王朝立过汗马功劳。曹操借此述志，表示希望成为汉室的有功之臣。
[16] 墓道：墓前的甬道。
[17] 董卓之难：汉灵帝中平六年（189），灵帝死，少帝刘辩即位。外戚何进为了消灭宦官，召董卓领兵入洛阳。董卓废少帝刘辩，立献帝刘协，自封都尉和相国，操控朝政。于是各州郡起兵反对，成立讨董联军，朝野一时动荡。
[18] 兴举义兵：汉献帝初平元年（190），关东各州郡纷纷起兵讨伐董卓，均自称"义兵"。曹操也在陈留郡己吾县招募五千人起兵讨董。
[19] 倘：或许。
[20] 汴水之战：汉献帝初平元年（190），以袁绍为盟主的关东各州郡声称讨董，实则各怀私利，又怕董卓兵强，不敢先进。曹操独率军西进，与董卓部将徐荣在荥阳的汴水一带交战，因兵少无援失败。曹操本人也被流矢击中，连夜逃走。
[21] 更募：再招募。曹操汴水战败后，与夏侯惇等到扬州重新招募兵丁。东汉末年，扬州州治在今安徽合肥，辖今江苏、安徽一带。
[22] 兖州：东汉十三州之一，辖今山东西南部和河南东部。
[23] 破降黄巾：汉献帝初平三年（192），青州黄巾农民起义军攻入兖州，杀刺史刘岱。曹操为兖州牧，领兵攻打黄巾军，三十万黄巾军被迫投降。
[24] 袁术：字公路，袁绍异母弟，九江郡太守，东汉末年江淮一带世族豪强。僭号：盗用皇帝称号。僭：逾越本分。九江：郡名，辖今江苏、安徽南部和江西一带。汉献帝建安二年（197），袁术以九江太守称帝于寿春（今安徽寿县）。

曹操

下皆称臣,名门曰建号门,衣被皆为天子之制,两妇预争为皇后。志计已定,人有劝术使遂即帝位,露布天下[25]。答言:"曹公尚在,未可也。"后孤讨禽其四将[26],获其人众,遂使术穷亡解沮[27],发病而死。及至袁绍据河北[28],兵势强盛,孤自度势,实不敌之。但计投死为国[29],以义灭身,足垂于后。幸而破绍,枭其二子[30]。又刘表自以为宗室[31],包藏奸心,乍前乍却[32],以观世事,据有当州[33]。孤复定之,遂平天下。身为宰相,人臣之贵已极,意望已过矣[34]。

今孤言此,若为自大[35],欲人言尽[36],故无讳耳[37]。设使国家无有孤,不知当几人称帝,几人称王!或者人见孤强盛,又

[25] 露布:布告。
[26] 禽:后分化作"擒"。汉献帝建安二年(197),袁术攻陈(今河南淮阳),曹操引兵出击,擒获袁术四部将桥蕤、李丰、梁纲、乐就。
[27] 穷亡:逃亡。解沮:瓦解崩溃。
[28] 袁绍:字本初,袁术之兄。汉献帝建安四年(199)三月,袁绍消灭公孙瓒,占有黄河以北的冀、青、幽、并四州,成为北方最强大的割据势力。
[29] 计:考虑。投死:效死。
[30] 枭:斩首而悬之示众。汉献帝建安五年(200),曹操在官渡之战中以少胜多,消灭了袁绍军的主力。两年后,袁绍病死。建安十年(205)正月,曹操又出兵击杀袁绍之子袁谭。建安十二年(207)五月,曹操北征乌桓(又称乌丸,东胡部落之一)。袁绍二子袁熙、袁尚逃往辽东,九月为曹操部属公孙康所杀,曹操于是将他们枭首示众。
[31] 刘表:字景升,汉皇族鲁恭王刘余后代,东汉末豪强军阀。汉献帝初平年间(190—193)任荆州刺史。
[32] 乍前乍却:忽前忽后。官渡之战时,刘表既答应援助袁绍,又想依附曹操而未敢出兵。这里以"乍前乍却"形容刘表游移不定的投机行为。
[33] 当州:当地,指刘表所据的荆州。
[34] "人臣"二句:建安十三年(208),汉献帝为表彰曹操平定三郡乌桓的功绩,任命曹操为丞相。意望:愿望。
[35] 若为自大:好像是自我夸大。
[36] 欲人言尽:想让人无话可说。
[37] 讳:隐藏,隐瞒。

性不信天命之事，恐私心相评，言有不逊之志[38]，妄相忖度，每用耿耿[39]。齐桓、晋文所以垂称至今日者[40]，以其兵势广大，犹能奉事周室也。《论语》云："三分天下有其二，以服事殷，周之德可谓至德矣。"[41]夫能以大事小也[42]。昔乐毅走赵[43]，赵王欲与之图燕[44]。乐毅伏而垂泣，对曰："臣事昭王，犹事大王；臣若获戾，放在他国，没世然后已，不忍谋赵之徒隶[45]，况燕后嗣乎[46]！"胡亥之杀蒙恬也[47]，恬曰："自吾先人及至子孙，积信于秦三世矣[48]。今臣将兵三十余万，其势足以背叛，然自知必死而守义者，不敢辱先人之教以忘先王也[49]。"孤每读此二人书，未尝不怆然流涕也。孤祖、父以至孤身[50]，皆当亲重之

[38] 不逊之志：不忠顺的想法，指当时舆论所宣扬的曹操有篡汉的野心。
[39] 每用耿耿：心中常常不安。每：常常。用：因此。
[40] 齐桓、晋文：指齐桓公小白、晋文公重耳，二人皆名列"春秋五霸"。垂称：垂名，称颂。
[41] "《论语》云"四句：语见《论语·泰伯》，是孔子称赞周文王虽然势力超过殷纣王、但犹能服事于殷的话。至德：盛德，最高尚的德行。
[42] 以大事小：指强大的诸侯侍奉弱小的天子。
[43] 乐毅：战国时期燕昭王时名将，曾率赵、楚、韩、魏、燕五国军队破齐，攻下齐国七十余城，后封为昌国君。燕昭王死后，燕惠王中了齐将田单的反间计，以骑劫代乐毅为将。乐毅担心留在燕国被害，于是投奔赵国。事见《史记·乐毅列传》。
[44] 赵王：指赵惠文王。
[45] 徒隶：犯人和奴隶，此处泛指地位低贱的人。
[46] 后嗣：后代，指燕惠王。
[47] 胡亥：秦始皇嬴政幼子，继始皇立，称"秦二世"。蒙恬：秦始皇时名将，曾率兵三十万北击匈奴，修筑长城。秦始皇死后，赵高伪造始皇遗诏，逼使蒙恬自杀。
[48] 三世：蒙恬与祖父蒙骜、父亲蒙武三代，均为秦国名将。
[49] 先人：指蒙恬的祖父蒙骜、父亲蒙武。先王：指秦始皇。
[50] 祖、父：指曹操的祖父曹腾和父亲曹嵩。

任,可谓见信者矣;以及子桓兄弟[51],过于三世矣。孤非徒对诸君说此也,常以语妻妾,皆令深知此意。孤谓之言:"顾我万年之后[52],汝曹皆当出嫁[53],欲令传道我心,使他人皆知之。"孤此言皆肝鬲之要也[54]。所以勤勤恳恳叙心腹者,见周公有《金縢》之书以自明[55],恐人不信之故。

然欲孤便尔委捐所典兵众[56],以还执事[57],归就武平侯国[58],实不可也。何者?诚恐己离兵为人所祸也。既为子孙计,又己败则国家倾危,是以不得慕虚名而处实祸[59],此所不得为也。前朝恩封三子为侯,固辞不受;今更欲受之[60],非欲复以为荣,欲以为外援为万安计[61]。

---

[51] 子桓兄弟:指曹操的儿子曹丕、曹植、曹据、曹豹等。子桓:曹操次子曹丕,字子桓。
[52] 万年之后:死后。
[53] 汝曹:你们。汝:你。曹:辈。
[54] 肝鬲(gé)之要:发自内心的至要之言。肝鬲:犹言"肺腑",指内心。鬲:通"膈",胸膈。
[55] 周公:姓姬名旦,周武王弟,周成王叔。《金縢(téng)》之书:《尚书》中的一篇,记周武王病危时,周公作策书告于祖庙,请代武王死。这份祷词被锁于金縢密封的柜子里。成王即位后,有谣言说周公有篡位之心,于是周公避居东都。直到成王打开金縢柜,才知道周公的忠诚,迎他回朝。
[56] 便尔:就这样。委捐:放弃。典:掌管。
[57] 执事:指朝廷统率军队的主管权。
[58] 武平侯国:建安元年(196),汉献帝任命曹操为大将军,封武平侯。武平:地名,在今河南鹿邑以西。
[59] 处:遭受。
[60] 更欲受之:改变主意打算接受它。《三国志·魏书》载,曹操颁布这篇《让县自明本志令》后,汉献帝于第二年即建安十六年(211)封曹操子曹植为平原侯、曹据为范阳侯、曹豹为饶阳侯。
[61] 万安:万无一失。计:考虑。

孤闻介推之避晋封[62]，申胥之逃楚赏[63]，未尝不舍书而叹，有以自省也。奉国威灵[64]，仗钺征伐[65]，推弱以克强[66]，处小而禽大[67]。意之所图，动无违事[68]，心之所虑，何向不济[69]，遂荡平天下，不辱主命。可谓天助汉室，非人力也。然封兼四县[70]，食户三万[71]，何德堪之！江湖未静，不可让位；至于邑土，可得而辞。今上还阳夏、柘、苦三县户二万，但食武平万户，且以分损谤议[72]，少减孤之责也[73]。

[62] 介推：即介子推，又称介之推，春秋时期晋国人，曾随晋公子重耳流亡十九年。重耳回国即位后大封从亡诸臣，介子推不夸耀自己的功劳，也没有得到晋文公的主动封赏，与母亲隐于绵山终老。后世又传说晋文公曾放火烧山请他出来做官，他拒不出山，抱木被烧而死。
[63] 申胥：即申包胥，春秋时期楚国大夫。伍子胥率吴军伐楚，攻下郢都。申包胥求救于秦，痛哭七日，终于求得救兵，击退吴军。楚昭王回到郢都，赏赐功臣，申包胥避而逃走，不肯受赏。
[64] 威灵：显赫的声威和气势。
[65] 仗钺：拿着大斧，指受命代天子征伐敌人。钺：古兵器，形似大斧，也是天子出征时的一种仪仗。
[66] 推弱以克强：改变弱势地位，打败敌人。推：推移，改变。
[67] 处小：处于弱势地位。禽大：擒获强敌。禽：后分化作"擒"。
[68] 违事：与愿望相违的事。
[69] 济：成功。
[70] 四县：指武平、阳夏（今河南太康县）、柘（今河南柘城县北）、苦（今河南鹿邑县东）四县。
[71] 食户三万：受三万户人家所纳的赋税。
[72] 分损：减少，平息。
[73] 责：罪过。

曹操

赏析

《让县自明本志令》一文，作于汉献帝建安十五年（210）十二月，故又称《十二月己亥令》。自赤壁一战，孙、刘依长江之险，并立于南方，至此形成了曹、孙、刘三足鼎立的局面；北方各地在曹操出兵平定战乱之后，已趋于统一。在这种政治形势之下，汉献帝只不过是徒有虚名。曹操身为丞相，独揽大权，成为北方实质上的掌权者。因此，曹操被宵小之辈污蔑为"托名汉相，其实汉贼"的贼寇，声讨之声络绎不绝。恰逢此时朝廷分封曹操为武平侯，并加封四县，食邑三万户。面对此种情形，曹操为消除舆论，辞受三县，仅留武平一县，食邑由三万户减至一万户，用以表明自己的"本志"，故作《让县自明本志令》一文，旨在言明自己对汉室忠心耿耿，并无篡权夺位的不逊之想。

令文开篇，曹操自叙其早年志向，"欲为一郡守，好作政教，以建立名誉，使世士明知之"。汉朝时郡守掌管一方行政，曹操只愿为一郡守以政教立名，心志可谓不小，却也并不越界。但奈何曹操"始除残去秽，平心选举"的政令忤逆了强豪，不得已只得以病辞官，远离是非之地，以免招致家祸。在政治上初试锋芒受挫之后，曹操自述"欲秋夏读书，冬春狩猎"而偏安于一隅，仅求得自在而已。但这种隐居生活并不适合抱有鸿鹄之志的曹公，待到再次入朝为都尉，进而迁至典军校尉之时，曹操建功立业的志向得以复燃，"意遂更欲为国家讨贼立功，欲望封侯作征西将军"，有节制地调兵遣将，平定天下纷争不断的局面。自知平董卓、破黄巾、讨袁术、诛袁绍、灭刘表后，"身为宰相，人臣之贵已极，意望已过矣"。文章至此，曹操一一历数其自身经历，且得失兼及，荣辱无讳，交代得清楚明白。倚仗自己平定天下的功绩，他也当仁不让地喊出了"设使国家无有孤，不知当几人称帝，几人称王"的豪言。当时的汉家王朝若无曹操的拥戴，恐怕早已四分五裂，毫无疑问，曹操对于维持汉末国家的一统局面有着举足轻重的作用。正因如此，"或者人见孤强盛，又性不信天命之事，恐私心相评，言有不逊之志，妄相

忖度,每用耿耿",对于不明就里之人的恶意攻击,曹操则引齐桓、晋文之事来佐证自己的一颗赤诚之心。确实,齐桓、晋文"以其兵势广大,犹能奉事周室也",而曹操不过一宰相,何能行大不义之举,篡汉夺权?紧接着,曹操再引《论语》赞周文王语,表明自己与汉室"以大事小"的关系;三引乐毅、蒙恬之语,表明自己深受汉室重恩,言必守义而不负之意;四引周公的《金縢》之书,点明自己作此文在于取信世人的诚意;五引介推、申胥之事,用以自省,以表明自己居功不傲之心。一连引用众多典故,皆是用来表明自己的心迹。试想,曹操此时已功高震主,非议加身,若一味清高,对于舆论不予理睬和解释,则会出现"已败则国家倾危"的局面。鉴于此,曹操明确表态自己不会让位,不会交出兵权,接受"前朝恩封三子为侯"的恩泽,但是辞受三县食邑,以消除舆论压力。

  曹操作这篇令文虽是时势所趋,笔调却毫不紧张,反而写得大义凛然、直率洒脱。从文章结构上看,全文的安排巧妙得当,前一部分侧重叙述自身经历,简洁明了;后一部分侧重剖白心迹,并引用众多史实典故,增强文章的说服力,从而充实了文章内容。语言平白自然,毫无雕琢之迹,似喷涌而出,一倾心中所思,百无禁忌,着实可敬。正如鲁迅先生评曹公为"改造文章的祖师","胆子很大,文章从通脱得力不少,做文章时又没有顾忌,想写便写得出来"(《魏晋风度及文章与药及酒之关系》)。

曹操

举贤勿拘品行令

昔伊挚、傅说出于贱人[1];管仲,桓公贼也[2],皆用之以兴[3]。萧何、曹参,县吏也[4];韩信、陈平负污辱之名,有见笑之耻[5],卒能成就王业,声著千载。吴起贪将,杀妻自信,散金

注 释

[1] 伊挚:即伊尹,一名挚,夏末商初人。曾躬耕于野,有才干,商汤任其为"尹"(相当于宰相)。辅佐汤伐桀救民,以天下为己任。商汤死后,汤孙太甲无道,伊尹将其流放于外。三年后,太甲悔过,复归于亳。年百岁而卒。傅说:商朝人。殷高宗梦得贤人,其名为"说"。派遣百工求之于野,得傅说于傅岩(地名,在今山西平陆)。当时傅岩因涧水毁坏道路,傅说杂在囚徒奴隶中筑路以供饮食。高宗与之交谈,见他谈吐不凡,果然是贤德之士。
[2] "管仲"二句:管仲,字夷吾,曾奉事公子纠。公子纠与公子小白争夺君主之位时,管仲为其主公子纠曾射小白一箭。后公子纠失败,小白嗣位为齐君,即齐桓公。桓公在鲍叔牙的劝导下,不计前嫌,任用管仲为相,遂成为一代霸主。贼:伤害,此处指管仲曾射伤齐桓公。
[3] 兴:兴盛,指成就大业。
[4] "萧何"二句:萧何,丰(今江苏丰县)人,随刘邦起义,后官至丞相。事见《史记·萧相国世家》。曹参,字伯敬,沛(今江苏沛县)人。秦时为沛狱掾,萧何为主吏。随刘邦起义,屡建大功。萧何死后,代萧何为相。事见《史记·曹相国世家》。县吏:县之属吏。萧为主吏掾,曹为狱掾,皆县吏。
[5] "韩信"二句:韩信,淮阴(今江苏淮阴)人,以功封淮阴侯,后被吕后所杀。《史记·淮阴侯列传》:"淮阴屠中少年有侮信者,曰:'若虽长大,好带刀剑,中情怯耳。'众辱之曰:'信能死,刺我;不能死,出我袴下。'于是信孰视之,俛出袴下,蒲伏,一市人皆笑信,以为怯。""负污辱之名"指此。陈平,阳武(今属河南)人,官至丞相。《史记·陈丞相世家》载,陈平有同乡富人张负,其孙女五嫁而夫皆死,人莫敢娶,陈平欲娶之。张负亦愿以女孙嫁陈平。张负之子张仲曰:"平贫不事事,一县中尽笑其所为,独奈何予女乎?""有见笑之耻"指此。又同书载,绛侯、灌婴等咸谗陈平曰:"臣闻平居家时,盗其嫂;事魏不容,亡归楚;归楚不中,又亡归汉。今日大王尊官之,令护军。臣闻平收诸将金,金多者得善处,金少者得恶处,平,反覆乱臣也,原王察之。"

举贤勿拘品行令

求官,母死不归[6]。然在魏,秦人不敢东向[7];在楚,则三晋不敢南谋[8]。今天下得无有至德之人放在民间[9]?及果勇不顾[10],临敌力战;若文俗之吏[11],高才异质[12],或堪为将守[13];负污辱之名,见笑之行,或不仁不孝而有治国用兵之术:其各举所知[14],勿有所遗。

[6] "吴起"四句:吴起,战国初期卫国人。《史记·孙子吴起列传》:"(吴起)尝学于曾子,事鲁君。齐人攻鲁,鲁欲将吴起,吴起取齐女为妻,而鲁疑之。吴起于是欲就名,遂杀其妻,以明不与齐也。鲁卒以为将。"贪将、杀妻事指此。又,"鲁人或恶吴起曰:'起之为人,猜忍人也。其少时,家累千金,游仕不遂,遂破其家。乡党笑之,吴起杀其谤己者三十余人,而东出卫郭门。与其母诀,啮臂而盟曰:"起不为卿相,不复入卫。"遂事曾子。居顷之,其母死,起终不归。'"散金求官、母死不归事指此。

[7] 不敢东向:即不敢向东侵魏。《史记·孙子吴起列传》载,吴起归魏后,魏文侯任其为将。击秦,拔五城。后为西河守,甚有声名,吴起曾自言其功曰"守西河而秦兵不敢东向"。

[8] "在楚"二句:言吴起在楚国的功绩。三晋是战国时韩、赵、魏三国的合称。三家分晋之后,原晋国之地分别为韩、赵、魏所有。据《史记·孙子吴起列传》,吴起惧得罪,离魏之楚。楚悼王闻其贤,用为相。"明法审令,捐不急之官,废公族疏远者,以抚养战斗之士。要在强兵,破驰说之言从横者。于是南平百越;北并陈蔡,却三晋;西伐秦。"

[9] 得无:副词,表示反问或推测,意为"怎能不""莫不是""该不会"。放:散落。

[10] 果勇:果断勇敢。

[11] 文俗之吏:据守礼法而安于习俗的官吏。

[12] 高才异质:才能高超且具有特异的资质禀赋。

[13] 将守:将军、太守。

[14] 其:祈使副词,犹当、可。

曹操

赏 析

曹操针对汉末军阀割据、纷争兼并的混乱局面进行了不少改革，他深谙"为国失贤则亡"的道理，破天荒地提出了"唯才是举"的用人主张，目的就是招贤纳士，挽救国家倾危的局面。世人皆知他的《短歌行》是求贤的绝唱，而少知《举贤勿拘品行令》也是曹操求贤才的令文。此令文写于汉献帝建安二十二年（217）秋八月，故又名《求逸才令》。建安十五年（210），曹操曾发布一篇《求贤令》，提出"唯才是举"，求贤不必非"廉士而后可用"，有盗嫂受金污行者，只要有治天下的才能，皆可举用。七年之后，曹操又下此令，再一次明确举贤不必拘泥品行，足可知曹操求贤若渴的心情。

令文开篇，曹操先是列举了一些出身寒微、名声不雅、品行不佳而才能卓著、于国家社稷有功之臣。如伊挚、傅说都出身卑贱，管仲曾经与齐桓公为敌，但是他们治国理政的才能被国君发现后都受到重用，国家也因而强盛起来。又如萧何、曹参原是小小的县吏，出身并不高；韩信、陈平都曾被世人所耻笑，名声不佳，但他们最终都辅佐刘邦建立了帝王伟业，名声昭著千载。再如卫国吴起一心想成为鲁国大将，不惜杀掉娶于齐国的发妻以向鲁君表达忠心，从而取得了鲁君对他的信任；他还曾散尽家财求取官职，即使母亲死了也不回去吊孝。可就是这样一个对发妻亲母都毫无情感的冷血薄情之人，身在魏国，秦国不敢向东攻打魏国；身在楚国，韩、赵、魏三国也不敢向南图谋楚国。曹操所举的贤才有的出身下贱，有的曾与君主为敌，有的"负污辱之名，有见笑之耻"，但只要有"治国用兵之术"都会被举荐、任用。开篇短短数语，不仅总结了前人不拘一格任贤才的传统，亦体现了曹操在用人原则上的卓识，同时也显示出他反对一味崇尚"操行"、标榜"名节"、讲究"门第"的虚伪作风，表明了唯才是举的决心，为"举贤勿拘品行"提供了有力的开端。

接下来突转笔锋，以"今"字领起，直接要求将那些流落于民

间而道德高尚的名士、遇到敌人能果敢勇猛奋不顾身作战的武将、"高才异质"堪做将守的韬略之士和背负着不光彩名声而有治国用兵才能的能臣良将通通推举出来,"勿有所遗"。曹操的观点标新立异,要求明确具体,语气恳切坚决,笔力雄健,一气呵成,充分表露出了他求贤若渴、迫不及待的心情。

全文仅一百八十余字,篇幅虽小,但却极其精悍,将曹操求贤若渴的心态表现得淋漓尽致。在建安各体文章中,诏令行文一般应严谨庄重,用词典雅,但曹操的政令甚具异彩,不但思想无所顾忌,而且文章风格也不拘常例,字里行间流动着一股率真坦荡之气,饶有通脱之风。这对于公文性质的诏令而言,确是一种具有革新意义的创造,"改造文章的祖师"(鲁迅语)之美誉当之无愧。

曹丕
（187—226）

字子桓，沛国谯（今安徽亳州）人，曹操次子。汉献帝建安十六年（211）任五官中郎将、副丞相；建安二十二年（217）被立为魏太子；建安二十五年（220）曹操卒，继位为魏王兼丞相；同年十月，代汉自立，建立魏国，定年号为黄初。黄初七年（226）因病死于洛阳，谥号文，史称魏文帝，《三国志·魏书·文帝纪》记叙其生平事迹。曹丕文学造诣很高。诗歌方面，四言、五言、六言、七言、杂言无所不有，但成就较高的是五言诗和七言诗，所作《燕歌行》是现存最早的文人七言诗。散文方面，著有《典论》一书，可惜大部分篇章都已散佚或残缺不全，较完整的只有《自序》和《论文》两篇。此外，其《与吴质书》《又与吴质书》悼念亡友，凄楚感人，对后来短篇抒情散文的发展具有重大影响。曹丕的散文既体现了建安散文通脱自然的共同倾向，又有自己清丽的特色。明人张溥辑有《魏文帝集》，收入《汉魏六朝百三家集》中。

与吴质书[1]

二月三日,丕白[2]:岁月易得[3],别来行复四年[4]。三年不见,《东山》犹叹其远[5],况乃过之,思何可支[6]!虽书疏往返[7],未足解其劳结[8]。

昔年疾疫[9],亲故多离其灾[10],徐、陈、应、刘[11],一时俱逝,痛可言邪!昔日游处[12],行则连舆[13],止则接席[14],何曾须臾相失[15]!每至觞酌流行[16],丝竹并奏[17],酒酣耳热,仰而赋诗,当此之时,忽然不自知乐也[18]。谓百年己分[19],可长

注 释

[1] 吴质:字季重,兖州济阴(今山东定陶)人,曹丕好友。
[2] 白:说。
[3] 岁月易得:易得即易逝,指时间过得很快。
[4] 行:将。复:又。
[5] "三年"二句:语出《诗经·豳风·东山》:"自我不见,于今三年。"写士兵归家途中的心理活动。远:指时间久远。
[6] 支:承受。
[7] 书疏:书信。
[8] 劳结:因思念而生的郁结。
[9] 昔年疾疫:指汉献帝建安二十二年(217)发生的瘟疫。
[10] 离:通"罹",遭遇。
[11] 徐、陈、应、刘:指"建安七子"中的徐干、陈琳、应玚、刘桢,四人皆死于建安二十二年(217)的瘟疫。
[12] 游处:游赏和休息。
[13] 连舆:车与车相连。舆:车。
[14] 接席:座位相接。
[15] 须臾:一会儿。相失:相离。
[16] 觞酌流行:传递酒杯饮酒。觞酌:指饮酒。流行:流动,指传递酒杯。
[17] 丝竹:泛指各类乐器。丝:弦乐器。竹:管乐器。
[18] 忽然不自知乐:时间过得很快,都不觉得自己处在欢乐之中,形容极乐。
[19] 谓百年己分(fèn):以为自己天生本该享有百年的寿命。分:本应有的。

曹丕

共相保[20]，何图数年之间[21]，零落略尽[22]，言之伤心！顷撰其遗文[23]，都为一集[24]。观其姓名，已为鬼录[25]。追思昔游，犹在心目，而此诸子，化为粪壤[26]，可复道哉！

观古今文人，类不护细行[27]，鲜能以名节自立[28]。而伟长独怀文抱质[29]，恬淡寡欲，有箕山之志[30]，可谓彬彬君子者矣[31]。著《中论》二十余篇[32]，成一家之言，辞义典雅，足传于后，此子为不朽矣。德琏常斐然有述作之意[33]，其才学足以著书，美志不遂[34]，良可痛惜[35]！间者历览诸子之文[36]，对之抆泪[37]，既

[20] 长共相保：长久地相守。
[21] 图：料想。
[22] 零落略尽：大多已经死去。零落：本指草木凋落，此处喻人死亡。
[23] 顷：近来。
[24] 都：汇集。
[25] 鬼录：死者的名录。
[26] 粪壤：秽土。
[27] 类：大多。不护：不拘，不注意。细行：小节。
[28] 鲜：少。名节：名誉节操。
[29] 伟长：徐干，字伟长。怀文抱质：文质兼备。文：文采。质：朴素。
[30] 箕山之志：鄙弃利禄的隐居之志。箕山：相传为尧时许由、巢父的隐居之地，后常用以代指隐者或其隐居之地。
[31] 彬彬君子：举止文雅有礼貌的人。《论语·雍也》："文质彬彬，然后君子。"
[32] 《中论》：徐干所著哲学著作，共二十二篇，已佚。今存《中论序》，据此可以推测《中论》一书是讨论中和之道的。
[33] 德琏：应玚，字德琏。斐然：有文采。述作："述"和"作"本是两种不同的著述方式，"述"是绍述前人的思想和文献，"作"是原创性的发创开拓。此处"述作"是偏义复合词，偏重于"作"，指的是创作。
[34] 美志：美好的志向。遂：实现。
[35] 良：确实，实在。
[36] 间（jiàn）者：近来。
[37] 抆（wěn）：擦拭。

痛逝者，行自念也[38]！孔璋章表殊健[39]，微为**繁富**[40]。公干有逸气[41]，但未遒耳[42]；其五言诗之善者，妙绝时人[43]。元瑜书记翩翩[44]，致足乐也[45]。仲宣独自善于辞赋[46]，惜其体弱[47]，不足起其文[48]，至于所善，古人无以远过。昔伯牙绝弦于钟期[49]，仲尼覆醢于子路[50]，痛知音之难遇，伤门人之莫逮[51]。诸子但为未及古人[52]，自一时之俊也[53]。今之存者，已不逮矣。后生可畏[54]，来者难诬[55]，然恐吾与足下不及见也[56]。

年行已长大[57]，所怀万端，时有所虑，至通夜不瞑[58]，志

[38] 行：又。自念：念及自己。
[39] 孔璋：陈琳，字孔璋。章表：臣下上呈给皇帝的奏书。殊健：特别刚健。
[40] 微：稍微。繁富：指辞采烦冗富丽。
[41] 公干：刘桢，字公干。逸气：超脱流俗的气质。
[42] 遒：刚劲有力。
[43] 绝：超过。
[44] 元瑜：阮瑀，字元瑜。书记：书信等表达意见的公私文书。翩翩：形容文采优美。
[45] 致足乐也：十分令人快乐。致：至，极。
[46] 仲宣：王粲，字仲宣。
[47] 体弱：气质柔弱。体：气质。
[48] 起其文：振起他的文气。
[49] 伯牙：俞伯牙，春秋时人，善弹琴。钟期：钟子期，俞伯牙的知音。子期死后，伯牙感到世上再无知音，遂毁琴。
[50] 醢（hǎi）：肉酱。子路被醢于卫国，孔子知道后便命令倒掉肉酱，从此不再吃此类食物，以此表达他对子路的痛惜。
[51] 门人：门生。
[52] 但为：只是。
[53] 自：自当。
[54] 后生可畏：年轻人值得敬畏。
[55] 来者：指未来的文士。诬：妄言，乱说。
[56] 足下：对吴质的敬称。
[57] 年行：行年，已度过的年龄。长大：年纪大。
[58] 不瞑：不眠，不闭眼。

意何时复类昔日？已成老翁，但未白头耳。光武言[59]："年三十余，在兵中十岁，所更非一[60]。"吾德不及之，而年与之齐矣[61]。以犬羊之质，服虎豹之文，无众星之明，假日月之光[62]，动见瞻观[63]，何时易乎[64]？恐永不复得为昔日游也[65]。少壮真当努力，年一过往[66]，何可攀援[67]？古人思秉烛夜游，良有以也[68]。

顷何以自娱[69]？颇复有所述造不[70]？东望於邑[71]，裁书叙心[72]。丕白。

[59] 光武：汉光武帝刘秀的谥号。
[60] 所更非一：所经历的事不止一件。
[61] 齐：相等。
[62] "以犬羊"四句：自己并无过人的才干和德行，却享受着至高的权力和荣耀，这全是仰仗父亲曹操的指定。
[63] 动见瞻观：动辄有人瞻仰围观。见：被。
[64] 易：改变。
[65] 昔日游：指曹丕为五官中郎将时的南皮之游。
[66] 年：岁月。过往：过去。
[67] 攀援：挽留。
[68] 良：确实，实在。以：原因，理由。
[69] 顷：近来。
[70] 颇：既，已经。述造：创作。不：通"否"。
[71] 於（wū）邑：哽咽哭泣。
[72] 裁书：写信。

赏 析

  建安年间（196—220），文人辈出。曹丕受其父曹操的影响，自幼雅好文学，与王粲等人过从甚密，"初，徐干、刘桢、应玚、阮瑀、陈琳、王粲等与质，并见友于太子（指曹丕）"（《典略》），几人之间宴游赋诗、相互唱和之事，实为建安文坛的一大盛事。建安二十二年（217），中原突发瘟疫，"徐、陈、应、刘，一时俱逝"，后王粲也身染瘟疫去世，阮瑀更是早逝。至此，曹丕的一众好友仅吴质幸存于世，故曹丕写这封信给吴质，表达了对挚友吴质的思念，又无限深情地追忆他们二人与亡友的昔日之游。面对零落殆尽的友人，曹丕这篇追忆叙怀的文字，写得可谓痛彻心扉，催人泪下。由于行文之中兼而论及建安诸子文采的长处与不足，因此这封书信不仅仅是饱含深情的社交书信，更是一篇与《典论·论文》相为表里的文学批评史文献。

  曹丕写给吴质的信，前后共有三封，这是第二封。此信一开篇便对分别将近四年的挚友吴质表达了深切的思念："《东山》犹叹其远，况乃过之，思何可支！"确实，与挚友相别已近四年，且周遭好友又纷纷染病离世，在这种情形之下，思念的痛苦怎么能忍受得了呢？"行则连舆，止则接席"，须臾不离的情景已不在，当时的曹丕曾认为"觞酌流行，丝竹并奏，酒酣耳热，仰而赋诗"的友情可以长久达百年。然仅隔数年，这些挚友便"零落略尽"，生死永隔。这段追忆抒怀的文字抚今追昔，感慨良多。曹丕念亡友之文思，"撰其遗文，都为一集"，但蓦然回首，"观其姓名，已为鬼录"。今非昔比，物是人非，又何堪言！继而以下数语尽言建安七子的著述成就，情感色彩亦愈强烈，称赞徐干为"彬彬君子"、可"为不朽"，此语足以安抚徐之亡魂；论及应玚，则曰"美志不遂，良可痛惜"，对其悼念之情流露无余；提及陈琳，其"章表殊健"便在眼前；忆及刘桢，其"五言诗之善者"也映入脑海。曹丕"间者历览诸子之文，对之抆泪"之时，也提及了早逝的王粲与阮瑀，这就把虽然不是同年去世而友情甚笃的友人尽数包括在内了。念及众

曹丕

多挚友,曹丕深痛"知音之难遇",而"伤门人之莫逮"。曹丕一边整理其文章,一边"对之抆泪",睹物思友,悲不自胜。生命本就不堪一击,何况这一次次的连击!在此信的后半部分,曹丕由人及己而自伤,由"既痛逝者,行自念也"生发开去,感叹"昔日之游"永不复得,感叹自己已然为一老翁。需注意的是,此时曹丕不过三十二岁,却已有了未老先衰的心态,这一点着实令人心痛。但细思之,在那样的大动乱时代,战祸加上时疫,使所有人都充满了生命无常的忧患意识,曹丕身处其中,难免念及自身,恐已时日无多。

这封书信,前半部分追忆往日好友游乐欢宴,后半部分则悲叹自己时日不多,通篇以抒发伤逝之情为主,毫无矫饰,尽是一番真情。其语言流丽婉转,清新优美,文采飞扬,展现了建安文章通脱自然的倾向。清人沈德潜评曹丕诗文"有文士气","要其便娟婉约,能移人情"(《古诗源》卷五),可谓绝妙恰当,这篇书信便突出地体现了曹丕文风的这一特点。

典论·论文 [1]

　　文人相轻,自古而然。傅毅之于班固,伯仲之间耳[2],而固小之[3],与弟超书曰[4]:"武仲以能属文为兰台令史[5],下笔不能自休[6]。"夫人善于自见[7],而文非一体,鲜能备善[8],是以各以所长,相轻所短。里语曰[9]:"家有弊帚,享之千金[10]。"斯不自见之患也。

　　今之文人,鲁国孔融文举[11],广陵陈琳孔璋[12],山阳王粲

注 释

[1] 典论:讨论有关的法典法则。典:法典,法则。论文:讨论与文学有关的问题。《论文》是中国文学批评史上第一篇文学专论。
[2] "傅毅"二句:傅毅,字武仲,茂陵(今陕西兴平)人,东汉时曾为兰台令史,与班固等一同点校群书。班固,字孟坚,扶风安陵(今陕西咸阳)人,东汉史学家、文学家,著有《汉书》。伯仲:兄弟。长为伯,次为仲,伯仲引申为高低、次序。本句是说二人的文才相差不多。
[3] 小:轻视。
[4] 超:班超,班彪之子,班固之弟,字令升。书:信。
[5] 以:因。属文:写文章。属:连缀。兰台令史:主持整理图书和办理奏书工作的职官。兰台:汉代宫中藏书之处。
[6] 休:止。本句是说傅毅因擅写文章而做了兰台令史,但他写起文章来不懂得收束,不能很好地驾驭文字。
[7] 善于自见:善于发现自己的长处。
[8] 备善:兼善。
[9] 里语:里巷间的俗语。
[10] "家有"二句:家里有把破笤帚,自己把它看得相当于千金的价值。这里承接上文,比喻人们不仅看不见自己的缺点,反而将其当作长处。弊帚:破笤帚。享:当作。
[11] 孔融:字文举,鲁国人,孔子后裔。曾为北海相,后为曹操所杀。有《孔北海集》一卷。
[12] 陈琳:字孔璋,广陵(今江苏江都)人。曾从袁绍,后归曹操,军国书檄多由他执笔。有《陈记室集》一卷。

曹丕

仲宣[13]，北海徐干伟长[14]，陈留阮瑀元瑜[15]，汝南应玚德琏[16]，东平刘桢公干[17]：斯七子者[18]，于学无所遗，于辞无所假[19]，咸以自骋骥騄于千里[20]，仰齐足而并驰[21]。以此相服[22]，亦良难矣！盖君子审己以度人[23]，故能免于斯累[24]，而作论文。

王粲长于辞赋，徐干时有齐气，然粲之匹也[25]。如粲之《初征》《登楼》《槐赋》《征思》[26]，干之《玄猿》《漏卮》《圆扇》《橘

---

[13] 王粲：字仲宣，山阳高平（今山东邹县）人。曾依刘表，后归曹操，官至侍中。有《王侍中集》一卷。
[14] 徐干：字伟长，北海（今山东寿光）人，曾任曹操司空军谋祭酒。有《中论》二卷。
[15] 阮瑀（yǔ）：字元瑜，陈留（今河南陈留）人。归曹操，任司空军师祭酒。有《阮元瑜集》一卷。
[16] 应玚（yáng）：字德琏，汝南（今河南汝南）人。曾为曹操丞相掾属。有《应德琏集》一卷。
[17] 刘桢（zhēn）：字公干，东平（今山东东平）人。曾为曹操丞相掾属。有《刘公干集》一卷。
[18] 七子：即后世所谓的"建安七子"。"七子"之称，始见于此。
[19] "于学"二句：意指学问渊博，没有遗漏和缺失；文章具有独创性，不蹈袭前人之作。辞：文辞，文章。假：借。
[20] 骋：纵马奔驰。骥騄：泛指良马。
[21] 仰：昂首。齐足而并驰：几匹马齐步奔跑，此处比喻七子都自以其学识和文辞驰骋于文坛，如同驱马竞赛一般，并驾齐驱，不相上下。
[22] 相服：互相佩服。
[23] 君子：泛指有修养的人。审：仔细察看。度：衡量，估量。
[24] 斯累：这种毛病，指上文所述"文人相轻"的弊病。
[25] "王粲"三句：意谓王粲长于辞赋，徐干的辞赋有时虽嫌文体舒缓，但仍然是王粲的对手。齐气：指徐干有齐地之人文体舒缓的特点。《文选》李善注此句曰："齐俗文体舒缓，而徐干亦有斯累。"匹：匹配，匹敌。
[26] "如粲"句：王粲《初征赋》《登楼赋》《槐赋》均见于《王侍中集》和严可均辑《全后汉文》，《征思赋》已佚。

赋》[27]，虽张、蔡不过也[28]。然于他文[29]，未能称是[30]。琳、瑀之章表书记[31]，今之隽也[32]。应玚和而不壮[33]，刘桢壮而不密[34]。孔融体气高妙[35]，有过人者，然不能持论[36]，理不胜辞[37]，以至乎杂以嘲戏[38]，及其所善，扬、班俦也[39]。

常人贵远贱近[40]，向声背实[41]，又患暗于自见[42]，谓己为贤。夫文，本同而末异[43]。盖奏议宜雅[44]，书论宜理[45]，铭诔

---

[27] "干之"句：徐干《玄猿赋》《漏卮赋》《橘赋》已佚，《圆扇赋》见于严可均《全后汉文》。
[28] 张、蔡：张衡、蔡邕，都是东汉著名文学家，长于辞赋。不过：不能超过。
[29] 他文：辞赋之外的其他文体。
[30] 称是：称善。
[31] 章表：古代臣属上给天子的奏书。《文心雕龙·章表》："汉定仪制，则有四品：一曰章，二曰奏，三曰表，四曰议。章以谢恩，奏以按劾，表以陈情，议以执异。"书记：书信等表示意见的公私文书。
[32] 隽：通"俊"，杰出。
[33] 应玚和而不壮：应玚的语言风格平和而不壮健。
[34] 刘桢壮而不密：刘桢的语言风格壮健而不绵密。
[35] 体气：气质。
[36] 持论：立论，提出主张。
[37] 理不胜辞：言孔融不善于议论，说理不及辞采。
[38] 杂以嘲戏：《文选》收录扬雄《解嘲》、班固《答宾戏》，即所谓"嘲戏"一类文字。孔融《与曹公书》一文中有"武王伐纣，以妲己赐周公"语，具有嘲戏意味。
[39] 扬、班：扬雄和班固。扬雄：西汉著名学者、文学家。俦：并列、匹配。
[40] 常人：普通人。贵远贱近：推崇古代人，轻视近世人。
[41] 向声背实：向往虚名，背弃实质。
[42] 暗于自见：无自知之明。
[43] 本：树木的根干。末：树木的枝梢。这句是说各种文体基本上是相同的，但也有枝节上的差异，意指不同的文体具有不同的特点。
[44] 奏议：奏疏和议对。
[45] 书论：文书和一般的论文。

尚实[46]，诗赋欲丽。此四科不同，故能之者偏也[47]；唯通才能备其体。

文以气为主[48]，气之清浊有体[49]，不可力强而致[50]。譬诸音乐，曲度虽均[51]，节奏同检[52]，至于引气不齐[53]，巧拙有素[54]，虽在父兄，不能以移子弟[55]。

盖文章，经国之大业[56]，不朽之盛事。年寿有时而尽，荣乐止乎其身，二者必至之常期，未若文章之无穷[57]。是以古之作者，寄身于翰墨[58]，见意于篇籍[59]，不假良史之辞[60]，不托飞驰之势[61]，而声名自传于后。故西伯幽而演《易》[62]，周旦显

---

[46] 铭：古代刻在器物或石头上用以记事、颂扬功德或警诫的一类文体。诔：悼念、称颂死者生前事迹的一类文体。
[47] 偏：指有所偏长。
[48] 气：指作家的气质、才气，表现在作品中便是气势、风格。
[49] 清浊：清气和浊气。清气指俊爽超迈的阳刚之气，浊气指凝重沉郁的阴柔之气。
[50] 力强：用力勉强。致：达到。
[51] 曲度：曲谱。均：同。
[52] 检：约束，控制。
[53] 引气不齐：指人吹奏箫管等乐器时气息不同。
[54] 素：素质，水准。
[55] "虽在"二句：即使技巧掌握在父兄手中，也不能将它传授给子弟。
[56] 经国：治国。大业：盛大的事业。
[57] "年寿"四句：年寿有终了的时候，荣誉、乐事也只能限于一生，二者达到一定期限必然终止，不如文章能永远流传。常期：一定的期限。
[58] 寄身：投入地从事某事。翰墨：笔墨，代指文章。
[59] 见：通"现"，显露，表现。篇籍：指作品。
[60] 假：借。良史：正直的史官。
[61] 飞驰之势：飞黄腾达的权势。
[62] 西伯：即周文王，文王在殷时为西伯。幽：幽禁。史载商纣王曾将周文王囚禁于羑里（今河南汤阴）。演《易》：推演《易》八卦为六十四卦。

而制《礼》[63],不以隐约而弗务[64],不以康乐而加思[65]。夫然,则古人贱尺璧而重寸阴,惧乎时之过已[66]。而人多不强力[67],贫贱则慑于饥寒[68],富贵则流于逸乐[69],遂营目前之务[70],而遗千载之功[71]。日月逝于上,体貌衰于下,忽然与万物迁化,斯志士之大痛也[72]!融等已逝,唯干著论,成一家言[73]。

[63] 周旦:周公旦,周武王之弟,西周开国大臣。显:显达。相传西周王朝的礼制都是由周公制定完成的。
[64] 隐约:穷困。弗务:不去做。
[65] 康乐:安康快乐,此处指显达。加思:改变心思。
[66] "夫然"三句:古人看轻一尺长的美玉而看重一寸长的光阴,害怕时间从自己身旁流逝过去。夫然:如此,这样。璧:玉的统称。
[67] 强力:努力。
[68] 慑:害怕。
[69] 流:放纵。
[70] 遂:于是,就。营:经营。务:所做的事。
[71] 遗:丢弃。千载之功:不朽的功业,此处指文章著作。
[72] "日月"四句:时过体衰,忽然死去,这就是志士最大的悲痛。逝:往。上:天上。下:人间。与万物迁化:指死亡。迁化:变化。志士:有志之士。
[73] "融等"三句:孔融等人已死,唯有徐干著有《中论》,自成一说。

曹丕

赏 析

　　《典论》为曹丕所著,共二十篇,据《三国志·魏书》载,此书曾刻于洛阳太学的石碑上。唐朝时,石碑被毁,故《典论》一书大部分已佚,只余部分残简断章。幸运的是,《典论》中的《论文》一篇于南朝时被昭明太子萧统编入《文选》,因而得以保存,流传至今。在曹丕之前,关于文学的批评言论,或是只言片语,如《论语》中孔子论诗;或是限于一篇一书,如王逸《楚辞章句序》等。而能对诸多文人之得失进行公允评价的,当属曹丕这篇《典论·论文》,故此篇可以说是中国文学批评史上最早的文学批评专论。

　　文章开篇便用班固轻视傅毅所作之文一例指出"文人相轻,自古而然"的陋习,并分析造成文人相轻的原因为"善于自见,而文非一体,鲜能备善,是以各以所长,相轻所短"。确实,若只想炫耀自己的文采,以一己之长与人之所短相比,自然容易滋生人不如己的偏见,且不能发现己之弊病。接着,曹丕提及"于学无所遗,于辞无所假"的建安七子,他们的文章能致力于创新,不沿袭前人,故能"骋骥骙于千里,仰齐足而并驰",但若令七子"以此相服,亦良难矣"。所以曹丕认为,若要匡正文人相轻、自珍弊帚的鄙俗,定要"审己以度人",这就是曹丕作此《论文》的目的所在。

　　曹丕在"审己以度人"的基础之上,进而对七子文章进行品评。他指出:王粲"长于辞赋",徐干"时有齐气",陈琳、阮瑀长于"章表书记",应玚"和而不壮",刘桢"壮而不密",孔融"体气高妙,有过人者,然不能持论,理不胜辞,以至乎杂以嘲戏"。这段文字,可谓与《与吴质书》互为表里,曹丕在这里更为具体而微地分析了七子的长处与短处,有抑有扬,公允恰当。

　　接着曹丕又泛论"常人贵远贱近,向声背实,又患暗于自见,谓己为贤"的弊病。进而转论文体特点:"夫文,本同而末异,盖奏议宜雅,书论宜理,铭诔尚实,诗赋欲丽。"曹丕此论,摆脱了前人论文不离政教的束缚,直接影响了后世文体论的研究。

　　文章最后,曹丕又提出了"文以气为主"的重要观点,即将文

章与作家的个性气质联系起来,由此辨别作品风格。而且这种"气"是"不可力强而致"的,"虽在父兄,不能以移子弟",这就是所谓的作家所独具的个性与才情,外力不可强行扭转。后世如刘勰《文心雕龙·体性》中"气有刚柔"的说法、宋代词作的豪放与婉约之分、清代文论中的阳刚阴柔之别等均由此推演开来。除此之外,曹丕认为文章为"经国之大业,不朽之盛事",意在言明文章能超越时间,将"声名自传于后"。

通篇来看,曹丕对于文学中所涉及的种种问题,不做高谈阔论式的解读,而是采取一种平易近人的写法娓娓道来,让人倍感亲切自然。而且全文又饱含对昔日好友的悼念之情,具有一般文论所不具有的情怀,更为难得!

曹植
（192—232）

字子建，沛国谯（今安徽亳州）人，曹操第三子，曹丕同母弟。少有才名，十余岁即已熟读《诗经》《论语》及辞赋数十万言。善属文，颇受曹操宠爱，曾一度被曹操认作太子的理想人选。然而其为人任性而行，不自雕饰，饮酒不节，故在争储的斗争中最终失败。曹操死后，曹植的生活也发生了巨大变化。之后的十几年里，多次被迫迁徙封地。初封平原侯，后徙临淄侯。曹丕为帝后，贬为安乡侯，后又徙封陈王，卒后谥曰思，世称陈思王，《三国志·魏书·陈思王植传》记叙其生平事迹甚详。其文学成就颇高，钟嵘赞其"骨气奇高，辞采华茂，情兼雅怨，体被文质，粲溢古今，卓尔不群"（《诗品》）。《隋书·经籍志》存有曹植作品三十卷，但于北宋末散佚。今存南宋嘉定六年（1213）刻本《曹子建集》十卷，含诗、赋、文206篇。另今人赵幼文有《曹植集校注》（人民文学出版社）。

求自试表[1]

　　臣植言：臣闻士之生世，入则事父，出则事君。事父尚于荣亲[2]，事君贵于兴国。故慈父不能爱无益之子，仁君不能畜无用之臣[3]。夫论德而授官者，成功之君也；量能而受爵者，毕命之臣也[4]。故君无虚授，臣无虚受。虚授谓之谬举，虚受谓之尸禄[5]，《诗》之素餐所由作也[6]。昔二虢不辞两国之任[7]，其德厚也；旦、奭不让燕、鲁之封[8]，其功大也。今臣蒙国重恩，三世于今矣[9]。正值陛下升平之际[10]，沐浴圣泽，潜润德教[11]，

注　释

[1] 表：古代臣子上呈给皇帝表达某种意图的奏章。《三国志·魏书·陈思王植传》载，魏明帝太和二年（228），"植常自愤怨，抱利器而无所施，上疏求自试"。当时所上的就是这篇《求自试表》。
[2] 尚：崇尚。荣亲：光耀门楣。
[3] 畜：通"蓄"，蓄养。《墨子·亲士》："虽有贤君，不爱无功之臣；虽有慈父，不爱无益之子。"
[4] 毕命：完成使命。
[5] 尸禄：空受俸禄而无所作为。
[6] 《诗》之素餐：语出《诗经·魏风·伐檀》："彼君子兮，不素餐兮！"素餐：无功而食。素：空。
[7] 二虢（Guó）：周文王弟虢仲被封于东虢，虢叔被封于西虢。《左传·僖公五年》载，宫之奇曰："虢仲、虢叔，王季之穆也。为文王卿士，勋在王室，藏于盟府。"
[8] 旦、奭（shì）：周公旦、召公奭，二人都是文王之子、武王之弟。武王灭商后封周公于鲁，封召公于燕。
[9] 三世：指魏武帝曹操、文帝曹丕、明帝曹叡三代。
[10] 陛下：指魏明帝曹叡。升平：太平。《汉书·梅福传》："使孝武皇帝听用其计，升平可致。"颜师古注曰："民有三年之储曰升平。"
[11] 潜润：浸润，指蒙受恩泽。

曹 植

可谓厚幸矣。而位窃东藩[12]，爵在上列，身被轻暖[13]，口厌百味[14]，目极华靡，耳倦丝竹者[15]，爵重禄厚之所致也。退念古之受爵禄者，有异于此，皆以功勤济国[16]，辅主惠民。今臣无德可述，无功可纪，若此终年，无益国朝，将挂风人"彼己"之讥[17]。是以上惭玄冕[18]，俯愧朱绂[19]。

方今天下一统，九州晏如[20]。顾西尚有违命之蜀，东有不臣之吴，使边境未得税甲[21]，谋士未得高枕者，诚欲混同宇内，以致太和也[22]。故启灭有扈而夏功昭[23]，成克商、奄而周德著[24]。今陛下以圣明统世，将欲卒文、武之功[25]，继成、康之

---

[12] 窃：窃居，自谦之词。东藩：指所封的平原、临淄、鄄城等地，均在洛阳之东。藩：封地。
[13] 被：穿。轻暖：轻且暖的衣服。此句乃客套溢美之词。曹植自曹丕继位后，十一年间三徙封国，常衣食不继。
[14] 厌：吃饱，满足。
[15] 丝竹：管弦乐器。
[16] 功勤：功勋。曹植《薤露行》："愿得展功勤，输力于明君。"
[17] 挂：遭受。风人：诗人。《诗经》中各国的歌谣称"风"，后世因此称诗人为风人。《诗经·曹风·候人》："彼其之子，不称其服。"意思是说，德行不能和尊贵的衣服相称，即不称职。
[18] 冕：王者的礼冠。
[19] 绂（fú）：古代系佩玉或印章的红色丝绳。
[20] 晏如：安然貌。
[21] 税：通"脱"，卸去。
[22] 太和：又作泰和、大和，指太平盛世。
[23] 启：夏启，夏禹之子。有扈：夏朝时的诸侯，因不服启即天子位而被杀。事见《史记·夏本纪》。
[24] 成：周成王。商：商纣王的儿子武庚及商朝的遗民。武王灭商后，封弟鲜于管，封弟度于蔡，使监视武庚及其商民。成王时，管叔、蔡叔挟武庚及其民叛乱，成王命周公讨伐平定。奄：古国名，在今山东曲阜，周成王时随同武庚反抗周朝，被周公灭国。事见《史记·周本纪》。
[25] 卒：完成。

隆[26]，简贤授能[27]，以方叔、邵虎之臣[28]，镇卫四境，为国爪牙者[29]，可谓当矣。然而高鸟未挂于轻缴，渊鱼未悬于钩饵者[30]，恐钓射之术，或未尽也。昔耿弇不俟光武，亟击张步，言不以贼遗于君父也[31]。故车右伏剑于鸣毂，雍门刎首于齐境[32]，若此二子，岂恶生而尚死哉？诚忿其慢主而陵君也[33]。夫君之宠臣，欲以除害兴利；臣之事君，必以杀身静乱[34]，以功报主也。昔贾谊弱冠，求试属国，请系单于之颈而制其命[35]；终军以妙年

---

[26] 成、康：周成王、周康王。
[27] 简：选择。
[28] 方叔、邵虎：都是周宣王时贤臣。
[29] 爪牙：勇力之士。
[30] "然而"二句：指吴、蜀二国尚未平定。缴（zhuó）：生丝，系在箭的尾部，用以射禽鸟。
[31] "昔耿弇（yǎn）"三句：耿弇为汉光武帝时建威大将军，曾破齐将张步，屡建战功。张步，字文公，琅邪（今山东即墨）人，乘西汉末之乱拥兵自重，梁王刘永封其为齐王，占据齐地十二郡。被耿弇击败后投降光武，封为安丘侯。事见《东观汉记·耿弇传》。
[32] "故车右"二句：典出刘向《说苑·立节》："越甲至齐，雍门子狄请死之。齐王曰：'鼓铎之声未闻，矢石未交，长兵未接，子何务死之？为人臣之礼邪？'雍门子狄对曰：'臣闻之，昔者王田于圃，左毂鸣，车右请死之，而王曰："子何为死？"车右对曰："为其鸣吾君也。"王曰："左毂鸣之工师之罪也，子何事之有焉？"车右曰："臣不见工师之乘而见其鸣吾君也。"遂刎颈而死。知有之乎？'齐王曰：'有之。'雍门子狄曰：'今越甲至，其鸣吾君也，岂左毂之下哉？车右可以死左毂，而臣独不可以死越甲也？'遂刎颈而死。是日越人引甲而退七十里，曰：'齐王有臣，钧如雍门子狄，拟使越社稷不血食。'遂引甲而归。齐王葬雍门子狄以上卿之礼。"车右：坐在车子右边的持戟保卫人员。
[33] 慢：轻侮。陵：通"凌"，欺凌。
[34] 静：一作"靖"，平定。
[35] "昔贾谊"三句：贾，汉代政治家、文学家，著《陈政事书》评议时政时只有二十岁。《汉书·贾谊传》载，贾谊上疏曰："陛下何不试以臣为属国之官以主匈奴？行臣之计，请必系单于之颈而制其命……"弱冠：二十岁。属国：归附的附属国。制其命：控制他的命运。

使越，欲得长缨占其王，羁致北阙[36]。此二臣岂好为夸主而耀世俗哉[37]？志或郁结，欲逞其才力，输能于明君也[38]。昔汉武为霍去病治第[39]，辞曰："匈奴未灭，臣无以家为[40]！"固夫忧国忘家，捐躯济难，忠臣之志也。

今臣居外[41]，非不厚也[42]，而寝不安席、食不遑味者[43]，伏以二方未克为念[44]。伏见先帝武臣宿兵[45]，年耆即世者有闻矣[46]。虽贤不乏世[47]，宿将旧卒，犹习战也。窃不自量，志在效命[48]，庶立毛发之功，以报所受之恩。若使陛下出不世之诏[49]，效臣锥刀之用[50]，使得西属大将军[51]，当一校之队[52]；若东属大司马[53]，统偏师之任。必乘危蹈险，骋舟奋骊[54]，突刃

[36] "终军"三句：终军，汉武帝时人，年十八为博士弟子，上书汉武帝，自请"愿受长缨，必羁南越王而致之阙下"，后被派去说服南越王归附汉朝。事见《汉书·终军传》。长缨：擒获敌兵所用的绳索。
[37] 夸主：在人主面前夸耀自己。耀：夸耀。
[38] 输能：贡献才能。
[39] 霍去病：汉武帝时将军，六次出击匈奴，建立大功。第：宅院。
[40] 无以家为：即"无以为家"，不以家事为念。
[41] 居外：身居藩国。
[42] 厚：待遇优厚。
[43] 遑：闲暇。
[44] 伏：俯伏，谦辞。二方：指吴、蜀二国。
[45] 宿兵：老部下。
[46] 耆：七十岁以上的老者。一说，六十岁称耆。即世：离世。
[47] 贤不乏世：贤才不乏于世。
[48] 效命：贡献出生命。
[49] 不世：不凡。诏：诏书，皇帝布告天下臣民的文书。
[50] 效：尽，致。锥刀：刀的末端，极细。这里比喻功德微小，是自谦之词。
[51] 大将军：指魏明帝太和二年（228）被派往祁山应战蜀军的曹真。
[52] 当：统领。一校：军中五百人为一校。此处曹植自谦不敢担任大将。
[53] 大司马：指曹休。魏明帝太和二年（228），大司马曹休率军至皖，攻打吴国。
[54] 骊：黑色的战马。

求自试表

触锋，为士卒先。虽未能擒权馘亮[55]，庶将虏其雄率，歼其丑类[56]，必效须臾之捷，以灭终身之愧，使名挂史笔，事列朝荣。虽身分蜀境，首悬吴阙，犹生之年也[57]。如微才不试，没世无闻，徒荣其躯而丰其体，生无益于事，死无损于数[58]，虚荷上位而忝重禄[59]，禽息鸟视[60]，终于白首，此徒圈牢之养物[61]，非臣之所志也。流闻东军失备[62]，师徒小衄[63]，辍食弃餐，奋袂攘衽[64]，抚剑东顾，而心已驰于吴、会矣[65]。

臣昔从先武皇帝[66]，南极赤岸[67]，东临沧海[68]，西望玉门[69]，北出玄塞[70]，伏见所以行军用兵之势，可谓神妙矣。故兵者不可预言[71]，临难而制变者也[72]。志欲自效于明时，立功于圣世。每览史籍，观古忠臣义士，出一朝之命，以殉国家之

---

[55] 权：指孙权。馘（guó）：割下俘虏的耳朵。亮：指诸葛亮。
[56] 丑类：指士卒。丑：众。
[57] 犹生之年：意即虽死犹生。
[58] 数：国家的运数。
[59] 荷：承受。忝：有愧于，谦辞。
[60] 禽息鸟视：如同禽鸟的生长和视听，比喻无所事事。
[61] 圈牢之养物：指牲畜。
[62] 流闻：传闻。东军：伐吴之军。
[63] 衄（nǜ）：鼻出血，引申为挫折，指曹休为吴军所败。
[64] 袂：衣袖。衽：衣襟。此句描写激动奋起之状。
[65] 吴、会：吴郡与会稽郡，在今江苏和浙江，当时属吴国。
[66] 先武皇帝：指魏武帝曹操。
[67] 极：至。赤岸：赤壁，在今湖北蒲圻。
[68] 沧海：指渤海。
[69] 玉门：玉门关，在今甘肃敦煌。
[70] 玄塞：北部的长城。
[71] 预：预备，事先准备。
[72] 制变：随机应变。

难[73]，身虽屠裂，而功铭著于景钟[74]，名称垂于竹帛[75]，未尝不拊心而叹息也。臣闻明主使臣，不废有罪。故奔北、败军之将用，秦、鲁以成其功[76]；绝缨、盗马之臣赦，楚、赵以济其难[77]。臣窃感先帝早崩[78]，威王弃代[79]，臣独何人，以堪长久？常恐先朝露[80]，填沟壑[81]，坟土未干，而身名并灭。臣闻骐骥长鸣，伯乐昭其能[82]；卢狗悲号[83]，韩国知其才[84]。是以效之齐、楚之路[85]，以逞千里之任；试之狡兔之捷，以验搏噬之用[86]。今臣志狗马之微功，窃自惟度[87]，终无伯乐、韩国之举，

[73] 殉：以身从物为殉。
[74] 景钟：晋景公所铸之钟。春秋时期晋将魏颗打败秦军，晋景公将其功勋刻在钟上，称景公钟。事见《国语·晋语七》。
[75] 竹帛：竹简和帛书，即史书。
[76] "故奔北"二句：春秋时期，秦国孟明视、西乞术、白乙丙三人曾为晋军所败，被俘。秦穆公仍然任用他们为将，后来终于打败晋军。事见《史记·秦本纪》。鲁将曹沫曾三次被齐国打败，鲁国被迫割地求和。后鲁庄公与齐桓公会盟，曹沫以匕首刺桓公，桓公乃答应归还鲁国的侵地。事见《史记·刺客列传》。
[77] "绝缨"二句：春秋时期，楚庄王与群臣夜宴。烛灭，有人暗中引美人的衣服。美人挽其缨，以告楚王。王乃命群臣皆绝缨，然后举火。后楚与晋战，引美人衣者奋力作战，以报楚王。事见《说苑·报恩》。秦穆公所乘之马走失，为野人所食，穆公不仅不怪罪野人，还赐给他们酒食。后秦与晋战，穆公被围，野人勠力为穆公战斗，打败晋人。事见《吕氏春秋·爱士》。"赵"疑是"秦"之误。
[78] 先帝：指魏文帝曹丕。
[79] 威王：任城王曹彰的谥号。
[80] 先朝露：早晨的露水不久即干，比喻不久于人世。
[81] 填沟壑：身死被埋。
[82] 昭：显示。
[83] 卢狗：即韩卢，一种名犬。
[84] 韩国：齐人，善相狗。韩国相狗事见《战国策·齐策三》。
[85] 齐、楚之路：指远路。
[86] 搏噬：搏击撕咬。
[87] 惟度：思量。

是以於邑而窃自痛者也[88]。夫临博而企竦[89]，闻乐而窃抃者[90]，或有赏音而识道也。昔毛遂赵之陪隶[91]，犹假锥囊之喻，以寤主立功[92]；何况巍巍大魏多士之朝[93]，而无慷慨死难之臣乎！

夫自衒自媒者[94]，士女之丑行也；干时求进者，道家之明忌也[95]。而臣敢陈闻于陛下者，诚与国分形同气[96]，忧患共之者也。冀以尘露之微，补益山海；萤烛末光[97]，增辉日月。是以敢冒其丑而献其忠，必知为朝士所笑。圣主不以人废言，伏惟陛下少垂神听[98]，臣则幸矣。

[88] 於（wū）邑：愁闷。
[89] 博：对弈一类的游戏。企：提起脚后跟。
[90] 抃（biàn）：打拍子。
[91] 毛遂：战国时期赵国平原君的门客，自荐跟随平原君前往楚国游说。《史记·平原君虞卿列传》载，赵王使平原君求救于楚，平原君约与食客门下有勇力义武备具者二十人偕，得十九人，余无可取者。毛遂自荐于平原君。平原君曰："夫贤士之处世也，譬若锥之处囊中，其末立见。今先生处胜之门下三年于此矣，左右未有所称诵，胜未有所闻，是先生无所有也。先生不能，先生留。"毛遂曰："臣乃今日请处囊中耳。使遂蚤得处囊中，乃脱颖而出，非特其末见而已。"陪隶：陪臣，此处指家臣。
[92] 寤主：使君主醒悟。寤：通"悟"，醒悟。
[93] 巍巍：盛大貌。多士：众多贤士。《诗经·大雅·文王》："济济多士，文王以宁。"
[94] 自衒（xuàn）：自我夸耀。自媒：女子自己做媒人。《越绝书》："衒女不贞，衒士不信。"
[95] "干时"二句：道家以清静无为为宗旨，因此以干时求进为大忌讳。干：求。
[96] 分形同气：指骨肉至亲。《吕氏春秋·精通》："故父母之于子也，子之于父母也，一体而两分，同气而异息。"分形：从同一个身体中分出来的形体。同气：气血相同。
[97] 末光：微小的光亮。
[98] 垂：施，赐。神听：英明的听察力。

曹植

赏析

　　自曹植在争储斗争中失败之后，他的人生就发生了巨大的转变，先是在其父曹操面前由擅宠至失宠，继之其兄曹丕因昔日立储之争先后两次将其治罪削爵。在此期间，于曹植而言，求生保命是第一位的，想要参与国家政事简直就是天方夜谭。待到曹丕去世曹叡继位，曹植天真地认为人生的阴霾已经散去，转机到来，可以摆脱长兄的羁束实现自己的政治抱负。太和二年（228），曹植写下这篇《求自试表》，上书魏明帝，请求朝廷给予机会领兵征战，以建功立业。

　　《求自试表》作为表体文，开篇从古来君授臣受的大义落笔，言明身为明君，不当有虚授臣属爵禄的思想；而身为人臣，不能行无功受禄、无德受爵、尸位素餐之举。进而笔锋一转，提及自身已枉受三世皇恩，"位窃东藩，爵在上列，身被轻暖，口厌百味，目极华靡，耳倦丝竹"，而自己却又"无德可述，无功可纪"，又思及"若此终年，无益国朝"，恐招尸禄之讥，所以深感惭愧。从表面上看，这段文字是曹植的一番自谦之词，但实际上却以退为进，陈述了"求自试"的一个原因。紧接着曹植又言"今天下一统，九州晏如"，但西方尚有"违命之蜀"，东方还存"不臣之吴"，所以应当"继成、康之隆"，任命贤臣良将，方能靖四海、平贼寇。曹植于此分析天下形势，进一步言明曹魏王朝应不拘一格任用贤才，这才是重中之重。曹植这是在"尸禄之讥"的基础之上，表明了"求自试"的第二个原因。言至于此，曹植又连举耿弇、车右、雍门、贾谊、终军、霍去病六位辅佐君王的忧国之士，再三言明"忧国忘家，捐躯济难"实为自己的"忠臣之志"。曹植一腔精忠报国的赤胆忠心跃然纸上，内心积攒已久的忠君报国之志可以说是曹植"求自试"的第三个原因。

　　正是有了上面的一再铺垫，曹植顺理成章地在下文提出"窃不自量，志在效命，庶立毛发之功，以报所受之恩"。为此，他甘为"一校之队""偏师之任"，虽肝脑涂地，必当"乘危蹈险，骋舟奋骊，

求自试表

突刃触锋,为士卒先"。曹植此番言语,真可以称得上是赤胆忠心。紧接着,又从反面立意,说若是微才得不到陛下垂青,那么自己便如同"圈牢之养物"般,只怕"没世无闻"。加之此时"流闻东军失备",这更使曹植寝食难安。他昔日也曾随父行军到过山南海北,一腔热血尚存。如今国家有难,更是赤胆忠心,一意向戎,"身虽屠裂",也甘心情愿。其实对于曹植来说,最可怕的莫过于"先朝露,填沟壑,坟土未干,而身名并灭",这都是因为没有机会施展抱负所致,所以曹植一再向魏明帝进言,请求其允许自己一试微才,以报效国家。此番言语同时也说明曹植之所以上表"求自试",既是由于忧国忧家,也是因为无法割断的骨肉亲情尚在,希望魏明帝感念先帝之情,明其心迹。然而,尽管曹植如此再三表白自己的志向,魏明帝却并未给他一兵一卒,使他依旧过着徒有藩王之名实为囚徒的生活,在郁郁不得志之中走完了自己的一生。

通观此表文,体制宏富,令人折服。在结构上,曹植引经据典,所采用的事例都能恰当表达自己的政治抱负和经国辅主济民的政治主张,使其报国立功的志愿得到了充分表达,苦闷心情也自然地得到了流露。在语言上,不仅辞采华茂,而且还多用骈句,这标志着魏晋散文向骈俪化迈进了一步。故刘勰盛赞曹植:"陈思之表,独冠群才。观其体赡而律调,辞清而志显,应物掣巧,随机生趣,执辔有余,故能缓急应节矣"(《文心雕龙·章表》),可谓切中实际。

曹植

与杨德祖书[1]

植白：数日不见，思子为劳[2]，想同之也[3]。

仆少小好为文章，迄至于今，二十有五年矣。然今世作者，可略而言也[4]。昔仲宣独步于汉南[5]，孔璋鹰扬于河朔[6]，伟长擅名于青土[7]，公干振藻于海隅[8]，德琏发迹于此魏[9]，足下高视于上京[10]。当此之时，人人自谓握灵蛇之珠[11]，家家自谓抱

注 释

[1] 杨德祖：杨修，字德祖，东汉末年太尉杨彪之子。博才多学，机敏过人，与曹植关系密切，曾极力为曹植争立太子出谋划策，后被曹操借故杀害。
[2] 劳：苦。
[3] 想：料想。同：同感，彼此一样。
[4] 略：约略，大略。
[5] 仲宣：王粲，字仲宣。独步：独一无二，无与伦比。汉南：指荆州。王粲为避汉末之乱，依附荆州刘表，在荆州滞留十余年，后归附曹操。
[6] 孔璋：陈琳，字孔璋。鹰扬：展现雄才。河朔：指冀州。
[7] 伟长：徐干，字伟长。擅名：享有名声。青土：指青州。
[8] 公干：刘桢，字公干。振藻：显扬文采。海隅：海边。《文选》李善注："公干，东平宁阳人也，宁阳边齐，故云海隅。《吕氏春秋》曰：东方为海隅。青州，齐也。"
[9] 德琏：应玚，字德琏。发迹：指建功或扬名。此魏：指邺城。曹植写这封信时身在邺城，以邺代魏，故曰"此魏"。
[10] 足下：古代交际用语，下称上或同辈相称的敬语，指杨修。高视：傲视。上京：指京都洛阳。《文选》李善注："修，太尉之子，故曰上京。"
[11] 灵蛇之珠：指随侯（一作"隋侯"）之珠。传说古代随国（姬姓诸侯国）诸侯王见一大蛇伤断，以药敷之而愈；后蛇于江中衔明月珠以报德，故曰随侯珠，又称灵蛇珠。事见《淮南子·览冥训》及高诱注。

荆山之玉[12]。吾王于是设天网以该之，顿八纮以掩之[13]，今悉集兹国矣[14]。然此数子，犹复不能飞轩绝迹[15]，一举千里。以孔璋之才，不闲于辞赋[16]，而多自谓能与司马长卿同风[17]，譬画虎不成反为狗也[18]。前书嘲之[19]，反作论盛道仆赞其文[20]。夫钟期不失听[21]，于今称之。吾亦不能忘叹者[22]，畏后世之嗤余也[23]。

[12] 荆山之玉：指和氏璧。《韩非子·和氏》："楚人和氏得玉璞楚山中，奉而献之厉王。厉王使玉人相之，玉人曰：'石也。'王以和为诳，而刖其左足。及厉王薨，武王即位，和又奉其璞而献之武王。武王使玉人相之，又曰：'石也。'王又以和为诳，而刖其右足。武王薨，文王即位……王乃使玉人理其璞而得宝焉，遂命曰：'和氏之璧。'"
[13] "吾王"二句：言天下英才尽归于魏。吾王：指曹操。天网：笼罩天地的大网。该：包容，囊括，引申为罗致。顿：抖动，振动。八纮（hóng）：八方极远之地，此处指控制八方的纲维大绳。《淮南子·墬形训》："九州之外，乃有八殥……八殥之外，而有八纮，亦方千里……"高诱注："纮，维也。"掩：覆盖，囊括。
[14] 悉：全部。兹国：指魏都邺城。
[15] "然此"二句：言数子的文学成就还未达到人所不能达到的高度。飞轩：轻车。绝迹：人所未到之处。
[16] 闲：通"娴"，精熟。
[17] 多：常。自谓：自以为。司马长卿：司马相如，字长卿，西汉著名辞赋家，有《子虚赋》《上林赋》等名篇。同风：具备同等的风采。
[18] "譬画虎"句：《文选》李善注引《东观汉记》："马援《诫子严书》曰：效杜季良而不成，陷为天子轻薄子，所谓画虎不成反类狗也。"
[19] 前书嘲之：此前已经给陈琳写信嘲笑过他的赋。
[20] 反：反而。作论：写文章论及。盛道：大讲。六臣注《文选》吕延济注："子建前有书与陈琳，嘲讥其文，琳反为论其盛道而赞美其文。"
[21] 钟期：钟子期。《列子·汤问》："伯牙鼓琴，志在登高山，钟子期曰：'善哉！峨峨兮若泰山！'志在流水，钟子期曰：'善哉！洋洋兮若江河！'伯牙所念，钟子期必得之。"子期死，伯牙谓世再无知音，乃破琴绝弦，终身不复鼓。不失听：听觉不误，指钟子期善识音律。
[22] 忘叹：当作"妄叹"，妄加赞叹。
[23] 嗤：讥笑。

世人之著述，不能无病。仆常好人讥弹其文[24]，有不善者，应时改定[25]。昔丁敬礼常作小文[26]，使仆润饰之[27]，仆自以才不过若人[28]，辞不为也。敬礼谓仆：卿何所疑难[29]，文之佳恶[30]，吾自得之[31]，后世谁相知定吾文者邪[32]？吾常叹此达言[33]，以为美谈。昔尼父之文辞[34]，与人通流[35]，至于制《春秋》[36]，游、夏之徒乃不能措一辞[37]。过此而言不病者[38]，吾未之见也。盖有南威之容[39]，乃可以论于淑媛[40]；有龙泉之利[41]，乃可以

[24] 讥弹：讥讽指责。其文：指曹植自己的文章。
[25] 应时改定：及时改正。
[26] 丁敬礼：丁廙，字敬礼，建安时为黄门侍郎，与兄丁仪同为曹植好友。因他们曾谋划拥立曹植为太子，曹丕继位后，被曹丕杀害。
[27] 润饰：润色修改。
[28] 过：超过。若人：此人，指丁敬礼。
[29] 卿：古时朋友间的昵称。疑难：犹疑为难。
[30] 佳恶：好坏。
[31] 得之：得之于心，自己心中有数。
[32] 知定：了解并评定。
[33] 达言：通达之言。
[34] 尼父：指孔子。孔子死后，鲁哀公在诔文中尊称孔子为尼父。
[35] 通流：交流。
[36] 制：作。《春秋》：儒家经典之一，为孔子依据鲁国史官所编《春秋》改定的编年体史书，记载了自鲁隐公元年（前722）至鲁哀公十四年（前481）凡二百四十二年的历史。
[37] 游、夏之徒：指孔子的门徒子游、子夏。措：置。
[38] 过此：除此之外。不病：没有毛病。
[39] 南威：古代美女。《文选》李善注引《战国策》曰："晋平公得南威，三日不听朝，遂推而远之，曰：'后世必有以色亡国者。'"容：美貌。
[40] 淑媛：美女。
[41] 龙泉：宝剑名，又名"龙渊"。利：锋利。

议其断割[42]。刘季绪才不能逮于作者[43]，而好诋诃文章[44]，掎摭利病[45]。昔田巴毁五帝[46]，罪三王[47]，訾五霸于稷下[48]，一旦而服千人，鲁连一说[49]，使终身杜口[50]。刘生之辩[51]，未若田氏，今之仲连，求之不难，可无息乎[52]？人各有好尚，兰茝荪蕙之芳，众人所好，而海畔有逐臭之夫[53]；《咸池》《六茎》之发[54]，众人所共乐，而墨翟有非之之论[55]，岂可同哉！

今往仆少小所著辞赋一通相与[56]。夫街谈巷说，必有可

[42] 议：评论。断割：指切割的利钝。《文选》李善注引《战国策》："苏秦说韩王曰：'韩之剑戟，龙渊、太阿，陆断牛马，水击鸿雁。'"
[43] 刘季绪：刘表之子。《文选》李善注引西晋挚虞《文章志》曰："刘表子，官至乐安太守，著诗、赋、颂六篇。"逮：及。
[44] 诋诃：指责，批评。
[45] 掎摭（jǐ zhí）：指摘。利病：优点与毛病。
[46] 田巴：战国时齐国的辩士。毁：毁谤。
[47] 罪：批评。三王：指夏商周三代的开国之君——夏禹、商汤、周文王和周武王。
[48] 訾（zǐ）：通"疵"，病，这里做动词用，批评。五霸：指齐桓公、宋襄公、晋文公、秦穆公、楚庄王。稷下：战国时期齐国的城门名，学士集聚于此，开馆授徒，著书立说，展开辩论。
[49] 鲁连：鲁仲连，战国时期齐国人，喜为人排难解纷，不求报答。曾参与救赵，平原君以千金为鲁仲连祝寿，鲁仲连辞而不受。说：辩说。
[50] 杜口：闭口。杜：封闭。
[51] 刘生：指上文中提到的刘季绪。
[52] 可无息乎：胡乱批评之风怎能不停止呢？息：止。
[53] 逐臭之夫：《吕氏春秋·遇合》："人有大臭者，其亲戚兄弟妻妾，知识无能与居者，自苦而居海上。海上人有说其臭者，昼夜随之而弗能去。"
[54] 《咸池》：古乐曲名，相传为尧时之乐。一说为黄帝时之乐，尧增修沿用。《六茎》：古乐名，相传为颛顼所作。《汉书·礼乐志》："昔黄帝作《咸池》，颛顼作《六茎》，帝喾作《五英》……"
[55] 墨翟：即墨子，春秋战国之际的思想家，墨家学派的创始人。《墨子·非乐》认为音乐危害很大，对音乐持否定态度。
[56] 往：送，致。一通：一卷。相与：相赠。

采^[57]；击辕之歌^[58]，有应风雅^[59]；匹夫之思^[60]，未易轻弃也。辞赋小道^[61]，固未足以揄扬大义^[62]，彰示来世也。昔扬子云先朝执戟之臣耳^[63]，犹称壮夫不为也^[64]。吾虽德薄，位为蕃侯^[65]，犹庶几戮力上国^[66]，流惠下民^[67]，建永世之业^[68]，留金石之功^[69]，岂徒以翰墨为勋绩，辞赋为君子哉^[70]！若吾志未果，

- [57]"夫街谈"二句：班固《汉书·艺文志》记载"小说家"的渊源云："小说家者流，盖出于稗官。街谈巷语，道听途说者之所造也。孔子曰：'虽小道，必有可观者焉，致远恐泥，是以君子弗为也。'然亦弗灭也。"采：取用。
- [58] 击辕之歌：击打车辕为节拍所唱之歌，泛指民歌。
- [59] 应：应和，符合。风雅：指《诗经》中的《国风》和《大雅》《小雅》，亦可代指《诗》。
- [60] 匹夫之思：普通人的想法。
- [61] 小道：小玩意儿。
- [62] 揄扬：宣扬。大义：高明的道理。
- [63] 扬子云：扬雄，字子云，西汉著名辞赋家、学者。先朝：前朝，指汉朝。执戟之臣：扬雄曾做过黄门郎，为执戟守卫宫廷的小吏，故称执戟之臣，有"扬执戟"之称。
- [64] 壮夫不为：大丈夫不做此事。扬雄《法言·吾子》："或问'吾子少而好赋。'曰：'然。童子雕虫篆刻。'俄而曰：'壮夫不为也。'"
- [65] 蕃侯：分封的侯王。
- [66] 庶几：希望。戮力：尽力，勉力。上国：外藩对帝室的称呼，此处指魏。
- [67] 流惠：施恩。惠：恩泽。
- [68] 永世之业：千秋万代的功业。
- [69] 金石之功：不朽的功勋。古代常将功绩封爵刻在铜器或者石山之上，以示不朽。
- [70]"岂徒"二句：言自己不愿仅仅在文章上有所建树，而更愿意杀敌建功。古人有三不朽之说："大上有立德，其次有立功，其次有立言。"（《左传·襄公二十四年》）曹植受此影响，故重立德、立功，而轻立言。翰墨：笔墨，指文章。

吾道不行[71]，则将采庶官之实录[72]，辩时俗之得失[73]，定仁义之衷[74]，成一家之言[75]。虽未能藏之于名山，将以传之同好[76]，非要之皓首，岂今日之论乎[77]？其言之不惭，恃惠子之知我也[78]。

明早相迎，书不尽怀。植白。

[71] 道：指政治主张与政治理想。
[72] 采：采集。庶官：众官。《汉书·司马迁传》赞司马迁"有良史之材"，"其文直，其事核，不虚美，不隐恶，故谓之实录"。
[73] 辩：通"辨"，辨别。时俗：世俗。
[74] 衷：正。
[75] 成一家之言：建立自己的学说。司马迁《报任少卿书》："欲以究天人之际，通古今之变，成一家之言。"
[76] "虽未能"二句：语出司马迁《报任少卿书》："仆诚以著此书，藏诸名山，传之其人，通邑大都。"同好：有共同爱好的人。
[77] "非要之"二句：若非你我这样终生为友的交情，岂能发今天这通议论？要：关系紧要。皓首：白首。今日之论：指以上言论。
[78] "其言之"二句：书信中有些大言不惭的话，就倚仗您来理解我了。惠子：惠施，庄子的好友和辩论对象。惠施死后，庄子感到没有辩论的对手了。《庄子·徐无鬼》："庄子送葬，过惠子之墓，顾谓从者曰：'郢人垩慢其鼻端若蝇翼，使匠石斫之。匠石运斤成风，听而斫之，尽垩而鼻不伤，郢人立不失容。宋元君闻之，召匠石曰："尝试为寡人为之。"匠石曰："臣则尝能斫之。虽然，臣之质死久矣。"自夫子之死也，吾无以为质矣，吾无与言之矣！'"此处以惠子比杨修。

曹植

赏 析

　　杨德祖即杨修，博学多才，与曹植关系密切。此文是曹植为临淄侯时写给杨德祖的书信，意在嘱托杨德祖品评其"少小所著辞赋"，并论及当时一众文人文笔之优劣，进而道出自己生平之志。故本篇虽有书信之名，实际上可称得上是一篇声情并茂的文学专论。

　　由于这是写给挚友的书信，文章开篇先述思念之情，进而略言昔日杨德祖与"建安七子"之风姿，再用粗犷的笔墨勾勒出邺下文坛"人人自谓握灵蛇之珠，家家自谓抱荆山之玉"的盛况。"灵蛇之珠"是灵蛇所献的明月珠，"荆山之玉"是价值连城的和氏璧，二者俱是稀世珍宝，人人自谓皆握，家家自谓都有，个中缘由不得不令人深思。陈琳不擅长辞赋，"却自谓能与司马长卿同风"，曹植曾写信对其进行讥嘲，但陈琳却将这讥嘲错解为赞美之词。这一扬一转之间，曹植便已言明对当时文坛景象的担忧。文人不能兼备众多文体虽为常理，但实则应当精益求精，"应时改定"，万不可行一叶障目之举。接着曹植用自己"好人讥弹其文"及丁敬礼邀自己对其所作文章进行品评之事来阐明"世人之著述，不能无病"之言。正因为如此，曹植将自己所做的文章一并交予杨德祖品评勘定。曹植这一身体力行的行为，也从侧面表明了建安文坛文人重视修改意见的严肃创作态度与良好的批评风气。

　　接下来，曹植对文学批评家提出了一定的要求，指出高度的文学素养与才学是批评家不可或缺的条件，否则便无资格评价。细思之，这未免太过绝对。在中国古代文学史上，长于评鉴而短于创作者大有人在，如刘勰、钟嵘等，经他们之手创作的文章虽不多，但其独特、敏锐的评价视角却是十分精当与准确的。仔细梳理曹植此语，似是对资质平庸而"好诋诃文章，掎摭利病"的刘季绪之流而发，我们于此应仔细辨别，不可臆断。

　　曹植于书信的最后，向杨德祖说明了寄送辞赋请求其评鉴的目的，与此同时也言及自己"戮力上国，流惠下民，建永世之业，留金石之功"的政治诉求，但奈何无此机遇，只得"采庶官之实录，

辨时俗之得失,定仁义之衷,成一家之言"。文章至此,曹植郁郁不得志的形象可谓活现于我们的脑海之中,他一心想成为驰骋沙场的猛将,奈何命运不济,只得以笔为戈,以文为械,于浩瀚文学之世界残喘余生。这对曹植来说是残酷的,但也正是由于这种残酷,文坛上才有了这位才高八斗的曹子建!

通篇来看,此为寄予杨德祖的书信,意在嘱托其品评斧正自己的文章辞赋,但由于对方是自己珍视的挚友,便洋洋洒洒,纵谈一众文人文章之得失,毫无顾忌,畅所欲言,秉承其一贯的爆发式抒情,堪为书信中的绝佳篇章。

曹植

洛神赋 并序

  黄初三年[1]，余朝京师[2]，还济洛川[3]。古人有言，斯水之神，名曰宓妃[4]。感宋玉对楚王神女之事[5]，遂作斯赋。其辞曰：
  余从京域，言归东藩[6]。背伊阙[7]，越轘辕[8]。经通谷[9]，陵景山[10]。日既西倾，车殆马烦[11]。尔乃税驾乎蘅皋[12]，秣驷乎芝田[13]。容与乎阳林[14]，流眄乎洛川[15]。于是精移神骇，忽焉思散。俯则未察，仰以殊观[16]。睹一丽人，于岩之畔。乃援御者而告之曰[17]："尔有觌于彼者乎[18]？彼何人斯，若此之艳也？"

注 释

[1] 黄初三年：公元222年。黄初：魏文帝曹丕的年号。
[2] 朝：朝见。京师：指魏都洛阳，今河南洛阳。
[3] 还：返回。济：渡。洛川：即洛水，源出陕西洛南，流经洛阳，纳伊水注入黄河。
[4] 宓（Fú）妃：传说为伏羲氏之女，溺洛水而死，遂为洛水女神。
[5] 宋玉：战国时期楚国人，作《高唐赋》《神女赋》，记楚王梦遇巫山神女事。
[6] 言：语助词，无实义。东藩：东方的藩国。时曹植为鄄城王，其地在今山东鄄城北，位于京城洛阳东北，故称东藩。
[7] 背：背向。伊阙：山名，在洛阳南，又名阙塞山、龙门山。
[8] 轘（huán）辕：山名，在今河南偃师东南。
[9] 通谷：谷名，在洛阳城南五十里。
[10] 陵：升，登上。景山：山名，在今河南偃师南。
[11] 殆：通"怠"，怠惰。烦：疲劳。
[12] 尔乃：于是就。税驾：解马卸车。税：通"脱"，解下。乎：于。蘅：杜衡，香草名。皋：水边。
[13] 秣：喂养。驷：一车四马，此处指驾车之马。芝田：长有芝草的田野。
[14] 容与：安闲自得的样子。屈原《九歌·湘君》："时不可兮再得，聊逍遥兮容与。"阳林：地名。一作"杨林"，因多杨树而名。
[15] 流眄（miǎn）：随意眺望。
[16] 仰：抬头。以：而。殊观：奇异的景象。
[17] 援：拉住。御者：车夫。
[18] 觌（dí）：见。

御者对曰："臣闻河洛之神，名曰宓妃，然则君王所见[19]，无乃是乎[20]？其状若何？臣愿闻之。"

余告之曰：其形也，翩若惊鸿[21]，婉若游龙[22]。荣曜秋菊，华茂春松[23]。仿佛兮若轻云之蔽月[24]，飘飖兮若流风之回雪[25]。远而望之，皎若太阳升朝霞；迫而察之，灼若芙蕖出渌波[26]。秾纤得衷[27]，修短合度。肩若削成[28]，腰如约素[29]。延颈秀项[30]，皓质呈露。芳泽无加[31]，铅华弗御[32]。云髻峨峨[33]，修眉联娟[34]。丹唇外朗[35]，皓齿内鲜[36]。明眸善睐[37]，靥辅承权[38]。

[19] 然则：相当于"那么"。君王：指曹植，时为鄄城王，故称。
[20] 无乃：莫非就是，表猜测之词。是：此，指洛神。
[21] 翩：轻快飞翔的样子。鸿：大雁。
[22] 婉：柔曲的样子。
[23] "荣曜"二句：言洛神容光焕发，就像秋菊那样明丽；华美茂盛，就像春天的松树那样散发着青翠的气息。荣、华：本义是草木之花。此处指洛神的容颜和风采。曜：明亮，鲜明。茂：茂盛。
[24] 仿佛：朦胧迷离的样子。
[25] 飘飖（yáo）：飘荡不定的样子。流风：飘风，回风。回：旋转。
[26] 灼：鲜明，明艳。芙蕖（qú）：荷花。渌（lù）：水清澈的样子。
[27] 秾（nóng）：原指花木茂盛，这里形容人体态丰盈。纤：细，这里形容体态瘦削苗条。衷：适中。
[28] 削成：刻削而成。
[29] 约：缠束。素：白色的丝织品。
[30] 延、秀：都是长的意思。颈、项：脖子的前部叫颈，后部叫项。
[31] 芳泽：润肤的油脂。
[32] 铅华：化妆用的白粉。弗御：无加，不必施用的意思。
[33] 云髻：如乌云一样的发髻。峨峨：高耸的样子。
[34] 修眉：细长的眉毛。联娟：细长而弯曲的样子。
[35] 朗：明亮。
[36] 皓齿：洁白的牙齿。
[37] 明眸：明亮的眼珠。睐（lài）：旁视，顾盼。
[38] 靥（yè）辅：有酒窝的面颊。权：颧骨。

曹植

瑰姿艳逸[39]，仪静体闲[40]。柔情绰态[41]，媚于语言[42]。奇服旷世[43]，骨像应图[44]。披罗衣之璀粲兮[45]，珥瑶碧之华琚[46]。戴金翠之首饰，缀明珠以耀躯。践远游之文履[47]，曳雾绡之轻裾[48]。微幽兰之芳蔼兮[49]，步踟蹰于山隅[50]。于是忽焉纵体[51]，以遨以嬉。左倚采旄[52]，右荫桂旗[53]。攘皓腕于神浒兮[54]，采湍濑之玄芝[55]。

余情悦其淑美兮，心振荡而不怡[56]。无良媒以接欢兮[57]，托微波而通辞[58]。愿诚素之先达兮[59]，解玉佩以要之[60]。嗟佳

[39] 瑰姿：美妙的姿态。瑰：美妙。艳逸：美而不俗。
[40] 仪静：举止文静。体闲：体态娴雅。
[41] 柔情绰态：情态温柔宽和。绰：宽，缓。
[42] 媚于语言：言语妩媚动人。
[43] 旷世：举世所无。旷：空，绝。
[44] 骨像：骨格与状貌。应图：如图画中人一般。
[45] 璀粲：明净的样子。
[46] 珥（ěr）：珠玉耳饰，这里做动词用，佩戴。瑶碧：美玉。华琚：雕刻的佩玉。
[47] 践：穿。远游：一种鞋子的名称。文履：绣花鞋。
[48] 曳：拖着。雾绡：轻薄如雾的绡。绡：生丝织成的帛。裾：衣前襟，此处指裙边。
[49] 微：香气微通。幽兰：兰花的别称。
[50] 踟蹰：徘徊。山隅：山角。
[51] 纵：耸，向上引。
[52] 采旄（máo）：彩色旗。采：同"彩"。旄：古代在旗杆头上用牦牛尾做装饰的旗子。
[53] 桂旗：用桂枝做杆的旗子。屈原《九歌·山鬼》："辛夷车兮结桂旗。"
[54] 攘皓腕：捋起袖子，露出雪白的手腕。攘：捋起。浒：水边。
[55] 湍濑：急流。
[56] 振荡：振动，不平静。怡：安适。
[57] 接欢：交接通欢。
[58] 通辞：传达言辞。
[59] 诚素：真情。素：同"愫"，此处指爱慕之情。先达：早先送达。
[60] 要（yāo）：通"邀"，约请。

洛神赋 并序

人之信修兮[61],羌习礼而明诗[62]。抗琼珶以和予兮[63],指潜渊而为期[64]。执眷眷之款实兮[65],惧斯灵之我欺[66]。感交甫之弃言兮[67],怅犹豫而狐疑。收和颜而静志兮[68],申礼防以自持[69]。

于是洛灵感焉,徙倚彷徨[70]。神光离合[71],乍阴乍阳[72]。竦轻躯以鹤立[73],若将飞而未翔。践椒涂之郁烈[74],步蘅薄而流芳[75]。超长吟以永慕兮[76],声哀厉而弥长[77]。

尔乃众灵杂遝[78],命俦啸侣[79]。或戏清流,或翔神渚,或采明珠,或拾翠羽[80]。从南湘之二妃[81],携汉滨之游女[82]。叹

[61] 嗟:赞叹之辞。信修:实在美好。
[62] 羌:发语词。习礼而明诗:懂得礼法,通晓诗书。
[63] 抗:举起。琼珶(dì):美玉名。和:应和,和答。
[64] 潜渊:深渊。期:约会。
[65] 执:持,怀着。眷眷:怀恋的样子。款实:真诚实在的情意。
[66] 斯灵:指洛神。我欺:即欺我。
[67] 交甫:指郑交甫。《文选》李善注引《神仙传》云:郑交甫行于江滨,遇仙女,目而挑之,女遂解佩与之。交甫行数步,佩玉不见,回视仙女,亦不见其踪影。弃言:背弃信言,指仙女失信。
[68] 收:收敛。和颜:喜悦的脸色。静志:镇定情志,使心情平静下来。
[69] 申:施展。礼防:礼法,指男女之防。自持:自我约束。
[70] 徙倚:低回。彷徨:徘徊。
[71] 神光:指洛神的身影。离合:忽离忽合,若隐若现。
[72] 乍阴乍阳:忽明忽暗。
[73] 竦:耸立,提起脚后跟引颈而望的样子。鹤立:像鹤一样站立。
[74] 践:踩着。椒涂:长着花椒的道路。椒:花椒,一种芳香植物。涂:通"途"。
[75] 薄:草木丛生的地方。流芳:香气流动。
[76] 超:怅,惆怅。永慕:长久地思慕。
[77] 厉:激越。弥长:愈来愈长。
[78] 众灵:众神。杂遝(tà):众多的样子。
[79] 命俦啸侣:呼朋引伴。
[80] 翠羽:翠鸟的羽毛,多用作饰物。
[81] 南湘之二妃:指舜的妃子娥皇、女英。传说舜南巡时死于苍梧,二妃往寻,途中死于江、湘之间,遂为湘水之神。
[82] 汉滨之游女:指汉水的女神。

匏瓜之无匹兮[83]，咏牵牛之独处[84]。扬轻袿之猗靡兮[85]，翳修袖以延伫[86]。体迅飞凫[87]，飘忽若神。凌波微步[88]，罗袜生尘[89]。动无常则，若危若安[90]。进止难期，若往若还。转眄流精[91]，光润玉颜。含辞未吐，气若幽兰[92]。华容婀娜[93]，令我忘餐。

于是屏翳收风[94]，川后静波[95]，冯夷鸣鼓[96]，女娲清歌[97]。腾文鱼以警乘[98]，鸣玉鸾以偕逝[99]。六龙俨其齐首[100]，载云车之容裔[101]。鲸鲵踊而夹毂[102]，水禽翔而为卫。于是越北沚，过

[83] 匏（páo）瓜：星名，一名天鸡，在河鼓（牵牛星）以东。无匹：没有配偶。
[84] 牵牛：牵牛星。民间传说牛郎星与织女星为夫妇，终年隔天河遥遥相望，只有七月七日夜间才可在鹊桥上相会一次。独处：独居。
[85] 袿（guī）：女子的上衣。猗靡：随风飘动的样子。
[86] 翳（yì）：遮蔽。修袖：长袖。延伫：引颈远望。
[87] 迅：疾，敏捷。凫：水鸟名，即野鸭。
[88] 凌波：在水上行走。微步：细步而行。
[89] 尘：喻指细沫。
[90] 若危若安：时而显得惊险，时而显得平安。
[91] 转眄：顾盼。流精：神采飞扬。
[92] 气：气息。
[93] 华容：即花容。婀娜：体态轻盈柔美。
[94] 屏翳：风神。
[95] 川后：水神河伯。后：上古时期称君主为后。静波：使波涛平静下来。
[96] 冯夷：即河伯。传说河伯为华阴潼乡人，姓冯名夷，浴于河中而死，被天帝命为河伯。鸣鼓：击鼓。
[97] 女娲：神话中的上古女皇，曾抟黄土造人，炼石补天，也是笙簧等乐器的发明者。
[98] 腾：跳跃。文鱼：有翅能飞的鱼。警乘：保卫车乘。
[99] 玉鸾：玉石鸾铃，刻为鸾鸟之形。偕：俱。逝：往。
[100] 俨：庄重整饬。齐首：排成一排，齐头并进。
[101] 云车：神仙所乘之车。容裔：从容自得的样子。
[102] 鲸鲵（ní）：鲸鱼，雄曰鲸，雌曰鲵。踊：跳跃。毂（gǔ）：车轮中心外以接辐、内有圆孔承轴的部分，此处代指车。

南冈,纡素领[103],回清阳[104]。动朱唇以徐言,陈交接之大纲。恨人神之道殊兮,怨盛年之莫当[105]。抗罗袂以掩涕兮[106],泪流襟之浪浪[107]。悼良会之永绝兮,哀一逝而异乡。无微情以效爱兮[108],献江南之明珰[109]。虽潜处于太阴[110],长寄心于君王[111]。忽不悟其所舍[112],怅神宵而蔽光[113]。

于是背下陵高[114],足往神留[115]。遗情想像[116],顾望怀愁。冀灵体之复形[117],御轻舟而上溯[118]。浮长川而忘反[119],思绵绵而增慕。夜耿耿而不寐[120],沾繁霜而至曙[121]。命仆夫而就驾,吾将归乎东路[122]。揽骓辔以抗策[123],怅盘桓而不能去[124]。

[103] 纡(yū):回。素领:白皙的颈项。
[104] 清阳:眉目清秀的样子,此处代指眼睛。
[105] 盛年:壮年。当:遇,相逢。
[106] 抗:举。袂:衣袖。
[107] 浪浪:泪流不止的样子。
[108] 效爱:表达相爱之意。
[109] 珰(dāng):耳饰。
[110] 潜处:隐居。太阴:众神所居之地。
[111] 君王:洛神对曹植的尊称。
[112] 不悟:不觉,不知。舍:止。
[113] 神宵:神影消散。蔽光:光彩隐没。
[114] 背:离。陵:升。
[115] 足往神留:脚在朝前走着,心却依然留在那里。
[116] 遗情:留情。想像:回想洛神的形象。
[117] 冀:希望。灵体:指洛神。形:现。
[118] 御:驾。溯:逆流而上。
[119] 长川:指洛水。反:通"返"。
[120] 耿耿:心神不安的样子。
[121] 繁霜:厚霜。曙:天明。
[122] 东路:东去之路。
[123] 揽:执,拿。骓(fēi):即骖马。古代驾车之马,在中间的叫服,在两旁的叫骓,或叫骖。辔:马缰绳。抗策:举起马鞭。
[124] 盘桓:徘徊不进。

曹植

赏析

相传洛神为上古帝王伏羲之女宓妃，因溺死在洛水而成洛水女神。又一说为曹丕之妃甄氏，曹植追而不得，故在其死后作《洛神赋》。实情如何姑且不论，曹植在这篇《洛神赋》的小序中只言明他于魏文帝黄初三年（222）行至洛川，知有洛神，便模仿宋玉的《神女赋》写下此文。全文从偶遇神女开始叙述，继而描绘神女的美貌，抒写自己的情愫，直到最后人神分隔落下帷幕。

文章第一部分讲述了与神女的相遇。曹植从魏都洛阳回归封地鄄城，一路跋涉，直至黄昏。夕阳西斜，车马疲倦，于是驻马在洛川边，自己到阳林中散步。一时间忽觉精神恍惚，神思飘散，向远望去，烟波浩渺的洛水之中隐约有一佳人。迷离之间，身旁御者告其"河洛之神，名曰宓妃"，这便开始了与神女的邂逅。

曹植用婉转清丽的语言描述了神女的形象，这段描写在历代的神女赋作中最为经典："翩若惊鸿，婉若游龙。荣曜秋菊，华茂春松。"这一句总括初见神女的模样。惊鸿是翩翩飞起的鸟儿，游龙是婉转婀娜的蛟龙，她身姿姣好，气质雍容，她的面容有如秋菊般饱满光耀，体态则如春松般华丽典雅。一动一静之间轻盈流转，顾盼神飞。"仿佛兮若轻云之蔽月，飘飖兮若流风之回雪。"云遮月、风吹雪都是极为缥缈模糊的景色，用来形容神女，一则形容她不染纤尘的风度，二则也是说她可望而不可即的本质。"远而望之，皎若太阳升朝霞；迫而察之，灼若芙蕖出渌波。"远望她，她仿佛沐浴在霞光之中；靠近看，则只觉她是一枝香莲带露而开。曹植与神女的偶遇不经意却又惊喜，一眼便难以忘怀。他一连几句皆用极美的比喻来描画神女的模样，虽不做具象的书写却令人能领略其美，只觉她体态轻盈流转，顾盼神飞，给人以无尽美好的想象，这正是曹植用笔的巧妙之处。接着，曹植的描写渐渐具体了起来，却也是点到为止，恰到好处。他形容神女"秾纤得衷，修短合度"，这是说身高身材完美合宜；"肩若削成，腰如约素"，则是说削肩细腰，不盈一握。"延颈秀项，皓质呈露"，是说颈项修长，肤如凝脂；"芳泽无

加,铅华弗御",则是说她天然雕饰。接下来的一连串描写:"云髻峨峨,修眉联娟。丹唇外朗,皓齿内鲜。明眸善睐,靥辅承权",从头发到牙齿一一描绘,把一个修眉朱唇、明眸皓齿、清纯可爱的神女形象活生生地勾勒了出来。然而到这里还未尽善,更为锦上添花的是,曹植不仅描绘了神女的静态之美,还在最后总结了其优雅的动态形象——"瑰姿艳逸,仪静体闲",且不忘加上神女的声音——"柔情绰态,媚于语言"。当然,这些也不是实写,神女到底如何瑰丽娴静就有待读者自己想象了。本段最后,曹植给神女加上了华丽的服饰,装饰上罗衣、瑶碧、金翠、明珠,无比闪耀;又予之文履、轻裾,突显其体态之美;并赋之以幽兰之芳,从嗅觉上撩动人心。曹植所见之神女正"步踟蹰于山隅","忽焉纵体,以遨以嬉。左倚采旄,右荫桂旗。攘皓腕于神浒兮,采湍濑之玄芝",香草美人,在水一方,这一场景清新灵动,超然脱俗。曹植极尽想象,可谓将所能顾及之处写得无一处不美。

后半部分写曹植与神女的相会与分离,情意缠绵。曹植钟情于神女的淑美,初邀时满心的期待与不安,一时"心振荡而不怡",一时又"怅犹豫而狐疑",得到神女的答复后又"收和颜而静志兮,申礼防以自持",把恋爱状态中既真挚投入又极力自我克制的痴态写得活灵活现。既已通晓情意,神女便款款而来,与之相会。随着语言的流动,我们看到作者先用小视角写神女"竦轻躯以鹤立,若将飞而未翔",将我们带入聚会场面;又用大视角写众神的纷沓而至,"或戏清流,或翔神渚,或采明珠,或拾翠羽",全然一派热闹欢喜。最后又将视角回归到洛神身上,细写她的美丽动人,娇媚多情。

相会之后便是分别,"屏翳收风,川后静波,冯夷鸣鼓,女娲清歌。腾文鱼以警乘,鸣玉鸾以偕逝"。风停浪静,众神离去。这几句写得不仅有画面动感还有音响的配合。想来"冯夷鸣鼓,女娲清歌"有何人听过呢?有文鱼、蛟龙、鲸鲵、水禽护驾的"玉鸾""云车"又有何人见过呢?但是这样的描写却恰能带人融入场景,给人一种曲终人散的仪式感。然后曹植又着重描绘了洛神的神情,依依不舍,

泣涕涟涟，衷肠诉尽，状态可怜。刹那间，"忽不悟其所舍，怅神宵而蔽光"，众神的车马已经无迹可寻，仿佛先前的繁华不过是梦幻一场。

文章最后曹植又回到了现实生活中来，一切如常。只是他"足往神留"，余情缱绻，"遗情想象，顾望怀愁"。与洛神的相会牵动着他的思绪，使他不思归途，却又不能不"归乎东路"。在最后一段中，曹植所叙述的全部都是他孑然一人的踟蹰与徘徊、留恋与忧伤，更显孤独与清冷。虽然此时的他又像文章开头一样要继续赶路了，但是这一段回忆却使他的脚步更加沉重。

《洛神赋》的抒写像诗，像赋，也像戏剧和小说。曹植将他遇见神女、爱上神女、与神女依依惜别的整个故事叙述得都十分到位，仿佛一场大型演出。中间还夹杂着众神降临的热闹场面，仿佛一个大的歌诗队。曹植对神女的描写有远有近，有静有动。他有时是旁观者，爱慕神女的一举一动、一颦一笑；有时又能与之交流，互诉衷情。这样带有情节的抒写最能引起读者的通感，使人仿佛也置身于对神女的恋慕中。

关于《洛神赋》的主旨，一种说法是歌颂美好的爱情，另一种说法是用求女不得比喻理想不能实现的苦闷。这一番看似凄凉美丽的爱情故事，其实是作者香草美人以喻君臣的写作手法。作者在美不可及的女神与浪漫崇高的爱情中寄托自己的政治理想与高尚追求，从而突显失败后的失意与落寞。赋中描写的是曹植梦中的景象，这也奠定了文章"人神殊道"的悲情基调。艺术上，曹植在整体上使用象征手法，以神女来比喻自己追求不得的理想，继承了楚辞的表现手法，在魏晋大受推崇。曹植追求辞采、意象的华丽，清辞丽句，具有形式之美。行文当中所呈现出来的声调和谐之美、文字整齐之美，对后世文坛影响深远。

王粲
（177—217）

字仲宣，山阳高平（今山东邹县西南）人，生于贵族世家，家学深厚。其曾祖父龚、祖父畅，皆位列三公，其父谦则为大将军何进之长史。王粲自幼聪慧异常，颇有才名。十七岁时受任黄门侍郎，因西京战乱而未能就职，到荆州避难依附刘表，未能受到重用。后得曹操召用，为丞相掾，赐爵关内侯，自此跟随曹操，兴造典章制度。魏国建立后，官拜侍中。汉献帝建安二十二年（217）随曹操征吴，于途中病卒。王粲在文学上成就颇高，是"建安七子"之一，刘勰评价其为"七子之冠冕"。他以诗赋称著，《登楼赋》《七哀诗》等作品皆流传颇广。这些作品或抒发个人情怀，或反映民间疾苦，带有深刻的社会现实烙印。后人或将他与曹植比肩，合称"曹王"。明人将其作品辑录成集，称《王侍中集》。

王 粲

登楼赋

　　登兹楼以四望兮[1]，聊暇日以销忧[2]。览斯宇之所处兮[3]，实显敞而寡仇[4]。挟清漳之通浦兮[5]，倚曲沮之长洲[6]。背坟衍之广陆兮[7]，临皋隰之沃流[8]。北弥陶牧[9]，西接昭丘[10]。华实蔽野[11]，黍稷盈畴[12]。虽信美而非吾土兮[13]，曾何足以少留[14]？

　　遭纷浊而迁逝兮[15]，漫逾纪以迄今[16]。情眷眷而怀归兮[17]，

注　释

[1] 兹：此。
[2] 聊：姑且。暇日：借此日。暇：通"假"，借。
[3] 斯宇：这座楼。所处：所在的环境。
[4] 显敞：宽阔敞亮。寡仇：少有能与之匹敌的。仇：匹。
[5] 挟：带。漳：水名，源于湖北南漳，经当阳与沮水会合，再经江陵注入长江。通浦：两条河的相通之处，这里指漳、沮二水会合处。
[6] 沮：水名，出自房陵，经当阳与漳水会合。长洲：沮水中间的长形陆地。
[7] 背：背靠，指北面的倚靠。坟：高。衍：平。广陆：广袤的原野。
[8] 临：面临，指南面。皋（gāo）隰（xí）：水边低洼之地。沃流：可供灌溉的水流。
[9] 弥：接。陶：春秋时越国陶朱公范蠡。牧：郊野。
[10] 昭丘：楚昭王之墓，在当阳东南七十里。
[11] 华实：花与果实。华：即"花"。
[12] 黍（shǔ）稷（jì）：泛指谷物。盈畴：遍布田野。
[13] 信：实。吾土：这里指作者的故乡。
[14] 曾：竟。
[15] 纷浊：纷扰，混浊，比喻乱世。迁逝：迁徙流亡，指避乱荆州。
[16] 漫：时间之长。逾：超过。纪：一纪是十二年。
[17] 眷眷：念念不忘的样子。

孰忧思之可任[18]？凭轩槛以遥望兮[19]，向北风而开襟[20]。平原远而极目兮，蔽荆山之高岑[21]。路逶迤而修迥兮[22]，川既漾而济深[23]。悲旧乡之壅隔兮[24]，涕横坠而弗禁[25]。昔尼父之在陈兮，有"归欤"之叹音[26]。钟仪幽而楚奏兮[27]，庄舄显而越吟[28]。人情同于怀土兮[29]，岂穷达而异心？

惟日月之逾迈兮[30]，俟河清其未极[31]。冀王道之一平兮[32]，

[18] 任：经受。
[19] 凭：依靠。
[20] 开襟：打开衣襟。
[21] 荆山：在湖北南漳。高岑：高而小的山。
[22] 逶迤（wēiyí）：曲折。修：长。迥：远。
[23] 济：渡口。
[24] 壅（yōng）隔：阻塞隔绝。
[25] 涕：眼泪。横坠：横流。弗禁：止不住。
[26] "昔尼父"二句：《论语·公冶长》载，孔子昔日在陈断粮，思念故乡而叹曰："归欤，归欤！"尼父：孔子字仲尼，故敬称为"尼父"。
[27] 钟仪：春秋时期楚国人。幽：囚禁。楚奏：楚国音乐。《左传·成公九年》载，钟仪被郑国俘虏献给晋国，晋侯使之奏琴，钟仪便演奏楚音。范文子赞曰："乐操土风，不忘旧也。"
[28] 庄舄（xì）：战国时期越国人。越吟：唱越国歌。《史记·张仪列传》载，庄舄在楚国做官时卧病，楚王说："庄舄原是越国的穷人，现在楚国享受富贵，还思念越国吗？"派人去看时，他正低吟越声。
[29] 怀土：思念故土。
[30] 惟：发语词。日月：光阴。逾迈：远去。
[31] 俟：等待。河：黄河。相传黄河水一千年才清一次。未极：未至。
[32] 冀：希望。一平：统一平静。

王粲

假高衢而骋力[33]。惧匏瓜之徒悬兮[34]，畏井渫之莫食[35]。步栖迟以徙倚兮[36]，白日忽其将匿[37]。风萧瑟而并兴兮[38]，天惨惨而无色[39]。兽狂顾以求群兮[40]，鸟相鸣而举翼[41]。原野阒其无人兮[42]，征夫行而未息[43]。心凄怆以感发兮，意忉怛而憯恻[44]。循阶除而下降兮[45]，气交愤于胸臆[46]。夜参半而不寐兮[47]，怅盘桓以反侧[48]。

[33] 假：借。高衢：大道。骋力：发挥自己的实力，实现抱负。
[34] 匏（páo）瓜：葫芦。徒：白白地。《论语·阳货》："吾岂匏瓜也哉？焉能系而不食？"这里作者是担心自己空有诚心却不能为世所用。
[35] 渫（xiè）：淘井。《周易·井卦》："井渫不食，为我心恻。"是说井水虽已淘洗干净却无人食用，比喻作者担心自己洁身自重却不能得到重用。
[36] 栖迟：走走停停。徙倚：徘徊。
[37] 匿：藏。
[38] 并兴：指四面之风同时吹起。
[39] 惨惨：暗淡无光之景。
[40] 狂顾：惊慌地回望。
[41] 举翼：振翅。
[42] 阒（qù）：静寂。
[43] 征夫：行人。
[44] 忉怛（dāodá）：忧伤。憯（cǎn）恻：悲痛。
[45] 循：沿着。阶除：台阶。
[46] 交愤：愤懑郁结于心的样子。
[47] 夜参半：至半夜。
[48] 怅：惆怅，难过。盘桓：辗转徘徊，指内心纠结。反侧：翻来覆去的样子。

赏 析

  因为战乱,王粲去荆州依附刘表,但奈何刘表思想守旧,兼之以貌取人,遂使王粲怀才不遇,在荆州滞留十几年,一直未得到重视。荆州地远,久留不归,又壮志未酬,王粲难免有思乡之情。这篇《登楼赋》作于汉献帝建安十一年(206)。王粲登高临远,望故乡渺邈,归思难收,游目骋怀,写下了这篇名作。

  从文体上看,这是一篇抒情小赋,作者的情感呈现出层次性、递进性的特征。最初是流落他乡的清冷与孤独,进而是对故乡的思念与向往,最后是对自己郁郁不得志的愤懑。他在文中透露了自己身在异乡,"遭纷浊而迁逝"。据史书所载,王粲少有异才,十七岁时便被征召为黄门侍郎。只因西京战乱,未能就职,而奔往荆州依附刘表。到写作此文之时,这一别已有一纪之久。作者忆起过往,深觉"情眷眷而怀归",思乡之情不可自胜。然而不仅如此,王粲南下后,刘表以粲"貌寝而体弱通侻"对他不甚重用,使其处境十分难堪。为形象地说明自己的境遇,作者在文中灵活运用了一些历史典故和经典的比喻。如借用孔子受困陈国而思归、钟仪因于晋国而楚奏、庄舄出仕楚国而越吟之典,发出"人情同于怀土兮,岂穷达而异心"的同病相怜之感。又用匏瓜和井渫的比喻,倾诉自己"惧匏瓜之徒悬兮,畏井渫之莫食"的忧愤,道出了自己空有才力而无施展之道的无奈与不平。

  另外,文中的景色描写也十分精当,对全文起到了很好的连接作用。作者在开篇先对所登之楼的周围环境进行描写,使人明白他所处的环境是四周宽敞、视野开阔的高地。如此便自然而然地奠定了"悠悠天宇旷,切切故乡情"的感情基调。随着感情层次的递进,作者又在中间部分抒写了自己迎风远眺的状态。但见平原远阔,荆山高峻,长路逶迤,江水荡漾。然而山高水远,皆是归乡的阻隔,于是更添思归之苦。最后,当作者点出自己的满腔惆怅实出于仕途的不如意时,又借用大量的黄昏之景来渲染:"风萧瑟而并兴兮,天惨惨而无色。兽狂顾以求群兮,鸟相鸣而举翼。原野阒其无人兮,

王 粲

征夫行而未息。"秋风萧瑟,天色惨淡,作者一人独立高楼之上,望见孤兽求群、孤鸟相鸣、茫茫原野征夫赶路的情景,不免顾盼自怜,思乡情切。作者用如此凄伤的情境来结束文章,可进一步抒写自己"夜参半而不寐兮,怅盘桓以反侧"的心情,仿佛长夜漫漫,忧思永难逝去。

统观全文,王粲以景始,又以景终,随着情感的层层递进,巧用景色来起兴,达到了情景交融、融情于景的高度,读来意味绵远悠长。

阮籍
（210—263）

字嗣宗，陈留尉氏（今河南开封）人，三国魏文学家、思想家，阮瑀之子。曾任步兵校尉，人称"阮步兵"。与嵇康齐名，是"竹林七贤"的代表人物。早年"好诗书"，有"济世志"，但处于魏晋易代之际，惧于司马氏的专权，采取"口不臧否人物"、明哲保身的处事原则。或闭门读书，或登山临水，纵酒自遣，以求自全。其生平事迹见《晋书·阮籍传》及《世说新语》。在诗歌方面，主要作品为《咏怀》诗八十二首，集中体现了嗟生忧时的痛苦，对五言诗的发展有很大的贡献。在散文方面，《大人先生传》《达庄论》等文章以老庄思想抨击"礼法"的虚伪，为其代表作，文笔韵散兼备，别具一格。其原集已佚，后明人辑有《阮步兵集》。

阮 籍

诣蒋公[1]

　　籍死罪死罪！伏惟明公[2]，以含一之德[3]，据上台之位[4]。群英翘首[5]，俊贤抗足[6]。开府之日[7]，人人自以为掾属[8]。辟书始下[9]，下走为首[10]。子夏处西河之上[11]，而文侯拥篲[12]；

注 释

[1] 诣：到，特指到比自己年长或地位高的人那里去。蒋公：即蒋济，曹魏重臣，时为太尉，三公之一。
[2] 伏惟：下级对上级的敬辞，意为俯伏思量。明公：旧时对有名望、有地位者的尊称，此处指蒋济。
[3] 含一之德：淳一、至高的德行。
[4] 上台：本为星名，在文昌星之南。《晋书·天文志》："三台六星，两两而居，……西近文昌二星曰上台，为司命，主寿。"刘良注："济为太尉，即三公，言上台，重之也。"此处的上台，指三公之最尊者。
[5] 群英：群贤。翘（qiáo）首：仰慕。
[6] 抗足：举足前来，意即争相投奔。
[7] 开府：高级官员成立府署、选置僚属谓之开府。
[8] 掾（yuàn）属：长官的属吏。掾：本义是佐助，后为副官或官府属员的通称。
[9] 辟书：招募人才的文书。
[10] 下走：走卒。为首：当先。
[11] 子夏：卜商，字子夏，春秋时期卫国人，孔子弟子。曾讲学于西河，为魏文侯师。
[12] 文侯：指战国时期魏国君主魏文侯，姬姓魏氏，名斯（《史记》作"都"）。受子夏经艺，以段干木为客卿。魏文侯经过段干木乡里，未尝不伏轼而敬。曾任李悝为相、吴起为将，使乐羊子拔中山，用西门豹治邺，颇有政绩。在位三十八年（前445—前396）卒。拥篲（huì）：执帚。古时迎宾客，常拥篲以示敬意。

邹子居黍谷之阴[13]，而昭王陪乘[14]。夫布衣穷居韦带之士[15]，王公大人所以屈体而下之者[16]，为道存也[17]。籍无邹、卜之德，而有其陋[18]，猥见采擢[19]，无以称当[20]。方将耕于东皋之阳[21]，输黍稷之税[22]，以避当涂者之路[23]。负薪疲病[24]，足力不强。补吏之召[25]，非所克堪[26]。乞回谬恩[27]，以光清举[28]。

[13] 邹子：邹衍，战国时期齐国人，阴阳家。黍谷：山名，又名燕谷山、寒谷山，在今北京密云西南。《文选》李善注引刘向《别录》云："邹衍在燕，有谷寒，不生五谷。邹子吹律而温，生黍。"
[14] 昭王：燕昭王。为了招纳贤才，燕昭王曾筑黄金台，于是乐毅、邹衍等贤者纷纷至燕。陪乘：古代乘车，尊者在左，驾车者在中，又有一人在右，称"陪乘"，亦称参乘或车右。
[15] 韦带：古代贫贱之士所系的无装饰的皮带。
[16] 屈体：屈身，降低身份。
[17] 道存：有道存乎其身。
[18] 陋：粗鄙。
[19] 猥：辱，谦辞。见：被。采擢：选拔，提拔。
[20] 称当：称职。
[21] 东皋之阳：水边向阳的高地，此处泛指田园、原野。皋：水边的高地。
[22] 输：缴纳。
[23] 当涂者：即执政者。涂：通"途"。
[24] 负薪：古代士人自称疾病的谦辞，犹负薪之忧。《礼记·曲礼下》："君使士射，不能，则辞以疾，言曰：'某有负薪之忧。'"
[25] 补吏：补受官职。召：诏命。
[26] 克：能。堪：胜任。
[27] 回：收回。谬恩：错爱之恩，指补吏之召。
[28] 光：发扬。清举：清明公正的选用。

阮籍

赏析

据陆侃如先生《中古文学系年》考证，此文当写于魏正始三年（242）。当时位列三公的蒋济听闻阮籍有奇才，便欲征其为幕僚。而阮籍却因官场的黑暗，不愿卷入曹魏集团与司马氏集团之间的明争暗斗之中，遂不欲为官，便向蒋济上此奏表，婉拒出仕。

这篇奏表是阮籍在时局多变的乱世之中的无奈之举。鉴于蒋济之权势，阮籍开篇先以"死罪死罪"自领。紧接着对有"含一之德""据上台之位"的蒋济奉承一番，显得很是恭顺。然后用"子夏处西河之上，而文侯拥篲"及"邹子居黍谷之阴，而昭王陪乘"二典，赞颂蒋济如魏文侯、燕昭王一样有礼贤之风，同时又说自己不才，难以与子夏、邹子等古贤人并论，所以，即使蒋公如文侯、昭王，而自己却非子夏、邹子，决难出仕，言语之间显得非常谦虚。接下来表明自己的意愿是"耕于东皋之阳，输黍稷之税，以避当涂者之路"，做个平民百姓，诚恳地祈盼蒋济能够打消征自己为幕僚的决定。阮籍这番言语可谓坦诚有理，但细思之，位列三公的蒋济开府征召幕僚，应该是"群英翘首，俊贤抗足"的盛事，而阮籍更是怀有济世之志的名士，但面对蒋济的招募，阮籍却婉言谢绝。这寥寥数语中的未尽之意当细细思考：阮籍并非一开始就是无功业理想之人，之所以写信予以回绝，实在是无奈之举，这更加说明易代之际政局浊恶之至。

通观全文，一身布衣的阮籍面对手握重权、位列三公的蒋济，其婉拒出仕的态度可谓不卑不亢，而这正是"竹林七贤"的独特气质，"弃经典而尚老庄，蔑礼法而崇放达"，对司马氏政权采取不合作的态度，于普通人而言具有无限吸引力的高官厚禄，对于他们来说却是束缚自己的枷锁。鉴于此，阮籍面对蒋济的招募，似是如临大敌。但是蒋济的强硬态度确实是阮籍所始料未及的，为了避祸，阮籍在乡亲的劝说下，还是迫不得已出仕做官，不过很快便辞官谢病归家了。

魏晋名士以其风骨著称于世，而阮籍又是他们中的领军人物。

诣蒋公

若细论起来，这不知是阮籍之悲还是阮籍之幸。悲的是在那个政治局势如此混乱的局面之下，阮籍如一叶浮萍，不能决定何去何从，自己虽有济世之志，却不得不藏起锋芒，小心谨慎地辗转于当权者之间；幸的是阮籍这番委曲辗转的历程终究成就了他的傲岸风骨，时光流转千年，至今为人称颂。

阮籍

大人先生传节选[1]

大人先生盖老人也,不知姓字。陈天地之始[2],言神农、黄帝之事[3],昭然也[4]。莫知其生年之数。尝居苏门之山[5],故世或谓之闲[6]。养性延寿,与自然齐光。其视尧、舜之所事若手中耳[7]。以万里为一步,以千岁为一朝。行不赴而居不处[8],求乎大道而无所寓[9]。先生以应变顺和[10],天地为家,运去势颓[11],魁然独存[12]。自以为能足与造化推移[13],故默探道德[14],不与世同。自好者非之[15],无识者怪之[16],不知其变化神微也[17]。

注释

[1] 大人先生:古代称德行高尚者为"大人",称有学问者为"先生"。这里的"大人先生"是理想人格的化身。
[2] 陈:述说。
[3] 神农:传说中的上古帝王,农业和医药的发明者。黄帝:远古时代华夏民族的共同祖先。
[4] 昭:清楚,显著。
[5] 苏门之山:即苏门山,在今河南辉县,一名苏岭,为太行山支脉。
[6] 闲:宁静淡泊。
[7] 尧、舜:唐尧和虞舜,远古时代部落联盟的首领,古史传说中的圣明君主。若手中耳:形容极易做到。
[8] 赴:趋,快步疾行。居:休息。处:停止,固定。
[9] 寓:居住。
[10] 应变:顺应变化。顺和:顺适中和。
[11] 运去势颓:世运乖离,时势败落。
[12] 魁然:安然。
[13] 造化:大自然。推移:转换,变化。
[14] 默探道德:默默地探索道德的精义。
[15] 自好者:自以为是的人。非:非议,责难。
[16] 无识者:没有见识的人。
[17] 变化神微:变化莫测,神奇微妙。

而先生不以世之非怪而易其务也。先生以为中区之在天下[18]，曾不若蝇蚊之著帷[19]，故终不以为事，而极意乎异方奇域[20]。游览观乐非世所见，徘徊无所终极。遗其书于苏门之山而去，天下莫知其所如往也。

或遗大人先生书，曰："天下之贵，莫贵于君子[21]。服有常色[22]，貌有常则[23]，言有常度，行有常式。立则磬折[24]，拱若抱鼓[25]。动静有节，趋步商羽[26]。进退周旋[27]，咸有规矩[28]。心若怀冰，战战栗栗[29]。束身修行[30]，日慎一日。择地而行，

[18] 中区：中原地区。
[19] 著：附着。
[20] 意：留意，在意。
[21] 君子：原指品行高尚的人，此处指虚伪的礼法之士。
[22] 服有常色：根据古代礼制，衣服的颜色依据身份贵贱、吉凶的不同而有所区别。常：一定的，固定的。
[23] 貌有常则：古代礼制对人的面部表情有一定的规则要求。貌：外貌，此处指面部表情。则：法则。
[24] 立则磬折：站立时腰如磬一般弯曲。磬：古代打击乐器，状如曲尺，通常以玉、石制成。
[25] 拱若抱鼓：打拱时像怀里抱着鼓一样。
[26] 趋步商羽：指走路的快慢与音乐合拍。趋步：指走路的快慢。商羽：古五音名，此处指走路的节奏。
[27] 进退周旋：与人交接都遵循一定的规矩。周旋：辗转相从，这里指与人打交道。
[28] 规矩：规和矩。画圆的工具为规，画直角或方形的工具为矩，两字组合在一起表示校正圆形、方形的两种工具，多用来比喻标准、法度。
[29] "心若"二句：心里如抱着冰块，惊恐不已。
[30] 束身：约束自己。

唯恐遗失[31]。颂周、孔之遗训[32],叹唐、虞之道德[33],唯法是修,唯礼是克[34]。手执珪璧[35],足履绳墨[36]。行欲为目前检[37],言欲为无穷则[38]。少称乡闾,长闻邦国。上欲图三公[39],下不失九州牧[40]。故挟金玉,垂文组[41],享尊位,取茅土[42]。扬声名于后世,齐功德于往古。奉事君上,牧养百姓[43]。退营私家,育长妻子。卜吉宅[44],虑乃亿祉[45]。远祸近福,永坚固已。此诚士君子之高致[46],古今不易之美行也。今先生乃被发而居巨海

[31] "择地"二句:形容谨慎之至。《汉书·冯奉世传》:"宜乡侯(冯)参,鞠躬履方,择地而行,可谓淑人君子。"
[32] 周、孔:指周公、孔子。
[33] 叹:赞叹。唐、虞:指唐尧、虞舜。
[34] 克:克制,约束。
[35] 珪璧:古代王侯朝聘、祭祀时用的玉器。珪:长方形,象天。璧:圆形,象地。
[36] 足履绳墨:走路循规蹈矩,比喻行为合乎规范。绳墨:正曲直的工具,此处比喻规矩、规范。
[37] 检:法式。
[38] 无穷则:永远的准则。
[39] 上:最高。图:图谋。三公:各个朝代所指不同,周代为太师、太傅、太保,西汉为大司马、大司徒、大司空,东汉为太尉、司徒、司空,这里泛指朝廷的最高官职。
[40] 下:最低。九州牧:古代分中国为九州,一州之长为州牧,此处泛指地方最高长官。
[41] 文组:有花纹的绶带,用以系玉佩、金印等物。
[42] 取茅土:指封侯。古代天子封五色土(象征五方)为社。封诸侯时,各取方土,裹以白茅授之。
[43] 牧养:管理,养育。
[44] 卜吉宅:通过占卜求吉宅而居。
[45] 虑乃亿祉:考虑的是多禄多福。亿祉(zhǐ):福禄。
[46] 高致:高尚的情趣。

大人先生传 节选

之中，与若君子者远，吾恐世之叹先生而非之也。行为世所笑，身无由自达[47]，则可谓耻辱矣。身处困苦之地，而行为世俗之所笑，吾为先生不取也。"

于是大人先生乃逌然而叹[48]，假云霓而应之曰[49]："若之云尚何通哉[50]！夫大人者，乃与造物同体[51]，天地并生，逍遥浮世，与道俱成[52]，变化散聚[53]，不常其形。天地制域于内，而浮明开达于外[54]。天地之永，固非世俗之所及也。吾将为汝言之：

"往者天尝在下，地尝在上，反覆颠倒，未之安固，焉得不失度式而常之[55]？天因地动[56]，山陷川起[57]，云散震坏[58]，

---

[47] 无由自达：无法使自己被荐于国君。
[48] 逌（yōu）然：长叹貌。
[49] 假：借。应：回答。
[50] "若之"句：你的这种说法怎么能说得通呢？若：你。云：说的话。
[51] 造物：指造物者，即创造世界者。
[52] 与道俱成：与世界的本原"道"同时生成。道：世界的本体，万物之母。《老子》二十五章："有物混成，先天地生。寂兮寥兮，独立而不改，周行而不殆。可以为天下母。吾不知其名，强字之曰'道'，强为之名曰'大'。"
[53] 散聚：分散聚合，指死生。《庄子·知北游》："人之生，气之聚也。聚则为生，散则为死。"
[54] "天地"二句：意谓天地形成内在的精神世界，其外在形式表现为自在明智。制域于内：形成内在的境界。浮明：自在明智。开达：表现。
[55] "往者"五句：古代儒家往往从天地的角度论证礼制的合法性。《礼记·乐记》："天尊地卑，君臣定矣。卑高已陈，贵贱位矣。"阮籍在此申述天地无常，试图从根本上否定封建礼制的存在意义。度式：法制规范。常：固定不变。
[56] 因：依，随。
[57] 山陷川起：山陵陷为河谷，河谷突起为山陵。
[58] 震：雷。

阮 籍

六合失理[59],汝又焉得择地而行,趋步商羽?往者群气争存[60],万物死虑[61],支体不从[62],身为泥土,根拔枝殊[63],咸失其所,汝又焉得束身修行,磬折抱鼓?李牧功而身死[64],伯宗忠而世绝[65],进求利而丧身[66],营爵赏而家灭[67],汝又焉得挟金玉万亿,祗奉君上[68],而全妻子乎?

"且汝独不见夫虱之处于裈中[69],逃乎深缝,匿乎坏絮,自以为吉宅也[70]。行不敢离缝际,动不敢出裈裆,自以为得绳墨也。饥则啮人,自以为无穷食也。然炎丘火流[71],焦邑灭都[72],群虱死于裈中而不能出。汝君子之处区内[73],亦何异夫虱之处裈中乎?悲夫!而乃自以为远祸近福,坚无穷也。亦观夫阳乌游于

[59] 六合:指天地四方。失理:颠倒紊乱,没有秩序。
[60] 群气:构成万物的各种原始气态物质,此处指万物。
[61] 死虑:忧虑死亡。
[62] 支体不从:肢体不顺从心意。支:同"肢"。
[63] 枝殊:枝叶脱离主干。殊:离。
[64] 李牧:战国时期赵国名将。《史记·廉颇蔺相如列传》载,李牧因军功被封为武安君,后秦国贿赂赵王宠臣郭开诬其谋反,被杀。
[65] 伯宗:春秋时期晋国大夫。《国语·晋语》载,伯宗为人忠直而喜进谏,最终却为权臣所害。世绝:绝后。
[66] 进:仕进。
[67] 营:谋求。爵赏:爵位,封赏。
[68] 祗奉:恭敬侍奉。
[69] 裈(kūn):裤子。
[70] 吉宅:安全的住宅。
[71] 炎丘:炎热的山地。火流:如流火般炎热。
[72] 焦邑灭都:烧焦城邑,毁灭都市。
[73] 区内:人世间。

尘外[74]，而鹪鹩戏于蓬艾[75]，小大固不相及，汝又何以为若君子闻于余乎？

"且近者，夏丧于商，周播之刘[76]，耿薄为墟[77]，丰镐成丘[78]。至人未一顾[79]，而世代相酬[80]。厥居未定，他人已有。汝之茅土，谁将与久？是以至人不处而居[81]，不修而治，日月为正，阴阳为期，岂吝情乎世[82]，系累于一时[83]，乘东云，驾西风，与阴守雌，据阳为雄[84]。志得欲从[85]，物莫之穷[86]，又何不能自达而畏夫世笑哉[87]？"

[74] 阳乌：又称三足乌，远古传说中会飞翔的太阳神鸟。
[75] 鹪鹩：一种小型鸣禽。《庄子·逍遥游》："鹪鹩巢于深林，不过一枝。"
[76] 播：迁。之：往。刘：刘邦，此处代指汉代政权。
[77] 耿：商朝旧都。薄：即"亳"，商朝旧都，汤始居于亳。墟：故城。
[78] 丰镐：丰京和镐京，合称为"丰镐"，都曾是西周王朝的国都。
[79] 至人：至德之人。
[80] 世代相酬：递做主人。
[81] 居：安。
[82] 吝：惜。
[83] 系：受限，束缚。
[84] "与阴"二句：处于逆境时以柔弱态度处世，处于顺境时以阳刚态度处世。
[85] 志得欲从：志向欲念都得到满足。
[86] 物莫之穷：无物能使其穷困。
[87] 自达：心境做到自我通达。

阮 籍

赏 析

据《晋书·阮籍传》记载，阮籍的性情与世不同。他"容貌瑰杰，志气宏放，傲然独得，任性不羁，而喜怒不形于色。或闭户视书，累月不出；或登临山水，经日忘归。博览群籍，尤好庄老。嗜酒能啸，善弹琴。当其得意，忽忘形骸。时人多谓之痴"。魏晋之际，时势多变，名士之中少有能自我保全者，而阮籍则"不与世事，遂酣饮为常"，蔑视虚伪礼教。这篇《大人先生传》可以说是阮籍极力宣扬老庄自然无为处世思想的集中反映。

《大人先生传》是一篇赋体散文，如同传记一般刻画了"大人先生"这一理想人物。大人者，古之德行高尚之人；先生者，年长有学识之人。关于"大人先生"的原型，历来也有探讨。《世说新语》中记"籍尝于苏门山遇孙登"，孙登是曹魏时期通《易经》和老庄之学的隐士，而文中的"大人先生"也曾居苏门之山，所以阮籍可能是在他的基础上加以想象创作的。有人则认为"大人先生"是阮籍本人，他与主人公一样蔑视礼教，"见礼俗之士，以白眼对之"（《晋书·阮籍传》）。两说皆有可能。

文章开篇按照传记体的惯例，先介绍"大人先生"的生平，意在言明"大人先生"如同《庄子·逍遥游》中所谓的"至人""真人"和"圣人"一般，"应变顺和，天地为家"，"求乎大道而无所寓"，而且"不以世之非怪而易其务"。然后阮籍从"自好者非之，无识者怪之"的角度出发，设想了一个世俗君子对"大人先生"的种种非难。在世俗君子的眼中，君子应当"服有常色，貌有常则，言有常度，行有常式"，因此君子在生活之中应"动静有节"，"唯法是修，唯礼是克"。但在阮籍的眼中，世俗君子所说的这一切不过是世人的装腔作势，"立则磬折，拱若抱鼓"式的行为准则更是可笑至极。进而阮籍用了一连串辛辣式的描写讽刺了"心若怀冰""束身修行"的君子形象，而且直言这类人"行不敢离缝际，动不敢出裤裆，自以为得绳墨也"，可笑又可悲。在"大人先生"看来，真正的至人当是"不处而居，不修而治，日月为正，阴阳为期"，自然逍遥，身无所

累。这种观点与老庄的思想也是相合的。现实中,阮籍也抱有同样的主张。他处在政治混沌的曹魏时期,虽本有济世之志,但不愿介入政权争斗的浑水之中。他屡屡佯狂避祸,消极抵抗当权者的统治。他提出"无君而庶务定,无臣而万事理",也是否定了现实的虚伪礼教。

  纵观阮籍这篇《大人先生传》,其结构比较巧妙,以主客问答的形式贯穿全文,采用赋体散文中典型的铺排手法淋漓尽致地展现了"大人先生"的思想观点。语言方面,骈散结合,在整齐中见变化,富有韵律感。

嵇康
（223—262）

字叔夜，谯国铚（今安徽宿州）人。少孤，有奇才，家境贫寒，励志勤学，文学、玄学、音乐等无不博通。时与阮籍齐名，为"竹林七贤"之一。因其与魏宗室有姻，官拜魏中散大夫，故世称"嵇中散"。魏末，由于拒绝与司马氏合作，抨击当世的虚伪礼法和趋炎附势之流，被司马昭所杀。其生平事迹见于《晋书》及《世说新语》。他在文学方面的主要成就是散文，作品精辟新颖，笔锋犀利，《与山巨源绝交书》为其代表作。诗歌大部分是四言，风格清俊通脱。有明人张溥辑本《嵇中散集》存世。

与山巨源绝交书[1]

  康白：足下昔称吾于颍川[2]，吾常谓之知言[3]。然经怪此意[4]，尚未熟悉于足下，何从便得之也？前年从河东还[5]，显宗、阿都说足下议以吾自代[6]，事虽不行，知足下故不知之[7]。足下傍通[8]，多可而少怪[9]；吾直性狭中[10]，多所不堪[11]，偶与足下相知耳[12]。间闻足下迁[13]，惕然不喜[14]，恐足下羞庖人之独

注 释

[1] 山巨源：山涛，字巨源，河内郡怀（今河南武陟）人，"竹林七贤"之一。山涛在由尚书吏部郎调任大将军从事中郎时，荐举嵇康代其原职，嵇康作书拒绝。
[2] 足下：嵇康对山巨源的敬称。称：称说。颍川：山涛的叔父山嵚，曾在颍川为太守，故以颍川代称。
[3] 知言：相知之言。
[4] 经：经常。怪：奇怪，这里是意动用法，觉得奇怪。此意：指不愿为官的素志。
[5] 河东：地名，今山西夏县西北，嵇康曾避居于此。
[6] 显宗：公孙崇，字显宗，谯国人，曾为尚书郎。阿都：吕安，字仲悌，小名阿都，东平人，与嵇康为至交。议：拟，打算。
[7] 故：原来，本来。知：相知。
[8] 傍通：善于随机应变。
[9] 多可而少怪：对待别人多认可而少责怪，宽容大度。
[10] 直性：性情耿直。狭中：心底狭窄。
[11] 不堪：不能忍受。
[12] "偶与"句：谓与你相交为友是偶然的事情，并非本志。
[13] 间：近来。迁：升官，这里指山涛由尚书吏部郎升任大将军从事中郎。
[14] 惕然：恐惧的样子。惕：小心谨慎。

割，引尸祝以自助[15]，手荐鸾刀[16]，漫之膻腥[17]，故具为足下陈其可否[18]。

吾昔读书，得并介之人[19]，或谓无之，今乃信其真有耳。性有所不堪，真不可强。今空语同知有达人，无所不堪，外不殊俗，而内不失正，与一世同其波流，而悔吝不生耳[20]。老子、庄周，吾之师也，亲居贱职[21]；柳下惠、东方朔，达人也，安乎卑位[22]。吾岂敢短之哉[23]！又仲尼兼爱[24]，不羞执鞭[25]；子

---

[15]"恐足下"二句：典出《庄子·逍遥游》："庖人虽不治庖，尸祝不越樽俎而代之矣。"庖人：厨师。尸祝：祭祀时读祝词的人。这两句是说，自己不愿意被山涛拉去做官，就像尸祝不愿意被厨师拉去代为做饭一样。

[16]荐：举。鸾刀：祭祀时用的有铃的刀。

[17]漫：沾染。

[18]具：全，详尽。陈：陈述。可否：偏义复合词，本句中其义偏向于"否"，即下文所述的不愿做官的理由。

[19]并介之人：能兼济天下而又耿介孤直的人，即兼具儒、道两家思想的人。并：兼济。介：特，独。

[20]"今空语"六句：现在人们说有一种于世事无所不堪的通达的人，外表看起来与世俗之人没有什么不同，但内心仍不失正道，能够与世浮沉而没有什么悔恨，但在我看来这只是一句空话而已。空语：空说，虚说。同知：共同知道。达人：通达之人。悔吝：悔恨。

[21]亲居：身居。贱职：低贱的职位。

[22]"柳下惠"三句：柳下惠，即展禽，名获，春秋时期鲁国人。居于柳下，卒谥惠，故称柳下惠。《孟子·公孙丑上》评价其曰："不卑小官"，"遗佚而不怨，厄穷而不悯"。东方朔，汉武帝时人，字曼倩，事皇帝数十年，仅为侍郎官。

[23]短：轻视。

[24]兼爱：博爱无私。

[25]不羞执鞭：不以为执鞭之士为羞耻。《论语·述而》："子曰：'富而可求也，虽执鞭之士，吾亦为之。如不可求，从吾所好。'"意思是不以低贱的职位为耻。

文无欲卿相而三登令尹[26]，是乃君子思济物之意也[27]。所谓达能兼善而不渝，穷则自得而无闷[28]。以此观之，故尧、舜之君世[29]，许由之岩栖[30]，子房之佐汉[31]，接舆之行歌[32]，其揆一也[33]。仰瞻数君，可谓能遂其志者也[34]。故君子百行，殊涂而同致，循性而动，各附所安。故有处朝廷而不出、入山林而不反之论[35]。且延陵高子臧之风[36]，长卿慕相如之节[37]，志气所托，不可夺也[38]。

[26]"子文"句：子文无意做卿相却三次当上令尹。子文：春秋时期楚国人。无欲：无意。三登令尹：《论语·公冶长》："令尹子文三仕为令尹，无喜色；三已之，无愠色。"令尹：官名，春秋时楚国执政的上卿。
[27] 济物：济世。
[28] "所谓"二句：语出《孟子·尽心上》："穷则独善其身，达则兼善天下。"无闷：没有忧虑。语出《周易·乾卦·文言》："遁世无闷，不见是而无闷。"闷：忧虑。
[29] 君世：为君于世。这里"君"用作动词。
[30] 许由：尧时隐士。尧要把天下让给许由，许由不受，逃到箕山隐居。岩栖：住在岩石上，指隐居。古代隐士常岩居穴处，故以岩栖代指隐居。
[31] 子房：张良，字子房，曾帮助汉高祖平定天下，以功封留侯。
[32] 接舆：春秋时期楚国的隐士，曾作歌讽刺孔子不识时务。《论语·微子》："楚狂接舆歌而过孔子曰：'凤兮凤兮，何德之衰？往者不可谏，来者犹可追。已而已而，今之从政者殆而！'孔子下，欲与之言。趋而辟之，不得与之言。"
[33] 揆：原则，道理。
[34] 遂：实现。
[35] "故有"句：言君子出仕隐居都是各安其性。《韩诗外传》："朝廷之士为禄，故入而不出；山林之士为名，故往而不返。"
[36] 延陵：地名，在今江苏武进。季札曾寄居此地，这里即指季札。高：赞赏。子臧：春秋时期曹国公子欣时。曹宣公卒，曹国人欲立欣时为君，欣时拒不接受。季札贤德，其父兄欲立其为嗣君，季札自比子臧，拒不接受。
[37] 长卿：司马相如。相如：战国时期赵国的贤人蔺相如。《史记·司马相如列传》："司马相如者，蜀郡成都人也，字长卿。少时好读书，学击剑，故其亲名之犬子。相如既学，慕蔺相如之为人，更名相如。"节：气概。
[38] 夺：改变。

嵇 康

吾每读尚子平、台孝威传[39]，慨然慕之，想其为人[40]。少加孤露[41]，母兄见骄[42]，不涉经学。性复疏懒，筋驽肉缓[43]，头面常一月十五日不洗[44]，不大闷痒，不能沐也[45]。每常小便而忍不起，令胞中略转乃起耳[46]。又纵逸来久，情意傲散，简与礼相背，懒与慢相成，而为侪类见宽[47]，不攻其过。又读《庄》《老》，重增其放，故使荣进之心日颓，任实之情转笃[48]。此由禽鹿，少见驯育，则服从教制；长而见羁，则狂顾顿缨[49]，赴蹈汤火；虽饰以金镳[50]，飨以嘉肴，逾思长林而志在丰草也。

阮嗣宗口不论人过[51]，吾每师之，而未能及。至性过人[52]，与物无伤[53]，唯饮酒过差耳[54]。至为礼法之士所绳，疾之如仇，

---

[39] 尚子平：《汉书·逸民传》作"向子平"，记载他于儿女婚姻事完毕后，肆意游山，不问家事，不知所终。台孝威：名佟，东汉隐士，隐居于武安山，凿穴为居，以采药为业。
[40] 想其为人：想象他的为人。
[41] 孤：幼而无父。露：瘦弱。
[42] 见骄：被娇惯。
[43] 筋驽肉缓：筋骨衰弱，肌肉松弛。
[44] 一月十五日：一月或者十五日。
[45] 能：通"耐"，愿。沐：洗头发。
[46] 胞：胎衣，这里指膀胱。略转：指尿液胀得膀胱发颤的感觉。
[47] 侪类：朋辈。见宽：被宽容。
[48] 任实：放任本性。嵇康《释私论》："未有功期之惨，骇心之祸，遂莫能收情以自反，弃名以任实。"转笃：加强。
[49] 狂顾：急剧转头。顿：绝。缨：绳索。
[50] 镳：马嚼子两端露在嘴外边的部分。
[51] 阮嗣宗：阮籍，字嗣宗。口不论人过：不评论别人的过失。《晋书·阮籍传》："籍虽不拘礼教，然发言玄远，口不臧否人物。"
[52] 至性：天赋卓越的品性。
[53] 与物无伤：待人接物无伤害之心。
[54] 过差：过分，失度。

幸赖大将军保持之耳[55]。吾不如嗣宗之资[56]，而有慢驰之阙[57]；又不识人情，暗于机宜[58]；无万石之慎[59]，而有好尽之累[60]。久与事接，疵衅日兴[61]，虽欲无患，其可得乎？

又人伦有礼[62]，朝廷有法，自惟至熟[63]，有必不堪者七，甚不可者二：卧喜晚起，而当关呼之不置[64]，一不堪也。抱琴行吟，弋钓草野[65]，而吏卒守之，不得妄动，二不堪也。危坐一时[66]，痹不得摇，性复多虱[67]，把搔无已，而当裹以章服[68]，揖拜上官，三不堪也。素不便书[69]，又不喜作书，而人间多事，堆案盈机[70]，不相酬答，则犯教伤义，欲自勉强，则不能久，四不堪也。不喜吊丧，而人道以此为重，已为未见恕者所怨[71]，

[55] 大将军：指司马昭，魏时为大将军。司马炎称帝后，尊司马昭为文王，庙号为太祖。保持：保护。
[56] 资：天分。
[57] 阙：缺点，弊病。
[58] 暗：不明。机宜：随机应变的方法。
[59] 万石：指汉朝的石奋。石奋历仕汉高祖、文帝、景帝三朝，以谨慎著称，与其四个儿子皆官至二千石，故称万石君。
[60] 好尽：喜欢尽情。累：毛病。
[61] 疵：缺点。衅：仇隙。
[62] 人伦：指君臣、父子、夫妇、兄弟、朋友之间的伦理关系。
[63] 惟：思。至熟：极其成熟。
[64] 当关：守门人。不置：不止，不放。
[65] 弋：射鸟。
[66] 危坐：端正地坐。
[67] 性：身体。
[68] 章服：官服。
[69] 不便：不擅长。书：写信。
[70] 机：通"几"，小的或矮的桌子。
[71] 未见恕者：不肯谅解自己的人。

嵇 康

至欲见中伤者[72]，虽瞿然自责[73]，然性不可化，欲降心顺俗[74]，则诡故不情[75]，亦终不能获无咎无誉如此[76]，五不堪也。不喜俗人，而当与之共事，或宾客盈坐，鸣声聒耳[77]，嚣尘臭处[78]，千变百伎[79]，在人目前，六不堪也。心不耐烦，而官事鞅掌[80]，机务缠其心[81]，世故繁其虑，七不堪也。又每非汤、武而薄周、孔[82]，在人间不止，此事会显[83]，世教所不容[84]，此甚不可一也。刚肠疾恶，轻肆直言[85]，遇事便发，此甚不可二也。以促中小心之性[86]，统此九患，不有外难，当有内病，宁可久处人间邪？又闻道士遗言，饵术黄精[87]，令人久寿，意甚信之。游山泽，观鸟鱼，心甚乐之。一行作吏，此事便废，安能舍其所乐而从其所惧哉！

夫人之相知，贵识其天性，因而济之[88]。禹不逼伯成子

---

[72] 中伤者：诋毁自己的人。
[73] 瞿然：惊惧的样子。
[74] 降心：抑制心性。
[75] 诡：违反。故：本性。不情：不合常情。
[76] 咎：过失。誉：赞美。如此：像现在这样，指不为官自由自在的状态。
[77] 聒（guō）耳：噪耳。
[78] 嚣尘：喧杂多尘。
[79] 伎：花招，机巧。
[80] 鞅掌：事务繁忙。鞅：用马拉车时套在马脖子上的皮套，这里做动词用，捆绑，束缚。
[81] 机务：政务。
[82] 非：非议。薄：轻视。
[83] 会显：定会宣扬出去。
[84] 世教：世俗的礼教。
[85] 轻肆：轻率，放肆。
[86] 促中：狭促的内心，与"小心"义同。
[87] 饵：服食。术、黄精：都是药名，古人认为久服可以轻身延年。
[88] 济：成全。

与山巨源绝交书

高[89],全其节也;仲尼不假盖于子夏,护其短也[90];近诸葛孔明不逼元直以入蜀[91],华子鱼不强幼安以卿相[92],此可谓能相终始[93],真相知者也。足下见直木必不可以为轮,曲者不可以为桷[94],盖不欲枉其天才[95],令得其所也。故四民有业[96],各以得志为乐,唯达者为能通之[97],此足下度内耳[98]。不可自见好章甫,强越人以文冕也[99];己嗜臭腐,养鸳雏以死鼠也[100]。吾

[89] 伯成子高:亦称伯益,尧舜禹时代的大臣,曾协助大禹治水有功,后辞去诸侯之位,躬耕于田园。《庄子·天地》:"尧治天下,伯成子高立为诸侯。尧授舜,舜授禹,伯成子高辞为诸侯而耕。禹往见之,则耕在野。"
[90] "仲尼"二句:《孔子家语·致思》:"孔子将行,雨而无盖。门人曰:'商也有之。'孔子曰:'商之为人也,甚吝于财。吾闻与人交,推其长者,违其短者,故能久也。'"假:借。
[91] 元直:徐庶,字元直。徐庶本来与诸葛亮共事刘备,后其母为曹操所拘,遂辞别刘备而归曹。临行时,诸葛亮和刘备都未加阻拦。
[92] 华子鱼:华歆,字子鱼。幼安:管宁,字幼安。两人为同窗好友。魏明帝时华歆为太尉,举荐管宁接任自己的职务,管宁不受。
[93] 相终始:自始至终都是好朋友。
[94] 桷(jué):方形的椽子。
[95] 枉:弯曲,这里是使动用法,使弯曲,使扭曲。天才:天性。才:通"材"。
[96] 四民:指士、农、工、商。业:职业。
[97] 达者:通达的人。通:懂得。
[98] 度内:指考虑范围之内。度:考虑。
[99] "不可"二句:不可以自己看见好帽子,就强迫本不戴帽子的人戴上有花纹的帽子。《庄子·逍遥游》:"宋人资章甫而适诸越,越人断发文身,无所用之。"章甫:殷朝的冠名。文冕:有花纹的帽子。
[100] "己嗜"二句:《庄子·秋水》:"惠子相梁,庄子往见之。或谓惠子曰:'庄子来,欲代子相。'于是惠子恐,搜于国中三日三夜。庄子往见之,曰:'南方有鸟,其名为鹓雏,子知之乎?夫鹓雏,发于南海而飞于北海,非梧桐不止,非练实不食,非醴泉不饮。于是鸱得腐鼠,鹓雏过之,仰而视之曰:"吓!"今子欲以子之梁国而吓我邪?'"以上四句是说,不要自己喜欢做官就想当然地以为别人也喜欢做官。

嵇 康

顷学养生之术,方外荣华[101],去滋味[102],游心于寂寞[103],以无为为贵[104]。纵无九患[105],尚不顾足下所好者[106]。又有心闷疾[107],顷转增笃,私意自试[108],不能堪其所不乐。自卜已审[109],若道尽途穷则已耳。足下无事冤之[110],令转于沟壑也[111]。

吾新失母兄之欢,意常悽切[112]。女年十三,男年八岁,未及成人,况复多病。顾此恨恨[113],如何可言!今但愿守陋巷,教养子孙,时与亲旧叙阔[114],陈说平生,浊酒一杯,弹琴一曲,志愿毕矣。足下若嬲之不置[115],不过欲为官得人[116],以益时用耳[117]。足下旧知吾潦倒粗疏[118],不切事情[119],自惟亦皆不如今日之贤能也[120]。若以俗人皆喜荣华,独能离之,以此为快,

[101] 方:正。外荣华:以荣华富贵为身外物。外:排斥。
[102] 去:远离。滋味:美味。
[103] 寂寞:寂静无杂念的境界。
[104] 无为:清净虚无、顺任自然的境界。
[105] 九患:指以上"七不堪"和"二甚不可"。
[106] 不顾:不屑。足下所好:指山涛所热衷的富贵荣华。
[107] 心闷疾:心口发闷的毛病。
[108] 自试:自己设想。
[109] 卜:考虑。审:明确。
[110] 无事:不要。冤之:委屈我。
[111] 转于沟壑:指死亡。
[112] 意:内心。悽切:悲伤。
[113] 顾此:想到这一切。恨(liàng):悲恨。
[114] 叙阔:叙谈别情。阔:别。
[115] 嬲(niǎo):纠缠。
[116] 为官得人:为官府找到官吏。
[117] 时用:当前所用。
[118] 粗疏:散漫。
[119] 不切事情:不真正了解事物的实情。
[120] 贤能:指在朝做官的贤德有才干之人。

此最近之[121]，可得言耳。然使长才广度[122]，无所不淹[123]，而能不营[124]，乃可贵耳。若吾多病困，欲离事自全，以保余年，此真所乏耳[125]。岂可见黄门而称贞哉[126]！若趣欲共登王涂[127]，期于相致[128]，时为欢益[129]，一旦迫之，必发狂疾。自非重怨，不至于此也[130]。

野人有快炙背而美芹子者[131]，欲献之至尊[132]，虽有区区之意[133]，亦已疏矣[134]。愿足下勿似之。其意如此，既以解足下[135]，并以为别。嵇康白。

[121] 之：代词，这里指本性。
[122] 长才广度：卓越的才能，宽宏的气度。
[123] 淹：通达。
[124] 营：求取，此处指谋取仕进。
[125] 此真所乏：这的确是我的本性所缺乏的。
[126] 黄门：指宦官。称贞：称赞有贞洁。宦官之所以贞洁，不是因为品质高洁，而是因为生理条件已不允许。这里喻指自己不能入仕，乃是因为多病困，天性所缺，不像真有长才广度的人那样真心不谋仕进。这句是嵇康不愿做官的托词、客套话。
[127] 趣（cù）：急。涂：通"途"。
[128] 期：希望。致：招致。
[129] 欢益：欢悦。
[130] "自非"二句：言你我之间本无重怨，你不至于逼迫我做官以致使我发狂吧。
[131] 野人：国都之外的村野之人，农夫。快炙背：以晒背为快乐。美芹子：以芹菜为至美之味。《列子·杨朱》："宋国有田夫，常衣缊黂，仅以过冬。暨春东作，自曝于日，不知天下之有广厦隩室，绵纩狐狢。顾谓其妻曰：'负日之暄，人莫知者；以献吾君，将有重赏。'里之富室告之曰：'昔人有美戎菽、甘枲茎芹萍子者，对乡豪称之。乡豪取而尝之，蜇于口，惨于腹，众哂而怨之，其人大惭。子此类也。'"
[132] 至尊：最尊贵的人，指君主。
[133] 区区：诚恳。
[134] 疏：迂阔，不切实际。
[135] 解：使了解。

嵇 康

赏 析

  《与山巨源绝交书》作于魏元帝景元二年（261）。山巨源即为"竹林七贤"之一的山涛，他本是"性好庄老，每隐身自晦"式的人物，同嵇康相友善。但是山涛隐居不终，四十岁之后开始步入仕途，又与司马懿、司马昭父子攀上关系，官职屡次升迁。当他由尚书吏部郎迁任大将军从事中郎时，有意向当权者举荐嵇康接任自己的职务。嵇康听闻后，严词拒绝，写下了这封绝交书，表示从此与他断绝交往。

  由于嵇康的个性耿直率真，加之书信体便于尽言，因此这篇文章最突出的特点就是直陈己怀，畅所欲言。一开始，嵇康便无所顾忌地表明了对于山涛想让自己出仕为官是多么地令自己失望，"偶与足下相知耳"这七个字的力度不亚于给了山涛一记响亮的耳光，可以说是不留一点情面。在嵇康看来，曾经的山涛是可以和自己谈玄说老、蔑视虚伪礼教、推心置腹的挚友和知己。而现在，正是这样一位自己曾视为知己的挚友，竟然想拉拢自己出仕一道为官。山涛此举，在嵇康看来，无异于"羞庖厨之独割，引尸祝以自助"。嵇康痛心疾首，不可抑止，须尽情一吐所思方可解心中郁结之气。

  继而，嵇康一一道出不愿出仕为官的理由。嵇康先言老子、庄周"亲居贱职"及柳下惠、东方朔"安乎卑位"，又引孔子"不羞执鞭"、子文"三登令尹"之例，意在言明君子当是"达能兼善而不渝，穷则自得而无闷"。在此基础上，嵇康又提及许由、子房、接舆数君，指出"君子百行，殊涂而同致，循性而动，各附所安"。人各有志，山涛愿做"处朝廷而不出"之人，那么嵇康也有理由做"入山林而不返"之士。至此，嵇康道出了拒绝出仕为官的第一个理由。接下来，嵇康继续陈述，由尚子平、台孝威两位贤人引入，表明自己欣羡隐居生活，"又读《庄》《老》，重增其放"，并以鹿为喻，道出己身志在山林的意愿。为了言明自己已不堪任用，更用日常沐浴、便溺这些细节来坦诚剖析自己"不涉经学，性复疏懒"的本性。嵇康此处数语，言辞虽不登大雅之堂，但愈是如此愈能见其对出仕为

官不屑一顾的态度。于此，嵇康又说明了自己不愿为官的第二个理由。继而嵇康提及阮籍曾受迫害之事，进一步说明自己既"不识人情，暗于机宜"，又无"万石之慎"，若"久与事接"，必然"疵衅日兴"。因而出仕为官"有必不堪者七，甚不可者二"，另外加上为官之后不能修道延寿，愈见"安能舍其所乐而从其所惧"的合情合理。这便是嵇康所说的第三个理由。再者，嵇康此时"新失母兄之欢"，"意常悽切"，而且一双儿女尚未成人，需亲自教养，所以"今但愿守陋巷，教养子孙，时与亲旧叙阔，陈说平生。浊酒一杯，弹琴一曲，志愿毕矣"，此言于此可谓情真理切，颇为感人。于此，嵇康不愿为官的第四个理由又已言明。紧接着，在文章的最后，嵇康又再次陈诉"欲离事自全，以保余年"之愿，又表明了不愿再与山涛交往之心。总的来看，嵇康这拒绝出仕的四个理由，毫无矫饰遮掩，且相辅相成，反复陈述，其态度非常明确、坚决，没有任何回旋商量的余地。

鉴于阮籍写《诣蒋公》与嵇康写《与山巨源绝交书》的目的都是拒绝出仕，所以可将二者相比较。位列三公的蒋济听闻阮籍的才学，便招募其为幕僚，阮籍对此同样是深恶痛绝的，但其写给蒋济的奏表却藏其心中不平之气，委婉拒绝。但邀嵇康出仕为官的却是曾经的挚友，嵇康便将心中所想毫无遮掩地表达出来，我们于其中也应该看出嵇康对山涛的失望远远大于其心中所愤，而他所陈述的理由看上去冠冕堂皇，实际上却不留情面。比如嵇康在自述性情疏懒的时候，故意戳穿山涛如何与司马氏同流合污，"手荐鸾刀，漫之膻腥"，讽刺他妄想拉自己下水。再比如嵇康隐藏在种种理由背后的拒不合作的坚决态度，表现出了他对当下掌权者的极端厌恶和不屑，如此一来也不难想象这篇文字会多么触怒司马昭了，所以这封书信也成了嵇康的"夺命书"。

通篇来看，嵇康的《与山巨源绝交书》笔法纵横恣肆，尖锐夸张，极具讽刺效果。其以典自喻，以言明自己的意志；说理的部分则层层递进，而又不乏生动活泼之感。如此高超的笔法使这篇散文

嵇 康

文体呈现出多面性——既能引经据典，侧面讽喻；又能效法诸子，正面论事；还能嬉笑怒骂，仿佛小品杂文。通篇行文自然融合，非刻意为之，乃是嵇康任情任性地直意抒写，所以情感浓烈，直扣心扉。这样的文字在当时看来也是不可多得的，如刘勰赞曰："嵇康《绝交》，实志高而文伟。"(《文献雕龙·书记》) 明江进之则说："此等文字，终晋之世不多见，即中古亦不多见。彼其情真语真，句句都从肺肠流出，自然高古，自然绝特，所以难及。"(《亘史·外记》) 诚然如此，宜其言哉！

刘伶
（约221—约300）

字伯伦，沛国（今安徽宿县）人，西晋名士。与阮籍、嵇康友善，为"竹林七贤"之一。曾任建威将军王戎幕下参军。晋武帝泰始（265—274）初，对朝廷策问，因强调无为而治而被罢官，最终寿终正寝。其生平事迹见《晋书·刘伶传》及《世说新语》。刘伶传世作品只有《酒德颂》和《北芒客舍诗》。《酒德颂》一文最能反映其避世思想及对自然的向往，后世以刘伶为蔑视礼法、纵酒避世的典型。

刘 伶

酒德颂[1]

  有大人先生[2]，以天地为一朝[3]，以万期为须臾[4]，日月为扃牖[5]，八荒为庭衢[6]。行无辙迹，居无室庐，幕天席地，纵意所如。止则操卮执觚[7]，动则挈榼提壶[8]，唯酒是务，焉知其余？

  有贵介公子[9]，搢绅处士[10]，闻吾风声[11]，议其所以[12]。乃奋袂攘襟[13]，怒目切齿，陈说礼法，是非锋起[14]。先生于是

注 释

[1] 酒德：饮酒的德行。颂：一种以颂扬为目的的韵文。
[2] 大人：德行高尚的人。先生：有学问的人。"大人先生"是理想人格的化身，本文中作者用以自代。
[3] 天地：开天辟地以来的时间。
[4] 万期（jī）：万年。期：周年。
[5] 扃（jiōng）牖（yǒu）：门窗。扃：门。牖：窗。
[6] 八荒：也叫八方，即东、西、南、北、东南、东北、西南、西北等八面方向，指离中原极远的地方。庭衢：庭院街道。
[7] 卮（zhī）：古时一种圆形盛酒器。觚（gū）：古时一种饮酒器，喇叭口，长身，细腰，阔底。
[8] 挈（qiè）：提。榼（kē）：古时一种盛酒器。
[9] 贵介：尊贵。介：大。
[10] 搢绅：插笏于带间。搢：插。绅：大带。古时仕宦者垂绅插笏，故称士大夫为搢绅。搢亦作缙。处士：有才德而隐居不仕的人。
[11] 风声：名声。
[12] 议：议论。所以：所为之得失。
[13] 奋袂攘襟：挥动衣袖，捋起衣襟，形容激动的神态。奋：猛然用力。袂：衣袖。攘：捋。襟：衣的交领，后指衣的前幅。
[14] 锋起：骤起，谓来势凶猛。锋：一作"蜂"。

方捧罂承槽[15],衔杯漱醪[16];奋髯箕踞[17],枕曲藉糟[18];无思无虑,其乐陶陶[19]。兀然而醉[20],豁尔而醒[21];静听不闻雷霆之声,熟视不睹泰山之形,不觉寒暑之切肌[22],利欲之感情[23]。俯观万物,扰扰焉[24],如江汉之载浮萍;二豪侍侧焉[25],如蜾蠃之与螟蛉[26]。

[15] 于是:在这时。罂(yīng):大腹小口的陶制容器。槽:酒槽。
[16] 衔杯:衔着酒杯饮酒。漱醪(láo):口中含着浊酒。漱:含着。醪:浊酒。
[17] 奋髯:耸动胡须。髯:两颊的长胡须。箕踞:伸两足,手据膝,若箕状。箕踞为对人不敬的坐姿。
[18] 枕曲(qū)藉(jiè)糟:枕着酒曲,垫着酒糟。曲:酒母,酿酒用的发酵剂。糟:粮食等酿酒之后剩下的渣滓。
[19] 陶陶:怡然自得的样子。
[20] 兀然:茫然无知的样子。
[21] 豁尔:指酒醒时猛然知觉、恢复意识的样子。
[22] 切:接触。
[23] 感情:震动感情。感:通"撼"。
[24] 扰扰焉:纷乱的样子。
[25] 二豪:指公子与处士。
[26] 蜾蠃(guǒluǒ):青黑色细腰蜂。螟蛉:蛾的幼虫。蜾蠃捕捉螟蛉,存在窝里,留作其幼虫的食物,然后产卵并封闭洞口。古人误认为蜾蠃养螟蛉为己子,螟蛉即变为蜾蠃。此处以二虫比拟处士与公子。

刘 伶

赏 析

"竹林七贤"之中,阮籍是以嗜酒而闻名的,而刘伶嗜酒的程度似乎更甚于阮籍,并将饮酒这一行为推演到了极致,成了名副其实的"酒中仙"。刘伶在一次醉酒之后,面对混沌黑暗的社会,洋洋洒洒写下了这篇二百余字的《酒德颂》。原本是为了自娱自乐,却不想创作出了一篇旷世奇文,并且将喝酒这件事升华到了玄奥的境界。

刘伶喝酒不是为了传统意义上的借酒浇愁,而是寄情于酒,借酒带来的幻觉保持自己的风骨和操守,可以说是对现实人生一种无形的反抗。这篇颂里出现的"大人先生"可以认为是刘伶的自况。这位"大人先生"嗜酒、饮酒已经到了一种超凡的境界:他可以把天地开辟作为一天,把万年作为须臾,把日月作为门窗,把天地八荒作为庭道;行走无一定轨迹,居住无一定房屋;他还能以天为幕,以地为席,放纵心意,随遇而安。这是多么狂放不羁的形象!刘伶在头脑中进行如此荒诞的想象,真的是醉得一塌糊涂了吗?当然没有,如此放逐并张扬自我,这才是真性情的刘伶。因为刘伶对司马氏政权大为不满,但也无能为力,所以只得饮酒放歌。这时的他实际上是处于"举世皆浊我独清,众人皆醉我独醒"的状态。

接着刘伶挥毫泼墨继续写道:"有贵介公子,搢绅处士,闻吾风声,议其所以。"由于他的行为如此狂放不羁,有很多人非议他。刘伶并不是不以为然,而是时常反唇相讥,激动时便跳起来敛袖缩襟,张目怒视,咬牙切齿予以反驳。骂够之后,刘伶仍然继续衔杯痛饮,枕着酒曲睡觉,无忧无虑,其乐陶陶。困了便睡,醒了便饮,什么四时寒暑、声色货利,都像脚下随波逐流的"江汉之载浮萍""蜾蠃之与螟蛉"一样,渺小得不值一提。南宋叶梦得评刘伶这段豪放不羁的文字时曾说:"晋人多饮酒,至于沉醉,未必真在乎酒。盖时方艰难,惟托于酒,可以疏远世故而已。陈平、曹参以来,已用此策……传至刘伶之徒,遂欲全然用此,以为保身之计……饮者未必剧饮,醉者未必真醉耳。"这一语便道破了刘伶身处乱世的无奈与痛酒德颂

心。纵观此颂，行文轻灵，笔意恣肆，刻画生动，语言幽默，不见雕琢之迹。

在魏晋那个不谈是非的时代里，"竹林七贤"这一群体是一个另类的存在。他们都狂放不羁，不满司马氏的统治，故以酣饮为常，用故作旷达来逃避迫害。而洒脱中见真性情的刘伶更有着其余六人不可企及的境界，他本身无意于文辞，但却以一篇《酒德颂》名传千古，真可谓"古来圣贤皆寂寞，惟有饮者留其名"。

向秀
（约227—272）

　　字子期，河内怀县（今河南武陟）人，魏晋之际哲学家、文学家，"竹林七贤"之一。向秀清悟有远识，少年时即以文章俊秀闻名乡里，雅好老庄之学，后结识山涛、阮籍、嵇康，并同为"竹林之游"。嵇康、吕安为司马氏所害后，向秀迫于司马氏高压，为避祸出任散骑侍郎、黄门散骑常侍，但"在朝不任职，容迹而已"。曾为《庄子》作注，但未完而卒，郭象承其余绪，成书《庄子注》三十三篇。此书于宋代失传，今散见于《经典释文》。现存文仅《思旧赋》《难嵇叔夜养生论》两篇。

思旧赋 并序

  余与嵇康、吕安居止接近[1]，其人并有不羁之才。然嵇志远而疏[2]，吕心旷而放[3]，其后各以事见法[4]。嵇博综技艺[5]，于丝竹特妙[6]。临当就命[7]，顾视日影，索琴而弹之。余逝将西迈[8]，经其旧庐。于时日薄虞渊[9]，寒冰凄然。邻人有吹笛者，发音寥亮。追思曩昔游宴之好[10]，感音而叹，故作赋云：

  将命适于远京兮[11]，遂旋反而北徂[12]。济黄河以泛舟兮，经山阳之旧居。瞻旷野之萧条兮，息余驾乎城隅[13]。践二子之遗迹兮[14]，历穷巷之空庐。叹《黍离》之愍周兮[15]，悲《麦秀》

注 释

- [1] 吕安：字仲悌，东平（今属山东）人，嵇康和向秀的至交好友。居止：起居和行动。
- [2] 志远而疏：志向远大，但行为散漫。
- [3] 放：开朗达观。
- [4] 见法：受刑，此处指被诛。
- [5] 博综技艺：即多才多艺。
- [6] 丝竹：管弦乐器，此处泛指音乐。
- [7] 就命：终命，死亡。
- [8] 西迈：西行，此处指去洛阳应郡举。
- [9] 薄：迫近。虞渊：传说中的日落处。
- [10] 曩（nǎng）昔：以往，从前。好：友好，此处指情谊。
- [11] 将命：奉命。适：前往。远京：指洛阳。
- [12] 旋反：返回。徂（cú）：行。
- [13] 息：停止。驾：车乘。
- [14] 践：踩踏。二子：指嵇康和吕安。
- [15] 《黍离》：《诗经·王风》篇名。愍（mǐn）周：悲悯周亡。《毛诗序》："《黍离》，闵宗周也。"愍、闵、悯，古同。

向 秀

于殷墟[16]。惟古昔以怀今兮[17],心徘徊以踌躇。栋宇存而弗毁兮,形神逝其焉如[18]。昔李斯之受罪兮,叹黄犬而长吟[19]。悼嵇生之永辞兮[20],顾日影而弹琴。托运遇于领会兮[21],寄余命于寸阴[22]。听鸣笛之慷慨兮[23],妙声绝而复寻[24]。停驾言其将迈兮,遂援翰而写心[25]。

[16] 麦秀:即《麦秀歌》。《史记·宋微子世家》:"箕子朝周,过故殷虚,感宫室毁坏,生禾黍,箕子伤之,欲哭则不可,欲泣为其近妇人,乃作麦秀之诗以歌咏之。"殷墟:殷朝旧址。
[17] 惟:思念。古昔:指殷周旧事。怀今:指怀念嵇、吕。
[18] 焉如:何往。
[19] "昔李斯"二句:《史记·李斯列传》载,秦相李斯为赵高所谮,被腰斩于咸阳市中,临刑前对儿子叹道:"吾欲与若复牵黄犬俱出上蔡东门逐狡兔,岂可得乎!"
[20] 永辞:长逝。
[21] 托运遇于领会:指命运偶合。运遇:命运际遇。领会:即领袷,衣领相合处。
[22] 寸阴:片刻之时。此处指嵇康临刑前索琴而弹的极短时间。
[23] 慷慨:悲凉激昂。
[24] 寻:继续。
[25] 援翰:握笔。写心:书写心意,指书写对旧友的怀念之情。

思旧赋 并序

赏 析

《世说新语·任诞》载:"陈留阮籍、谯国嵇康、河内山涛,三人年皆相比,康年少亚之。预此契者:沛国刘伶、陈留阮咸、河内向秀、琅邪王戎。七人常集于竹林之下,肆意酣畅,故世谓'竹林七贤'。"这七人所组成的文学团体基本上代表了魏正始年间(240—249)的文坛气象。这些人当中,向秀与嵇康的友情最为深挚,都喜爱老庄之学,又都好养生之说,交往甚密。史书中甚至还记载着"康善锻,秀为之佐,相对欣然,傍若无人"这样的闲情趣事。司马昭擅权时,嵇康遇祸被杀,向秀便写了这篇《思旧赋》怀念友人。

序文部分,作者介绍了写作的缘起。嵇康与吕安的死与当时的社会背景有很大关系。司马昭曾企图笼络嵇康而遭到拒绝,这为他的被害埋下了种子。对于当时司马政权的霸道统治,竹林七贤分成了不同的派别。而嵇康"志远而疏",坚持我行我素,最终付出了生命的代价。他的死震慑了文坛和政坛,包括向秀在内的知识分子也不得不屈服投靠司马政权。向秀在西行洛阳应诏做官的途中经过旧庐,只见"日薄虞渊,寒冰凄然",一派凄凉。更有"邻人吹笛者"送来悠远笛声,使其陷入了对往昔游宴之好的追思。

以赋体写成的正文部分虽然不长,但由景即情,层层深入。前半部分呼应序言中的叙事背景,继而哀叹今日旷野空庐的萧条;后半部分议论抒情,借古人《黍离》与《麦秀》两篇自喻心情。这两篇的诗人,或叹曰:"彼黍离离,彼稷之苗。行迈靡靡,中心摇摇。"或叹曰:"麦秀渐渐兮,禾黍油油。彼狡僮兮,不与我好兮!"向秀借古怀今,表达自己的徘徊与踌躇。昨日之日不可留,被司马氏替代掉的昔日朝廷和被枉杀的前朝遗民,如今再谈及就只剩悲痛叹息。

这篇悼友赋词情优美,哀而不伤。穿插典故,能使今昔相对,虚实结合。更巧用实景,借邻家笛声呼应作者慷慨悲凉的心情。虽然篇幅短小,却恰恰暴露了向秀欲语还休的隐痛。鲁迅先生在1931年为被无辜暗杀作家发声时曾说:"在中国的现在,还是没有写处的。年青时读向子期《思旧赋》,很怪他为什么只有寥寥的几行,刚开头却又煞了尾。然而,现在我懂得了。"(《为了忘却的记念》)恐怕正是这种跨时代的共鸣,使得向秀这短短一篇《思旧赋》可以一直流传下来,经久不衰。

李密
（224—287）

又名虔，字令伯，武阳（今四川彭山）人。幼年丧父，母改嫁，由祖母刘氏抚养成人。少时师从谯周，以文学见称。李密先仕于蜀，官至尚书郎，几次出使吴国，以辩才闻名。蜀亡后，晋武帝司马炎征其为太子洗马，他以祖母无人奉养为由，上《陈情表》固辞。其祖母逝后，又被征至洛阳为太子洗马，后迁汉中太守。终因怀怨免官，老死家中。《三国志》《晋书》均有传。著有《述理论》十篇，后散佚，不传于世。《陈情表》为其代表作。

陈情表

　　臣密言：臣以险衅[1]，夙遭闵凶[2]。生孩六月，慈父见背[3]；行年四岁[4]，舅夺母志[5]。祖母刘愍臣孤弱，躬亲抚养。臣少多疾病，九岁不行[6]，零丁孤苦[7]，至于成立[8]。既无伯叔，终鲜兄弟；门衰祚薄[9]，晚有儿息[10]。外无期功强近之亲[11]，内无应门五尺之僮[12]，茕茕子立[13]，形影相吊[14]。而刘夙婴疾病[15]，常在床蓐[16]，臣侍汤药，未曾废离[17]。

　　逮奉圣朝，沐浴清化[18]。前太守臣逵察臣孝廉[19]，后刺史

注　释

[1] 险衅：灾难祸患，指命运坎坷。
[2] 夙：早，此处指幼年时。闵凶：忧患，丧亲之忧，也作"悯凶"。
[3] 见背：弃我而去，此处指死去。
[4] 行年四岁：年纪到了四岁。行年：经历的年岁。
[5] 舅夺母志：舅父强行改变了李密母亲守节的志向，逼迫其改嫁。
[6] 不行：不会走路。
[7] 零丁：即伶仃，孤苦的样子。
[8] 成立：长大成人。
[9] 祚（zuò）：福分。
[10] 儿息：儿子。
[11] 期（jī）功强近之亲：指比较亲近的亲戚。古代丧礼制度以亲属关系的亲疏规定服丧时间的长短，服丧一年称"期"，九月称"大功"，五月称"小功"。
[12] 应门五尺之僮：五尺高的小孩儿。应门：照应门户，迎送客人。僮：童仆。
[13] 茕（qióng）茕孑立：生活孤单无靠。茕、孑：孤单。
[14] 吊：安慰。
[15] 夙：素有，旧有。婴：纠缠。
[16] 蓐（rù）：通"褥"，垫子。
[17] 废离：放弃，离开。
[18] 清化：清明的政治教化。
[19] 太守：郡的地方长官。察：考察，荐举。孝廉：汉代以来举荐人才的一种科目，各郡每年都要向朝廷举荐孝顺父母、品行方正的人。晋时仍保留此制，但办法和名额不尽相同。孝：指孝顺父母或祖父母。廉：指品行廉洁。

李 密

　　臣荣举臣秀才[20]。臣以供养无主[21]，辞不赴命。诏书特下，拜臣郎中[22]，寻蒙国恩[23]，除臣洗马[24]。猥以微贱[25]，当侍东宫[26]，非臣陨首所能上报[27]。臣具以表闻[28]，辞不就职。诏书切峻[29]，责臣逋慢[30]；郡县逼迫，催臣上道；州司临门[31]，急于星火[32]。臣欲奉诏奔驰，则刘病日笃；欲苟顺私情[33]，则告诉不许。臣之进退，实为狼狈。

　　伏惟圣朝以孝治天下[34]，凡在故老[35]，犹蒙矜育[36]，况臣孤苦，特为尤甚。且臣少仕伪朝[37]，历职郎署[38]，本图宦达，不矜名节[39]。今臣亡国贱俘，至微至陋，过蒙拔擢，宠命优

[20] 刺史：督查军政的地方长官。秀才：即优秀人才。也是汉代实行的由地方向朝廷推举优秀人才的一种科目，晋保留此制。与后代科举制度的"秀才"含义不同。
[21] 无主：没有主持的人。
[22] 拜：授官。郎中：朝廷中各部的副职。
[23] 寻：不久。
[24] 除：任命官职。洗（xiǎn）马：本名为先马，太子的属官，在宫中服役，后改为掌管图书。
[25] 猥：辱，自谦之词。
[26] 东宫：太子居住的地方，这里指太子。
[27] 陨首：丧命。上报：报效朝廷。
[28] 具：详细。闻：使闻知，使知道。
[29] 切峻：急切严厉。
[30] 逋（bū）慢：回避，怠慢。
[31] 州司：州官。
[32] 星火：流星。
[33] 苟顺：姑且迁就。
[34] 伏惟：旧时奏疏、书信中，下级对上级常用的敬语。
[35] 故老：老人。
[36] 矜育：怜惜抚育。
[37] 伪朝：指蜀汉。
[38] 历职郎署：指曾在蜀汉官署中担任过郎官职务。
[39] 矜：自夸。

渥[40]，岂敢盘桓[41]，有所希冀[42]？但以刘日薄西山，气息奄奄，人命危浅，朝不虑夕。臣无祖母，无以至今日；祖母无臣，无以终余年。母孙二人，更相为命，是以区区不能废远[43]。臣密今年四十有四，祖母今年九十有六，是臣尽节于陛下之日长，报养刘之日短也。乌鸟私情[44]，愿乞终养[45]。

臣之辛苦，非独蜀之人士及二州牧伯所见明知[46]，皇天后土[47]，实所共鉴。愿陛下矜愍愚诚[48]，听臣微志[49]，庶刘侥幸[50]，保卒余年[51]。臣生当陨首，死当结草[52]。臣不胜犬马怖惧之情[53]，谨拜表以闻。

[40] 宠命：恩命，指拜郎中、洗马等官职。
[41] 盘桓：徘徊，迟疑。
[42] 希冀：企求，指待价而沽想得到更高的官职。
[43] 区区：拳拳，依恋难舍。废远：停止奉养，远离祖母。
[44] 乌鸟私情：相传乌鸦能反哺，所以常用来比喻子女对父母的孝养之情。乌鸟：乌鸦。
[45] 终养：奉养到底，养老送终。
[46] 二州：指益州和梁州。益州治所在今四川成都，梁州治所在今陕西勉县东，二州区域大致相当于蜀汉所统辖的范围。牧伯：刺史。上古一州的长官称牧，又称方伯，所以后代以牧伯称刺史。这里指的是上文中提到的逵、荣二人。
[47] 皇天后土：犹言天地神明。
[48] 矜愍：怜悯，顾惜。愚诚：愚拙的至诚之心。
[49] 听：听许，同意。
[50] 庶：希望。
[51] 保卒余年：享尽天年。
[52] 结草：《左传·宣公十五年》载，晋国大夫魏武子临终时嘱咐儿子魏颗把他的遗妾杀死为其殉葬。魏颗没有按照父亲说的话做，而是将其遗妾嫁了出去。后来魏颗与秦国将领杜回作战，看见一位老人用打了结的草把杜回绊倒，杜回因此被擒。到了晚上，魏颗梦见结草的老人，他自称是没有被杀死殉葬的魏武子遗妾的父亲。后来"结草"就用来指代知恩图报。
[53] 犬马：做牛做马，自谦之词。

李密

赏析

　　李密本为蜀汉人，亡国后入西晋，在当时颇具孝名。据《晋书》记载，李密"奉事以孝谨闻，（祖母）刘氏有疾，则涕泣侧息，未尝解衣，饮膳汤药必先尝后进"。晋武帝感其德才兼备，请他出仕做官，但李密以终养祖母为由婉拒晋武帝。为了避免晋武帝以"矜名节"为借口降罪而招来杀身之祸，李密上书直陈其忠孝难两全的处境，这篇《陈情表》即当时所上之奏表。

　　全篇最突出的是一个"情"字。为了打动晋武帝，李密开篇便悉数儿时的孤苦处境——"生孩六月，慈父见背；行年四岁，舅夺母志"，父亡母离，只有祖母刘氏与年仅四岁的孩童勉强生活。即使在祖母"躬亲抚养"的情况之下，李密童年时期家中依然是"外无期功强近之亲，内无应门五尺之僮"，在这种举步维艰的处境下，可想而知祖母将其抚养成人是多么不易。如今自己已然成年，但祖母因多年操劳，年迈多病，若自己应帝命出仕为官，行废养离家之举，着实不孝。李密于此坦诚述情，道出了与祖母关系的特殊性，初步奠定了拒绝应诏的感情基础。紧接着，李密由"逮奉圣朝"一句开始，言及武帝的多次征召。先是孝廉，再是秀才，接着是郎中，最后又是洗马，可谓皇恩浩荡，宠幸有加；加上诏书严责，郡州逼迫，如何能够拒绝？李密这数语之间，表明其已知国恩深重，不容不报。但李密继而道出家中年迈祖母"刘病日笃"的情况，坦陈"告诉不许"、进退两难的狼狈。李密于此实际上是将出仕为官还是奉养祖母的难题推给了晋武帝，从而以退为进，令晋武帝感同身受，明白其忠孝难两全的处境。在此基础上，李密紧接着以"圣朝以孝治天下，凡在故老，犹蒙矜育"来先声夺人，继续为自己"顺私情"而辩护，反复陈述"母孙二人，更相为命"。他一方面以赡养祖母为由，表达自己不能出仕的难处；一方面又解释了自己对朝廷的感激，说明自己并非别有心机。而且他自知他的可贵之处正在于既孝且廉，符合朝廷的号召，皇帝也比较容易接受他的说辞。最后，在向晋武帝陈明自己的实际情况之后，李密用祖母年九十六与自己才四十四的

年龄对比,表明"尽节于陛下之日长","报养刘之日短",进而希望晋武帝可以"矜愍愚诚,听臣微志",恩赐他最后尽孝的机会。这篇言情并茂、声泪俱下的《陈情表》到达晋武帝手中之后,武帝"嘉其诚款,赐奴婢二人,使郡县拱其祖母奉膳"(李善注引《华阳国志》),免其出仕为官。

艺术特点上,这篇《陈情表》骈散结合,夹叙夹议,句式整齐,文辞畅达,在真情流露的同时又有着缜密的思维逻辑。而且语言极富表现力,仿佛一气呵成。通读之下,使人感同身受,牵动恻隐之心。后人对此文评价甚高,云:"读李令伯《陈情表》而不堕泪者,其人必不孝。"(赵与时《宾退录》)可见此文感人至深。

但在读懂李密的孝心之后,本文还反映了一些更深层次的问题。首先,自古有云"忠孝不能两全",李密出仕朝廷,是奉诏尽忠;为祖母送终,是奉亲尽孝。孰轻孰重,难以衡量。李密因此在文中不断申述自己与刘氏生死相依的血缘亲情,企图打动晋武帝,作为自己不能尽忠的借口。其次,李密的身份也有其特殊性。他本为蜀汉旧臣,忠臣不事二君,确实不宜应诏做官。这是李密在奏章中不敢表露的部分,但他未必没有这样的心思,这就需要读者结合时代背景来理解李密不敢言明的未尽之言。

潘岳
（247—300）

字安仁，荥阳中牟（今河南中牟）人。少以才颖见称乡里，人称奇童。晋初任司空掾，晋武帝咸宁四年（278）被贾充召为太尉掾。后历任河阳令、长安令等职，因曾为给事黄门侍郎，故人称"潘黄门"。性轻躁，趋势力，曾依附贾谧，为"二十四友"之一，后被赵王司马伦及亲信孙秀所杀，《晋书》中有其传。潘岳诗文皆善，诗以《悼亡诗》最负盛名，史称其"辞藻绝丽，尤善为哀诔之文"（《晋书·潘岳传》）。《秋兴赋》与《闲居赋》是其辞赋的代表作，对后世影响很大。《隋书·经籍志》载《潘岳集》十卷，后散佚。明人张溥辑有《潘黄门集》，收入《汉魏六朝百三家集》。

马汧督诔并序[1]

惟元康七年秋九月十五日[2]，晋故督守关中侯扶风马君卒[3]。呜呼哀哉！初，雍部之内属羌反未殄[4]，而编户之氐又肆逆焉[5]。虽王旅致讨[6]，终于殄灭[7]，而蜂虿有毒[8]，骤失小利。俾百姓流亡，频于涂炭[9]。建威丧元于好畤[10]，州伯宵遁乎大溪[11]。若夫偏师裨将之殒首覆军者[12]，盖以十数；剖符专城纡青拖墨之司奔走失其守者[13]，相望于境。秦陇之僭[14]，巩更为魁[15]，既

注 释

[1] 马汧（Qiān）督：指西晋时期汧县（今陕西陇县南）督军马敦。曾立功孤城（晋阳，今山西太原附近），为州司马诬枉，死于狱中。诔：古代列叙死者生平事迹并赞颂其功德的文体。
[2] 元康七年：公元297年。元康：晋惠帝司马衷的年号。
[3] 关中侯：马敦死难后晋惠帝册封给他的名号。关中：古指函谷关以西地区。扶风：马敦的郡望，在今陕西泾阳西北。
[4] 雍部：指古雍州地区，即今陕西中部、甘肃东南部等地。属羌：归属的羌族。殄：止息。
[5] 编户：入籍，指为晋所管。氐：氐族，世居陕西、甘肃一带。肆逆：任意反叛。
[6] 王旅：官兵。
[7] 殄灭：平息消灭。
[8] 蜂虿（chài）：蜂和蝎类带毒螫人的昆虫。这句是说事虽小却害人不浅。
[9] 涂炭：深陷泥污和炭火，喻指处境极为困苦。
[10] 建威：指拜为建威将军的周处。丧元：掉脑袋，丧命。好畤（zhì）：扶风郡属县，在今陕西乾县西北。
[11] 州伯：指雍州刺史解系。宵遁：夜间溃逃。大溪：地名。
[12] 偏师：非主力部队。裨将：副将。殒首：掉头。覆军：战败。
[13] 剖符：古代君王分封诸侯或功臣，把符节剖分为二，双方各执一半以为凭信，此处指朝廷命臣。专城：镇守城池。纡（yū）青：系着青带。拖墨：拽着铜印墨绶。司：主司，为官者。
[14] 秦陇：秦州陇西郡，治在襄武（今甘肃陇西西南）。僭：反叛称王，指羌氐首领于晋惠帝元康六年（296）八月在陇西称帝。事见《晋书·惠帝纪》。
[15] 巩更：羌族首领。魁：首领。

潘岳

已袭汧,而馆其县[16]。子以眇尔之身[17],介乎重围之里;率寡弱之众,据十雉之城[18]。群氐如猬毛而起[19],四面雨射城中[20]。城中凿穴而处,负户而汲[21],木石将尽,樵苏乏竭[22],刍荛罄绝[23]。于是乎发梁栋而用之,罙以铁锁机关[24],既纵礌而又升焉[25]。爨陈焦之麦[26],柿梠桷之松[27],用能薪刍不匮[28],人畜取给,青烟傍起[29],枥马长鸣[30]。凶丑骇而疑惧[31],乃阙地而攻[32]。子命穴浚堑[33],置壶镭瓶甒以侦之[34]。将穿响作,内焚矿火薰之[35],潜氐歼焉[36]。久之,安西之救至[37],竟免虎口之厄,全数百万石之积,文契书于幕府[38]。

[16] 馆:馆舍,这里用作动词,驻扎。
[17] 子:指马敦。眇(miǎo)尔:低贱微小。
[18] 十雉之城:形容城小。古以高一丈、长三丈为一雉。
[19] 猬毛:刺猬毛,形容多而密集。
[20] 雨射:言箭如下雨一般射来。
[21] 负户:背着门板。汲:打水。
[22] 樵苏:柴草。
[23] 刍荛(ráo):割草打柴。罄绝:殆尽。
[24] 罙(dí):系。锁(suǒ):同"锁"。
[25] 纵:放下。礌(lèi):用重物往下砸。
[26] 爨(cuàn):烧火做饭。
[27] 柿:削树皮。梠(lǚ)桷(jué)之松:用松树做的屋檐方椽。
[28] 用:因。薪刍:柴草。
[29] 傍起:四起。
[30] 枥马:在槽之马。枥:通"枥"。
[31] 凶丑:指围城群氐。骇:吃惊。
[32] 阙:掘。
[33] 穴:这里做动词,挖。浚堑:深沟。
[34] 镭:瓶、壶类容器。甒(wǔ):瓦制酒器。侦:探听。
[35] 矿(kuàng):大麦。
[36] 潜氐:暗中来攻的氐敌。
[37] 安西:指晋安西将军夏侯骏。
[38] 文:这里用作动词,写。契书:记录储粮的账目。幕府:指将军府。

圣朝畴咨[39]，进以显秩[40]，殊以幢盖之制[41]。而州之有司[42]，乃以私隶数口、谷十斛[43]，考讯吏兵[44]，以槚楚之辞连之[45]。大将军屡抗其疏[46]，曰："敦固守孤城，独当群寇[47]，以少御众，载离寒暑[48]，临危奋节，保谷全城[49]。而雍州从事忌敦勋效[50]，极推小疵，非所以褒奖元功。宜解敦禁劾假授[51]。"诏书遽许[52]，而子固已下狱发愤而卒也[53]。朝廷闻而伤之，策书曰[54]："皇帝咨故督守关中侯马敦[55]，忠勇果毅，率厉有方[56]，固守孤城，危逼获济[57]。宠秩未加[58]，不幸丧亡，朕用悼焉[59]。今追赠牙门将军印绶[60]，祠以少牢[61]。"魂而有灵，嘉兹宠荣。

[39] 畴咨：询问。
[40] 进：提升。显秩：高官厚禄。
[41] 殊：特别。幢盖之制：相当于将军、刺史的礼仪。幢：仪仗用的旗。盖：车盖。
[42] 州：指雍州。有司：指司法官。
[43] 数口：几人。斛（hú）：古以十斗为一斛。
[44] 考讯：拷打逼供。
[45] 槚（jiǎ）楚：夏楚，古代用以笞打的木制刑具。连之：连累到马敦。
[46] 大将军：指征西大将军梁王肜。抗：举，呈。疏：指表举马敦的文书。
[47] 当：即"挡"，抵挡。
[48] 载：整年累月。离：遭受。
[49] 全城：保全城池。
[50] 从事：属官。勋效：功绩显著。
[51] 禁劾：停止苛查。假授：授予官职。
[52] 诏书：皇帝下达的文书。遽许：立刻允准。
[53] 子：指马敦。固已：已经。
[54] 策书：书写文书。
[55] 咨：访知。故：已故。
[56] 率厉：统领激励。
[57] 济：援救。
[58] 宠秩：恩宠，俸禄。秩：俸禄。
[59] 用：因此。
[60] 牙门：古代军营门口置牙旗，故以牙门指营门。印绶：官印和绶带。
[61] 祠：祭祀。少牢：古代诸侯、卿大夫祭祀宗庙时所用的牲畜，一般是羊、豕各一。

潘 岳

然洁士之闻秽[62]，其庸致思乎[63]？若乃下吏之肆其噂害[64]，则皆妒之徒也。嗟乎！妒之欺善，抑亦贸首之仇也[65]。语曰："或戒其子，慎无为善。"言固可以若是，悲夫！

昔乘丘之战[66]，县贲父御鲁庄公[67]，马惊败绩[68]。贲父曰："他日未尝败绩，而今败绩，是无勇也。"遂死之。圉人浴马[69]，有流矢在白肉[70]。公曰："非其罪也。"乃诔之。汉明帝时，有司马叔持者，白日于都市手剑父仇，视死如归，亦命史臣班固而为之诔。然则忠孝义烈之流，慷慨非命而死者，缀辞之士[71]，未之或遗也。天子既已策而赠之，微臣托乎旧史之末[72]，敢阙其文哉！乃作诔曰：

知人未易，人未易知。嗟兹马生，位末名卑。西戎猾夏[73]，乃奋其奇[74]。保此洴城，救我边危。彼边奚危[75]？城小粟富。

---

[62] 洁士：洁身自好的人。闻秽：闻而自惭形秽。
[63] 庸：用。致思：表达哀思。
[64] 肆：放纵，任意。噂害：口不言而心害之。
[65] 抑：抑或，或许。贸首之仇：形容仇恨深至你死我活。
[66] 乘丘之战：春秋时期鲁、宋两国之战。事见《礼记·檀弓上》。乘丘：故城在山东滋阳西北。
[67] 县贲父：为鲁庄公驾车者。御：驾车。鲁庄公：春秋时期鲁国国君，公元前693年至公元前662年在位。
[68] 败绩：指与宋人战于乘丘，因马惊坠车而溃败。
[69] 圉（yǔ）人：养马者。浴马：为马洗澡。
[70] 流矢：暗箭。
[71] 缀辞：著述。
[72] 微臣：潘岳自称。旧史：指前举鲁庄公诔县贲父、汉明帝令班固诔司马叔持事。
[73] 西戎：西部少数民族羌和氐。猾夏：祸乱华夏。
[74] 奋其奇：施展他的奇才。
[75] 彼边：指洴县所在的边地。奚：何。

子以眇身，而裁其守[76]。兵无加卫，墉不增筑[77]。婪婪群狄[78]，豺虎竞逐。巩更睢恣[79]，潜跱官寺[80]。齐万虓阚[81]，震惊台司[82]。声势沸腾，种落煽炽[83]。旌旗电舒[84]，戈矛林植。彤珠星流[85]，飞矢雨集。惴惴士女，号天以泣。爨麦而炊，负户以汲。累卵之危，倒悬之急。

马生爰发[86]，在险弥亮。精冠白日，猛烈秋霜。棱威可厉[87]，懦夫克壮[88]。沾恩抚循[89]，寒士挟纩[90]。蠢蠢犬羊[91]，阻众陵寡。潜隧密攻[92]，九地之下[93]。惬惬穷城[94]，气若无假[95]。昔命悬天[96]，今也惟马。惟此马生，才博智赡[97]。侦以

[76] 裁其守：裁减守卫。
[77] 墉：城墙。
[78] 婪婪：贪婪的样子。
[79] 睢恣：怒眼圆睁的样子。
[80] 潜跱（zhì）：暗立。官寺：官署。
[81] 齐万：氐族统帅齐万年。虓阚（xiāohǎn）：勇猛强悍。
[82] 台司：古代三公职司，此处指最高统治者。
[83] 种落：种族部落。煽炽：形容越来越烈。
[84] 电舒：如闪电般快速。
[85] 彤珠：火球。星流：形容火攻时火光四散如星。
[86] 马生：指马敦。爰：于是。
[87] 棱威：神灵之威。厉：即"砺"，砥砺。
[88] 克：能够。
[89] 抚循：安抚巡视。循：通"巡"。
[90] 挟纩（kuàng）：带着新绵，指士兵受到鼓励而忘记寒冷。《左传·宣公十二年》："三军之士皆如挟纩。"纩：新丝绵。
[91] 蠢蠢：动扰的样子。犬羊：指来犯之敌。
[92] 隧：挖地道。
[93] 九地：地的极深处。
[94] 惬惬：当作"狭狭"，狭隘。穷城：受困之城。
[95] 气：气数。无假：无法援救。
[96] 命：命运。悬天：由天而定。
[97] 赡：多，广。

潘 岳

瓶壶，剺以长堑[98]。锸未见锋[99]，火以起焰。薰尸满窟，棓穴以敛[100]。木石匮竭，萁秆空虚[101]。睍然马生[102]，傲若有余。刭梁为礌，柿松为刍。守不乏械，厩有鸣驹。哀哀建威，身伏斧质。悠悠列将[103]，覆车丧器。戎释我徒，虏诛我帅。以生易死，畴克不二[104]。圣朝西顾，关右震惶[105]。分我汧庾[106]，化为寇粮。实赖夫子，思谟弥长[107]。咸使有勇，致命知方[108]。

我虽末学，闻之前典。十世宥能[109]，表墓旌善[110]。思人爱树，甘棠不翦[111]。矧乃吾子[112]，功深疑浅。两造未具[113]，储隶盖鲜[114]。孰是勋庸[115]，而不获免？猾哉部司[116]，其心反侧[117]。

[98] 剺（liè）：割开。
[99] 锸（chā）：锹，挖土工具。
[100] 棓（bàng）：同"棒"。敛：通"殓"，埋葬。
[101] 萁秆：豆萁麦秆，指燃料。
[102] 睍（jiàn）然：环视的样子。
[103] 悠悠：众多。
[104] 畴：谁。克：能。
[105] 关右：指朝廷所在关中地区。震惶：震动惊惶。
[106] 庾（yǔ）：粮仓。
[107] 谟：计谋。
[108] 致命：可以授命。知方：懂得解决问题的办法。
[109] 十世：累代。宥：宽。
[110] 表墓：在墓前立碑。旌善：标举善行。
[111] "思人"二句：说马敦像当年召伯一样受人尊敬。《诗经·召南·甘棠》："蔽芾甘棠，勿翦勿伐，召伯所茇。"
[112] 矧（shěn）：况且。
[113] 两造：指诉讼双方。
[114] 储隶：指前所谓"私隶数口、谷十斛"。鲜：少。
[115] 勋庸：功臣和庸人。
[116] 部司：即前所谓"州之有司"。
[117] 反侧：反着的和侧斜着的，指不正。

斫善害能，丑正恶直。牧人逶迤[118]，自公退食[119]。闻秽鹰扬[120]，曾不戢翼[121]。忘尔大劳，猜而小利。苟莫开怀，于何不至。慨慨马生，琅琅高致[122]。发愤囹圄[123]，没而犹眡[124]。呜呼哀哉！

安平出奇[125]，破齐克完[126]。张孟运筹[127]，危赵获安。汧人赖子，犹彼谈单[128]。如何吝嫉，摇之笔端[129]？倾仓可赏，矧云私粟？狄隶可颁[130]，况曰家仆？剔子双龟[131]，贯以三木。功存汧城，身死汧狱。凡尔同围，心焉摧剥[132]。扶老携幼，街号巷哭。呜呼哀哉！

明明天子，旌以殊恩。光光宠赠，乃牙其门[133]。司勋颁爵[134]，亦兆后昆[135]。死而有灵，庶慰冤魂。呜呼哀哉！

[118] 牧：管理任用。逶迤：公正的样子。
[119] 自公退食：语出《诗经·召南·羔羊》："羔羊之皮，素丝五纯。退食自公，委蛇委蛇。"
[120] 鹰扬：威武貌。《诗经·大雅·大明》："维师尚父，时维鹰扬。"毛传："鹰扬，如鹰之飞翔也。"这里形容断案公正、有威严的样子。
[121] 戢（jí）翼：敛翅止飞，指奸邪之人收敛。戢：收。
[122] 琅（láng）琅：坚定的样子。
[123] 发愤：引发愤郁。囹圄：监牢。
[124] 眡（shì）：指眼不闭。
[125] 安平：战国时齐国安平君田单，其出奇胜燕事见《史记·田单列传》。
[126] 破齐：残破的齐国。克完：得以保全。
[127] 张孟：张孟谈，其以谋救赵事见《战国策·赵策一》。
[128] 谈：指张孟谈。单：指田单。
[129] 摇之笔端：指撰文诋毁马敦。
[130] 狄隶：征伐夷狄所获俘虏。颁：赐。
[131] 剔：夺。双龟：指龟形官印。
[132] 焉：因此。摧剥：极言悲痛。
[133] 牙其门：古时驻军，主将或主帅帐前树牙旗作为军门，称"牙门"。这里指册封为将军。牙：牙旗。
[134] 司勋：朝中掌管颁赏的官员。
[135] 兆：昭示。后昆：后代。

潘 岳

赏 析

　　据《晋书》所载，晋惠帝元康六年（296），汧县发生了"雍部之内属羌反未弭，而编户之氐又肆逆"的暴乱，而朝廷派去平定暴乱的将领之间又相互倾轧，伺机报复，唯有马敦等人在这场暴乱中浴血奋战，力保城池不失。但不久之后，功勋卓著的马敦却被人诬陷入狱，最终抱怨含恨而亡。这在当时引起了正直的士人官吏的同情与愤慨，他们纷纷写诗为文来颂扬马敦的功绩，哀悼他的不幸，并抨击朝廷政治失措、用人不明等弊病。潘岳的这篇《马汧督诔》就是其中的代表，深为后人赞赏，被誉为"沉郁似《史记》之言"。

　　本文由两部分组成，前面是"序"，以叙事为主，直陈事件发生的始末，表明作此诔文的缘由；后面是"诔"，重在抒情，并用韵文赞扬马敦智勇忠义，为其立功而身陷牢狱深表痛惜。前后两部分虽表达方式不同，但所要表述的内容却是一致的：一是叛乱声势之烈，危害之大；二是马敦等人浴血奋战，守护一方百姓之艰辛；三是功成之后因奸佞小人的诬陷而身陷囹圄之悲痛。

　　在序文部分，潘岳先是提及马敦卒日，直入哀悼题旨，令人心生悲凉。"初"字以下，则言此次战事的惨烈："俾百姓流亡，频于涂炭。"而此时，"建威丧元于好畤，州伯宵遁乎大溪"，一些失城的文官更是"相望于境"。朝廷军队沦落至此番境地，可谓是溃不成军，一败涂地。在这种危急时刻，马敦等人力挽狂澜，仅率寡弱之众奋起抵御外敌入侵，誓死守卫这座孤城。当敌军"四面雨射城中"之时，他们于"城中凿穴而处，负户而汲"；当"木石将尽，樵苏乏竭，刍茭罄绝"之时，他们又以"发梁栋而用之，㕞以铁镞机关"，来与敌人周旋；当叛军"阙地而攻"之时，足智多谋的马敦"命穴浚堑，置壶镭瓶瓯以侦之。将穿响作，内焚矷火薰之"，终于坚持到了救兵来援，保全了城中的积粮和文书。马敦率领寡弱残兵奋死作战，保住了城池，可谓是功勋卓著。但是在敌方退兵之后，州之有司"乃以私隶数口、谷十斛，考讯吏兵，以榎楚之辞连之"，诬陷

马敦,并将其关入了监牢之中。待到朝廷的诏书到时,这位英勇非凡的督军却已"发愤而卒"了。对于马敦的含冤而死,潘岳可以说是痛心疾首,他引用昔日"县贲父御鲁庄公"与"司马叔持手剑父仇"的典故,表明对于马汧督这样的"忠孝义烈之流,慷慨非命而死者",自己愿效法前人作文诔之,于是便有了后文之诔词。

在接下来的诔文中,潘岳先以"西戎猾夏,乃奋其奇。保此汧城,救我边危"四句开篇,言马敦有保城救边的功劳。继而再以简短数语概括序文中敌军入侵汧城的危急事态,最后用"累卵之危,倒悬之急"加以比喻,可谓准确贴切。紧接着,潘岳于下文言及马敦身先士卒、奋勇杀敌的壮举,言语之中又充满了对马敦的赞赏之情,并且与序文叙事互为补充,使得马敦的形象更为丰满。之后,又痛彻心扉地追忆马敦被奸人所害,含冤致死。历来多少在沙场上奋勇杀敌、精忠报国的猛将,其志在"马革裹尸还",但却丧命于谗佞小人的口诛笔伐之下,前有马敦,后有岳飞,其命运着实令人唏嘘。

统观全文,"叙"和"诔"都中心明确,层次井然,词采华美;文中运用了许多历史故事、经典辞章,却毫无拼凑拉杂之病。散文曲折尽意;韵文婉转多变,一唱三叹,饱含深情。《文心雕龙·诔碑》中说,潘岳的诔文"巧于序悲,易入新切",本篇当然也不例外。明人张溥在《〈潘黄门集〉题词》中曾说:"余读潘安仁《马汧督诔》,恻然思古义士,犹班孟坚之传苏子卿也。"

陆机
（261—303）

字士衡，吴郡华亭（今上海松江）人，西晋文学家、书法家。祖父陆逊曾为东吴丞相，父陆抗为大司马。父死之后，陆机领父兵为牙门将。二十岁时，东吴灭亡，陆机返回故乡，闭门勤学。晋武帝太康末年，得太常张华赏识，辟为祭酒。后随成都王司马颖为官，任后将军、河北大都督。晋惠帝太安二年（303），陆机率军攻伐长沙王司马乂时大败，遭谗言陷害，最终为司马颖所杀。陆机自幼天才秀逸，潜心向学，《晋书》中说他"少有异才，文章冠世，伏膺儒术，非礼不动"，故其在文学上颇有建树。擅写诗文，讲求辞藻与排偶，充分体现了太康诗坛的"繁缛"之风，钟嵘《诗品》赞其为"太康之英"。陆机诗赋流传众多，如诗作《君子行》《赴洛道中作》，辞赋《文赋》《叹逝赋》《辩亡论》《吊魏武帝文》等皆是佳篇。现有《陆士衡集》存世。

吊魏武帝文 并序[1]

元康八年[2]，机始以台郎出补著作[3]，游乎秘阁[4]，而见魏武帝遗令，忾然叹息[5]，伤怀者久之。

客曰："夫始终者[6]，万物之大归[7]；死生者，性命之区域[8]。是以临丧殡而后悲，睹陈根而绝哭[9]。今乃伤心百年之际[10]，兴哀无情之地[11]，意者无乃知哀之可有，而未识情之可无乎？"

机答之曰："夫日食由乎交分[12]，山崩起于朽壤[13]，亦云数而已矣[14]。然百姓怪焉者，岂不以资高明之质[15]，而不免卑浊之累[16]；居常安之势，而终婴倾离之患故乎[17]？夫以回天倒日之力，而不能振形骸之内[18]；济世夷难之智，而受困魏阙之

注释

[1] 魏武帝：曹操谥号。曹操生前为魏王，魏武帝是曹丕即位后追谥的。
[2] 元康八年：公元298年。元康：晋惠帝司马衷的年号。
[3] 台郎：尚书郎。著作：著作郎。
[4] 秘阁：古代国家藏书之所。
[5] 忾（xì）然：叹息的样子。
[6] 始终：生与死，这里偏指死。
[7] 大归：最终的归宿。
[8] 区域：界限。
[9] 陈根：坟上隔年的旧草根。
[10] 百年之际：曹操逝于公元220年，实际上至陆机写作之时未到八十年。
[11] 兴哀：涌起哀伤之情。无情之地：指秘书阁，因秘书阁不是吊丧的地方。
[12] 交分：指日月交会与分离。
[13] 朽壤：久经岁月的腐土。
[14] 数：自然的定数。
[15] 资：凭借。高明之质：指日月本身。
[16] 卑浊之累：指日食、月食之祸。
[17] 婴：遭遇。倾离之患：指山崩之患。故：缘故。
[18] 形骸：人的躯壳。

陆 机

下[19]。已而格乎上下者[20]，藏于区区之木[21]；光于四表者[22]，翳乎蕞尔之土[23]。雄心摧于弱情[24]，壮图终于哀志[25]。长算屈于短日[26]，远迹顿于促路[27]。呜呼！岂特瞽史之异阙景[28]，黔黎之怪颓岸乎[29]？观其所以顾命冢嗣[30]，贻谋四子[31]，经国之略既远，隆家之训亦弘。又云：'吾在军中，持法是也。至小忿怒、大过失，不当效也。'善乎达人之谠言矣[32]！持姬女而指季豹[33]，以示四子曰：'以累汝。'因泣下。伤哉！曩以天下自任[34]，今以爱子托人。同乎尽者无余，而得乎亡者无存。然而婉娈房闼之内[35]，绸缪家人之务[36]，则几乎密与[37]！又曰：

[19] 魏阙：魏王之朝廷。
[20] 格乎上下者：比喻有功能至于天地的人。格：至。上下：指天地。
[21] 区区之木：指棺木。区区：小。
[22] 四表：四方之外。
[23] 翳（yì）：遮盖，隐藏。蕞（zuì）尔之土：指坟墓。蕞尔：小。
[24] 弱情：疾病。
[25] 哀志：指人之将死。
[26] 长算：长远的计谋。
[27] 迹：功业。短日、促路：此处都指生命的短暂。
[28] 瞽（gǔ）史：瞽是乐官，史是史官。这里偏指史官。异：惊异。阙景：指日食。
[29] 黔黎：黔首和黎民，指百姓。颓岸：山崩。
[30] 顾命：遗嘱。冢嗣：嫡长子，指曹丕。
[31] 贻：留给。四子：指曹操之子曹彰、曹植、曹彪、曹豹四人。
[32] 谠（dǎng）言：正直的话。
[33] 姬女：这里指杜夫人所生的高城公主。季豹：曹操的幼子曹豹，杜夫人所生。
[34] 曩（nǎng）：从前。
[35] 婉娈（luán）：亲爱，缠绵。房闼之内：房内，指家庭。
[36] 绸缪：缠绵。
[37] 几乎：近乎。密：细密，细碎。

'吾婕妤妓人'[38]，皆著铜爵台[39]。于台堂上施八尺床、穗帐，朝晡上脯糒之属[40]。月朝十五[41]，辄向帐作妓[42]。汝等时时登铜爵台，望吾西陵墓田。'又云：'余香可分与诸夫人。诸舍中无所为[43]，学作履组卖也[44]。吾历官所得绶[45]，皆著藏中[46]。吾余衣裘，可别为一藏，不能者兄弟可共分之。'既而竟分焉。亡者可以勿求，存者可以勿违，求与违，不其两伤乎？悲夫！爱有大而必失，恶有甚而必得，智惠不能去其恶，威力不能全其爱。故前识所不用心[47]，而圣人罕言焉。若乃系情累于外物[48]，留曲念于闺房[49]，亦贤俊之所宜废乎？"于是遂愤懑而献吊云尔。

接皇汉之末绪[50]，值王涂之多违[51]。伫重渊以育鳞[52]，抚庆云而遐飞[53]。运神道以载德[54]，乘灵风而扇威[55]。摧群雄而

---

[38] 婕妤：女官。
[39] 著：安置。铜爵台：即铜雀台，汉献帝建安十五年（210）曹操命建，故址在今河北临漳西南。
[40] 朝晡（bū）：早晚。脯糒（bèi）：肉饭。
[41] 月朝：初一日。
[42] 作妓：表演音乐歌舞。
[43] 诸舍中：指众妾。
[44] 履：鞋。组：丝带。
[45] 绶：丝织的官带。
[46] 藏：用于存储物件的家具。
[47] 前识：指有先见的人。
[48] 情累：感情。
[49] 曲念：私念。
[50] 皇汉：大汉。末绪：衰微的事业。
[51] 涂：通"途"，道路。
[52] 伫：等待。重渊：九重之渊。重：深。鳞：龙，比喻曹操。
[53] 庆云：祥云。遐：远。
[54] 神道：天道。
[55] 灵风：自然之风。扇威：扇动威风。

电击，举勍敌其如遗[56]。指八极以远略[57]，必翦焉而后绥[58]。厘三才之阙典[59]，启天地之禁闱[60]。举修纲之绝纪[61]，纽大音之解徽[62]。扫云物以贞观[63]，要万涂而来归[64]。丕大德以宏覆[65]，援日月而齐晖[66]。济元功于九有[67]，固举世之所推[68]。

彼人事之大造[69]，夫何往而不臻[70]。将覆篑于浚谷[71]，挤为山乎九天[72]。苟理穷而性尽[73]，岂长算之所研[74]？悟临川之有悲[75]，固梁木其必颠[76]。当建安之三八[77]，实大命之所艰[78]。

[56] 勍（qíng）敌：劲敌。如遗：如同捡起东西那么容易。
[57] 八极：天下。
[58] 翦：除翦暴乱。绥：安抚。
[59] 厘：整理。三才：指天、地、人。阙：残缺。典：法度典章。
[60] 禁闱：指宫廷。
[61] 举：正。修纲：纲纪。绝纪：已断了的纲纪。
[62] 纽：联结。大音：钟名。解徽：调解不和谐的音调。
[63] 云物：比喻群凶。贞观：犹言清平。
[64] 要：使。万涂：指各种军阀豪强势力。
[65] 丕：扩大。宏：普遍。覆：荫庇。
[66] 援：攀附。
[67] 济：成，实现。元功：大功。九有：九州，天下。
[68] 推：推崇。
[69] 大造：大的成功。
[70] 臻：至。
[71] 覆篑：倒出筐中的土。浚：深。
[72] 挤：通"跻"，登高。九天：极高的天空。
[73] 苟：如果。理穷而性尽：《周易·说卦》曰"穷理尽性，以至于命"，这里是说死生有命的意思。
[74] 研：思虑，预料。
[75] 临川之有悲：典出《论语·子罕》："子在川上，曰：'逝者如斯夫！不舍昼夜。'"
[76] 固：本来。颠：倒塌。
[77] 建安之三八：指曹操在汉献帝建安二十四年（219）得病一事。
[78] 大命：天命。艰：难以实行。

虽光昭于曩载[79]，将税驾于此年[80]。

惟降神之绵邈[81]，眇千载而远期[82]。信斯武之未丧[83]，膺灵符而在兹[84]。虽龙飞于文昌[85]，非王心之所怡[86]。愤西夏以鞠旅[87]，溯秦川而举旗[88]。逾镐京而不豫[89]，临渭滨而有疑。冀翌日之云瘳[90]，弥四旬而成灾[91]。咏归途以反斾[92]，登崤渑而揭来[93]。次洛汭而大渐[94]，指六军曰念哉[95]！

伊君王之赫奕[96]，实终古之所难。威先天而盖世[97]，力荡海而拔山。厄奚险而弗济[98]，敌何强而不残！每因祸以禔福[99]，亦践危而必安。迄在兹而蒙昧[100]，虑噤闭而无端[101]。委躯命以

[79] 曩载：从前的年代。
[80] 税驾：舍驾。驾：皇帝的马车，这里指曹操死去。
[81] 降神：圣人的降生。绵邈：久远。
[82] 眇（miǎo）：通"渺"，辽远。
[83] 信：实。斯武：指曹操的功业。
[84] 膺：当。灵符在兹：即言曹操成为帝王的征兆。灵符：神符。
[85] 文昌：宫殿名，授受王位之所。
[86] 怡：喜悦。
[87] 西夏：指刘备。鞠旅：养兵。鞠：培养。
[88] 溯：逆流而上。举旗：挥战旗。
[89] 镐京：原是周代的都城，这里指长安。不豫：有病。
[90] 瘳（chōu）：病愈。
[91] 弥：满。四旬：四十天。成灾：病重。
[92] 反斾（pèi）：指还军。反：通"返"。斾：战旗。
[93] 崤渑：崤山。揭（qiè）来：去来。
[94] 次：到。洛汭（ruì）：指洛阳。大渐：病重。
[95] 念哉：指曹操临终前的嘱托。
[96] 伊：发语词。赫奕：功劳显赫。
[97] 威：威望。先天：在天下之先。
[98] 厄：险厄。济：渡过。
[99] 禔（tí）福：平安幸福。
[100] 迄：到。蒙昧：病重昏昧的样子。
[101] 噤闭：很难说话的样子。

陆 机

待难[102]，痛没世而永言[103]。抚四子以深念，循肤体而颓叹[104]。迨营魄之未离[105]，假余息乎音翰[106]。执姬女以嚬瘁[107]，指季豹而漼焉[108]。气冲襟以呜咽，涕垂睫而汍澜[109]。违率土以靖寐[110]，戢弥天乎一棺[111]。

咨宏度之峻邈[112]，壮大业之允昌[113]。思居终而恤始[114]，命临没而肇扬[115]。援贞咎以悬悔[116]，虽在我而不臧[117]。惜内顾之缠绵[118]，恨末命之微详[119]。纡广念于履组[120]，尘清虑于余香[121]。结遗情之婉娈，何命促而意长！陈法服于帷座[122]，陪窈窕于玉房[123]。宣备物于虚器[124]，发哀音于旧倡[125]。矫戚容

[102] 委：舍弃。
[103] 没世：死去。永言：长言，指不断叮咛。
[104] 循：抚摩。颓叹：因悲伤而昏倒的样子。
[105] 营魄：魂魄。
[106] 音翰：声音和翰墨，指作遗嘱。
[107] 嚬（pín）：皱眉。瘁：忧病貌。
[108] 漼（cuǐ）：流泪的样子。
[109] 汍（huán）澜：潸然泪下的样子。
[110] 违：离开。率土：王土，或指天下万民。靖寐：安睡，指死亡。
[111] 戢（jí）：收敛。弥天：漫天。
[112] 咨：叹。宏度：宏大的气度。峻邈：高远。
[113] 壮：赞叹。允昌：实为昌盛。
[114] 居终：临终。恤始：开始思虑身后之事。
[115] 肇：开始。扬：发扬。
[116] 援：引。贞：正道。咎：过失。悬（jì）：教导。
[117] 臧：好。
[118] 惜：不舍。内顾：对家中事务有所顾念。
[119] 恨：遗憾。末命：遗命。微详：具体详细。
[120] 纡：萦绕。广念：思虑周到。履组：指前文所说履组之事。
[121] 尘：忧劳。清虑：考虑清明。余香：指曹操临终分香之事。
[122] 法服：礼服。
[123] 窈窕：指姬妾妓人。玉房：指铜雀台。
[124] 宣：布置。备物：遗物。虚器：虚设的器皿。
[125] 旧倡：旧日歌女。

以赴节[126]，掩零泪而荐觞[127]。物无微而不存[128]，体无惠而不亡[129]。庶圣灵之响像[130]，想幽神之复光[131]。苟形声之翳没[132]，虽音景其必藏[133]。徽清弦而独奏[134]，进脯糈而谁尝？悼穗帐之冥漠[135]，怨西陵之茫茫。登爵台而群悲，眝美目其何望[136]？既睎古以遗累[137]，信简礼而薄葬[138]。彼裘绂于何有[139]，贻尘谤于后王[140]。嗟大恋之所存[141]，故虽哲而不忘[142]。览遗籍以慷慨，献兹文而凄伤。

[126] 矫：带。赴节：按照节奏唱歌跳舞。
[127] 荐觞：进酒。
[128] 无微而不存：不是小的东西就不能留下，即小的东西可以长留。
[129] 无惠而不亡：意即人有智慧也不能免于死亡。惠：通"慧"。
[130] 庶：希望。响像：声响和形象。
[131] 幽神：指死后的曹操。复光：恢复光彩。
[132] 翳没：掩盖，埋藏，即死亡。
[133] 音景：声音与形影。
[134] 徽：弹奏。
[135] 冥漠：渺茫。
[136] 眝（zhù）：凝视。
[137] 睎（xī）古：仰慕古人。睎：眺望，仰慕。遗累：留下拖累。
[138] 信：相信。简礼：简单的礼节。
[139] 裘绂（fú）：衣服和绶带。
[140] 贻：遗留。尘谤：尘世间的毁谤。
[141] 嗟：叹息。大恋：很大的思念。
[142] 哲：贤哲。

陆 机

赏 析

　　这是陆机写于晋惠帝元康八年（298）的一篇悼念魏武帝曹操的祭文，其中蕴含着作者对曹操生死的无限感慨。文章分为序言和赋文两个部分。在序言中，作者首先交代了作文的缘由。陆机时年三十六岁，任著作郎，在游览秘书阁之时，偶然见到前代枭雄曹操的遗令，不禁感怀叹息。他借用一"客"之口提出疑问：既然"始终者，万物之大归；死生者，性命之区域"，那么人们又为何会在曹操百年之后，犹能有如此悲怀呢？这一问的设置，点出了文章的主题。陆机在回答中引用日食月食、山峦崩塌这些自然现象比喻伟人的一生，感叹一个人纵有"回天倒日之力""济世夷难之智"也难以逃脱自然的定数、命运的轮回。作者屡屡用这样夸张的词语来形容曹操的不可一世，就更加鲜明地突显出了其临终前眷恋世事的平凡与死后万事皆空的凄凉。序中提到，曹操死前"顾命冢嗣，贻谋四子"，虽有"经国之远略"，仍放不下"隆家之弘训"。不仅将儿女之事一一嘱托，连衣裘、绶带、余香等身外之物也悉数念及。对于如此儿女情长的曹操，陆机颇为感慨，遂写下此文。

　　总的来说，陆机在赋中抒写的内容主要有二。一方面是极赞曹操生前的雄才大略和光辉历史。他称曹操"接皇汉之末绪，值王涂之多违。佇重渊以育鳞，抚庆云而遐飞"，对他的历史地位给予了极高的肯定。曹操的出现仿佛天定，救济乱世，统一天下，功德可与日月同辉。他多处使用数词，如"八极""三才""万涂""九有"，就是意图借用这些数词所包含的宏大意象来突显曹操在历史上不可替代的重要地位。在将其功绩揄扬到不寻常的高度之后，再去对比其临终的衰势，反差更大。汉献帝建安二十四年（219），曹操命数将尽，作者写道"虽光昭于曩载，将税驾于此年"，语气中带有浓浓的宿命感。他借用孔子悲惜逝水的典故，道出了曹操病重不可挽回的现实。

　　另一方面，陆机叙写了曹操死前的诸多不舍与死后的万事皆空。曹操对幼女和幼子的挂念、对家人的不舍曾使他在临终前涕泪零落。

吊魏武帝文 并序

对未竟之志的遗憾和对外物财产的惦记,他也频频叮咛和感叹。然而,"彼裘绂于何有,贻尘谤于后王",西陵茫茫,人死之后都不过是虚妄,更显出曹操生前的徒劳与可怜。陆机对曹操这一形象的刻画,补充了后人对曹操的认识。我们从此赋中,分明看到了一个带有凡人情志的英雄形象。陆机想要议论的,也正在于死生有命,人生的意义究竟应如何评定的主题。"物无微而不存,体无惠而不亡","嗟大恋之所存,故虽哲而不忘"。即使是曾经不可一世的大英雄,也有难以掌握自己人生的无奈。

以上这两部分内容在赋文中平分秋色,作者将生死、兴衰、情理、虚实的对比表现得淋漓尽致。行文中还大篇幅地使用了对偶和排比,铺排气势。词句精练,用极其华美的语言来描画曹操的一生,读来使人确有慷慨悲凉之感。

刘琨
(271—318)

字越石,中山魏昌(今河北无极)人,西晋政治家、文学家、音乐家和军事家。少有俊朗之目,与范阳祖逖同以雄豪著名。晋怀帝时出任并州刺史,愍帝时拜大将军,都督并、冀、幽三州军事,长期捍卫北方边疆,与刘聪、石勒作战。后兵败,投奔幽州鲜卑部落酋长段匹磾,后因嫌隙被杀,终年四十八岁。由于长期的军旅生活,其作品中充满了忠效祖国、抗敌御辱的豪迈气概和英雄末路的悲凉感情。《隋书·经籍志》有《刘琨集》九卷、别集十二卷,后散佚。明人张溥辑为《刘中山集》,收入《汉魏六朝百三家集》。

答卢谌书[1]

琨顿首[2]。损书及诗[3],备辛酸之苦言,畅经通之远旨[4]。执玩反覆[5],不能释手。慨然以悲,欢然以喜。

昔在少壮,未尝检括[6]。远慕老庄之齐物[7],近嘉阮生之放旷[8]。怪厚薄何从而生,哀乐何由而至[9]。

自顷辀张[10],困于逆乱[11],国破家亡,亲友凋残[12]。负杖行吟[13],则百忧俱至;块然独坐[14],则哀愤两集。时复相与举觞对膝,破涕为笑,排终身之积惨[15],求数刻之暂欢。譬由疾疢弥年[16],而欲一丸销之[17],其可得乎!

注 释

[1] 卢谌(chén):字子谅,西晋涿州(今河北涿州)人,是刘琨夫人卢氏的堂侄。有文才,曾事刘琨为司空从事中郎。
[2] 顿首:叩头。古代常用于书信的首或尾以示尊敬。
[3] 损:对别人之赠予的敬称,意为损及对方而惠及自己。
[4] 经:常理。通:通变。
[5] 执玩反覆:手执玩赏之物,反复多次。
[6] 检括:检点自律。
[7] 齐物:庄子有《齐物论》,认为人世间的一切貌似对立的事物,如是非、彼此、物我、寿夭、有用无用等,都是相对的,应当等同看待。
[8] 嘉:赞美。阮生:阮籍。放旷:生性疏放旷达,不拘礼教。
[9] "怪厚薄"二句:意谓对厚薄、哀乐的由来感到奇怪。
[10] 顷:近来。辀(zhōu)张:惊恐。
[11] 逆乱:指晋永嘉之乱。
[12] 凋残:零落。
[13] 负杖:拄着手杖。行吟:边行走边吟诵。
[14] 块然:孤独无依的样子。
[15] 积惨:积累的惨戚。
[16] 疾疢(chèn):泛指疾病。弥年:终年。
[17] 丸:药丸。销:消除。

刘琨

　　夫才生于世，世实须才。和氏之璧[18]，焉得独曜于郢握[19]？夜光之珠[20]，何得专玩于随掌[21]？天下之宝，当与天下共之。但分析之日[22]，不能不怅恨耳。然后知聃周之为虚诞[23]，嗣宗之为妄作也[24]。

　　昔骐骥倚辀于吴坂[25]，长鸣于良乐[26]，知与不知也；百里奚愚于虞而智于秦[27]，遇与不遇也。今君遇之矣，勖之而已[28]！

　　不复属意于文二十余年矣[29]。久废则无次[30]，想必欲其一反[31]，故称指送一篇[32]，适足以彰来诗之益美耳[33]。琨顿首顿首。

[18] 和氏之璧：春秋时楚人卞和所得宝玉。
[19] 曜：同"耀"，闪光。郢：楚都，在今湖北江陵西北。握：合拢之手。
[20] 夜光之珠：即夜明珠。传说古代随国君主见一大蛇受伤，以药敷之而愈。后蛇在江中以明月珠报其德，因曰随侯珠。因夜间发光，故又称月光之珠。
[21] 随掌：随侯之掌。随：一作"隋"，古时诸侯国名。
[22] 分析：分离。
[23] 聃：老聃，即老子。周：庄周，即庄子。虚诞：空虚荒诞。
[24] 嗣宗：阮籍，字嗣宗。妄作：任意胡为。
[25] 骐骥：千里马。辀：车辕。吴坂：吴地山坡。
[26] 良乐：王良和伯乐，古代善相马者。
[27] 百里奚：春秋时虞国大夫。晋灭虞，逃至楚，被秦穆公以五张羊皮赎回，拜为大夫。
[28] 勖（xù）：勉励。
[29] 属意：用心，致力。
[30] 无次：没有次序。
[31] 一反：指对卢谌所赠诗书的一个回复。
[32] 称：符合，遵照。指：旨意。
[33] 适：仅，才。来诗：指卢谌所赠四言诗，二十章。益美：增美。

赏 析

卢谌曾为刘琨属下从事中郎,颇得刘琨的器重。刘琨被石勒击败之后,去幽州投奔刺史段匹䃅,卢谌也随刘琨到了幽州。适时段匹䃅看中卢谌才华,遂召其为别驾。卢谌另有高就,刘琨亦不便阻止。在二人分别之际,卢谌作《与刘司空书》及《赠刘琨诗》二十章相赠,刘琨作《答卢谌诗》及《答卢谌书》八章应和,以表其离别不舍之情。此篇《答卢谌书》记叙了刘琨思想转变的全过程,由企慕老庄和阮籍的旷达,经过社会的动乱,然后认识到老庄的"虚诞"与阮籍的"妄作",因此是记载刘琨思想转变的重要文章。

作为回赠卢谌诗文的书信,刘琨开篇先直陈看完其赠书及诗后的感受,以"备心酸之苦言,畅经通之远旨"概括其所赠诗文,而"执玩反覆,不能释手"以至于"慨然以悲,欢然以喜"。悲喜交织,是刘琨读卢谌诗文后的感受,亦是全文所论述的中心。据刘琨信中所述,一悲战乱使得国破家亡、亲友离散,二悲自己年少轻狂,时光不再;又喜卢谌幸得知遇之人。这悲喜之间,刘琨的心情可谓是五味杂陈,不可尽言。在这里值得注意的是,刘琨写临别之悲,却从自己年少"未尝检阔"事写起,追忆少时"远慕老庄之齐物,近嘉阮生之放旷",甚至不知道薄厚与哀乐从何而来。这数语之间,尽是对自己早年虚华放纵的自责。进而转言经"永嘉之乱","国破家亡,亲友凋残"。刘琨经历了由年少轻狂到中年国灭家亡的历程,其情形着实令人倍感凄惨可怜。亲身经历的国难家仇,就如同一剂猛药,令他猛然清醒,使他振奋,以致悲中有喜。但他也深知这幡然醒悟就如同"一丸",欲消"疾疢弥年",是不可能的。而此时,卢谌就如同"和氏之璧""夜光之珠"般,有经天纬地之才,实应"当与天下共之",发挥其才干,为国尽忠。刘琨念及离别,虽然惆怅,却又为卢谌被召为别驾而深感欣慰。他先将卢谌比为千里马,又比作百里奚,欣喜之情溢于言表。鉴于此为书信,

刘 琨

刘琨在信的结尾行自谦之词,再次对卢谌赠己的书和文表达感激之情。

通篇来看,刘琨这篇《答卢谌书》虽为书信,但却集叙事、述情、议论于一体,字里行间充满了忧国忧民之情。语言优美流畅,句式参差,且善用排比,富有节奏美。后人赞此信"豪宕感激,从肺腑流出,无意于文而文斯至"(清孙梅《四六丛话》),确实如此。

王羲之
（321—379）

字逸少，琅邪临沂（今属山东）人，东晋书法家、文学家。出身世家大族，历任秘书郎、征西参军、江州刺史等职，官至右军将军、会稽内史，世称"王右军"。因与王述不和辞官，定居会稽山阴（今浙江绍兴）。《晋书》有其传。为人旷达，爱好山水，诗文兼擅，尤善书法。学书初学卫夫人（卫铄），后草书学张芝，正书学钟繇，博采众长，变汉魏质朴书法为体势流美多变的新体，历代书法家多宗之，并誉其为"书圣"。诗文清新婉丽，《隋书·经籍志》中有《王羲之集》九卷，后散佚。明人张溥辑有《王右军集》，收入《汉魏六朝百三家集》。

王羲之

兰亭集序[1]

永和九年[2]，岁在癸丑[3]。暮春之初，会于会稽山阴之兰亭[4]，修禊事也[5]。群贤毕至[6]，少长咸集。此地有崇山峻岭，茂林修竹[7]；又有清流激湍[8]，映带左右[9]。引以为流觞曲水[10]，列坐其次[11]。虽无丝竹管弦之盛[12]，一觞一咏[13]，亦足以畅叙幽情[14]。是日也，天朗气清，惠风和畅[15]。仰观宇宙之大，俯察品类之盛[16]，所以游目骋怀[17]，足以极视听之娱[18]，

注　释

[1] 兰亭：古亭名，在今浙江绍兴西南的兰渚上。
[2] 永和九年：公元353年。永和：晋穆帝司马聃的年号。
[3] 癸丑：按照干支纪年，这一年为癸丑年。
[4] 会稽：郡名，辖今江苏东部、浙江西北部。王羲之时为会稽内史，主掌郡国民政。山阴：在今浙江绍兴，时为会稽治所。
[5] 修禊（xì）事：从事禊祭之事。古人于每年三月上旬巳日（魏定为三月三日）临水洗濯，以祓除不祥。
[6] 群贤：诸位贤人，指当时参加宴会的谢安、孙绰、支遁等名士。
[7] 茂林：茂密的树林。修竹：修长高大的竹子。
[8] 激湍：湍急的水流。
[9] 映带：映照，萦绕。形容景物相互映衬，互相关联。
[10] 引：取用。流觞：流动的酒杯。曲水：环曲的水流。修禊事时，人们于环曲的水流旁宴集，在水的上游放置盛满酒的酒杯，任其顺流而下，停在谁的前面，谁便赋诗，不能赋诗便饮酒。
[11] 次：近旁。
[12] 丝竹管弦：指各种乐器。盛：乐曲之壮美。
[13] 一觞一咏：或举杯饮酒，或赋诗咏怀。
[14] 幽情：深远高雅的情怀。
[15] 惠风：和风。
[16] 品类：万物。
[17] 游目骋怀：纵目观览，开阔胸怀。
[18] 极：尽。

信可乐也[19]。

夫人之相与[20],俯仰一世[21]。或取诸怀抱,晤言一室之内[22];或因寄所托,放浪形骸之外[23]。虽趣舍万殊[24],静躁不同,当其欣于所遇,暂得于己[25],快然自足[26],不知老之将至[27]。及其所之既倦[28],情随事迁,感慨系之矣[29]。向之所欣,俯仰之间,已为陈迹,犹不能不以之兴怀。况修短随化,终期于尽[30]。古人云:"死生亦大矣。"[31]岂不痛哉!

每览昔人兴感之由,若合一契[32],未尝不临文嗟悼[33],不

---

[19] 信:确实。
[20] 相与:相处。
[21] 俯仰:低头和抬头,古人常以俯仰之间比喻时间短暂。
[22] "或取诸怀抱"二句:有的人会掏出自己的肺腑之言,在家中与朋友会面谈心。晤言:对谈。
[23] "或因寄所托"二句:有的人会寄情于某些事物,放纵形骸于天地之间。形骸:身体。
[24] 趣舍:取舍得失。
[25] 暂得于己:一己之意暂时得到满足。
[26] 快然:痛快舒畅的样子。
[27] 不知老之将至:语出《论语·述而》:"叶公问孔子于子路,子路不对。子曰:'女奚不曰,其为人也,发愤忘食,乐以忘忧,不知老之将至云尔。'"
[28] 所之既倦:对所追求的事物已经感到厌倦。
[29] 系:连续。
[30] "况修短随化"二句:何况所追求的长生久命都会随着造化安排,最终都会归于一死。修:长。化:造化。期:必然。
[31] 死生亦大矣:语出《庄子·德充符》:"仲尼曰:'死生亦大矣,而不得与之变。'"意思是说,生死是人生中极为重大的事件,而人自己却是无法改变的。
[32] 若合一契:产生共鸣。
[33] 临文:对着古人的文章。嗟悼:叹息,悲伤。

能喻之于怀[34]。固知一死生为虚诞[35],齐彭殇为妄作[36]。后之视今,亦犹今之视昔,悲夫!故列叙时人[37],录其所述[38]。虽世殊事异[39],所以兴怀,其致一也[40]。后之览者,亦将有感于斯文。

[34] 不能喻之于怀:不能把心里的话明白地说出来。喻:明白。
[35] 一死生:用同样的态度看待生死。此观点见于《庄子·齐物论》。
[36] 齐彭殇:用同样的态度看待彭祖的长寿和殇子的短命。此观点亦见于《庄子·齐物论》。彭:古仙人彭祖,相传他活到八百岁。殇:短命夭折的人。
[37] 列叙:逐一叙写。时人:当时参加聚会的人。
[38] 所述:所写的诗文。
[39] 世殊事异:时代和事物都发生了变化。
[40] 致:情思意趣。

兰亭集序

赏 析

晋穆帝永和九年（353）三月初三，时任会稽内史、右军将军的王羲之邀请谢安、孙绰、孙统等四十一位文人雅士聚于会稽山阴兰亭，曲水流觞，饮酒作诗。众人沉醉于酒香诗美之时，有人提议不如将当日所做的三十七首诗，汇编成集，这便是《兰亭集》。众人推举王羲之为之作序，适时王羲之酒意正浓，提笔在蚕纸上畅意挥毫，一气呵成，这便有了冠绝千古的《兰亭集序》。

序文伊始，王羲之用朴实的笔墨记录了这次盛会的时间、地点及参加集会的人员："永和九年，岁在癸丑。暮春之初，会于会稽山阴之兰亭，修禊事也。群贤毕至，少长咸集。"三月初三是上巳节，正是祓禊的日子。"祓禊"是在水边举行的祭祀活动，洗去污垢，祛除不祥，是古已有之的习俗，后来人们渐渐在这一日中踏春游玩。当时来参加王羲之兰亭集会的皆是当时的名流，可谓是盛况空前。众人一起聚集兰亭，背靠"崇山峻岭"，周围"茂林修竹"，"又有清流激湍，映带左右"，正可以相聚言谈。如此好山好水，众位名士游宴期间，利用如此得天独厚的便利条件，"引以为流觞曲水，列坐其次"，饮酒赋诗。即便没有"丝竹管弦之盛"，在王羲之等人心中，只要"一觞一咏"，也足以"畅叙幽情"。他们走出书斋，集会兰亭，恰逢"天朗气清，惠风和畅"，诗人们尽兴遨游在天地山水之间，"仰观宇宙之大，俯察品类之盛"，好不惬意！这段文字记叙有实录，有描写，有抒怀，最后以"信可乐也"四字总括，笔墨简洁，文意畅快，欢乐之情，跃然纸上。

然而作者作序之意却不仅在于宴会之乐，而是由此生发开去，进而探索人生的真谛。他由会稽山水之美、眼前之乐联想到身后的生死。游目骋怀之后，回想这一世浮沉，"或取诸怀抱，晤言一室之内；或因寄所托，放浪形骸之外"，不禁兴尽悲来。人生的选择虽各不相同，却大都具有兴尽悲来的经历。人们每每"快然自足"之时都容易忘怀所以，但老来醒转，却发现已然"情随事迁"。正是这种世事无常的无奈感刺激了王羲之的内心，使他难以释怀。既

王羲之

然所爱之物终将成为旧日陈迹，人的生命也总有尽头，那么到底应该如何看待生死的轮回呢？他也无法给出答案。他认为，生死无法等同，长寿和短命也不可同日而语，后人看待今人亦如今人看待前人，生命的走向其实是无奈的。这是一个古今同一、悬而未决的难题。

其实，王羲之提出的这一问题在魏晋时期是十分具有代表性的。当时文人好谈玄理，对于自然的永恒与生命的更替尤为重视，就连当时参与兰亭集会的文人们也多有附议，如谢安诗云："万殊混一理，安复觉彭殇"（《兰亭诗》）。但王羲之既不能忽视生死本身，又无法从前人的著述中得到排解，所以才会格外忧伤。这样一批文人如今聚集在一起，临文嗟悼，但求"列叙时人，录其所述"，在"世殊事异"之后，留下缕缕共同的情怀。

慧远
（334—416）

东晋高僧。俗姓贾，雁门楼烦（今山西）人。幼年好书，十三岁时便随舅父令狐氏游学许昌、洛阳等地。二十一岁时欲渡江东，恰逢中原动乱，未能成行。于是便往太行恒山，随道安法师修行，离俗出家。晋孝武帝太元（376-396）中，立精舍于庐山，与慧永、宗炳等人结白莲社，念佛学经，有"十八贤"之称，而慧远为其首。晋安帝义熙十二年（416）圆寂，年八十三，谢灵运为其撰写碑文。著《法性论》《沙门不敬王者论》等文，宣扬佛理。又尝讲《礼》丧服，雷次宗、宗炳等执卷承旨。《高僧传》本传谓"所著论序铭赞诗书集为十卷，五十余篇"。现存著作按类别有《沙门不敬王者论》《明报应论》《三报论》《沙门袒服论》等论文四篇，《庐山出修行方便禅统经序》《大智论钞序》《阿毗昙心序》《三当度论序》《念佛三昧诗集序》等序文五篇，此外有书信十四篇以及一些铭、赞、记、诗等，主要收集在《弘明集》《广弘明集》和《出三藏记集》中。

慧 远

庐山记

　　山在江州浔阳南[1]，南滨宫亭[2]，北对九江。九江之南为小江，山去小江三十里余。左挟彭蠡[3]，右傍通州，引三江之流而据其会[4]。《山海经》云[5]："庐江出三天子都[6]，入江[7]，彭泽西[8]，一曰天子障。"彭泽也，山在其西，故旧语以所滨为彭蠡。有匡续先生者[9]，出自殷周之际[10]，遁世隐时[11]，潜居其下。或云续受道于仙人，而适游其岩，遂托室岩岫[12]，即岩成馆，故时人感其所止，为神仙之庐而名焉。

　　其山大岭，凡有七重，圆基周回[13]，垂五百里[14]，风雨之

注 释

[1] 江州：指今江西九江。浔阳：浔阳江，指长江流经浔阳（治今江西九江）境的一段。
[2] 滨：临近。宫亭：宫亭湖，鄱阳湖一部分，因湖边庐山下有宫亭庙而得名。
[3] 彭蠡：彭蠡泽，即今江西鄱阳湖。
[4] 三江：指长江、赣江和盱江。会：汇聚处。
[5]《山海经》：作于战国至西汉初的古代地理著作，西晋郭璞曾为其作注。
[6] 庐江：指庐源水，在今江西婺源西北，源出庐岭山。三天子都：即庐山，又名天子障。
[7] 江：指长江。
[8] 彭泽：在今江西北部、长江南岸。
[9] 匡续：又名匡俗、匡裕，相传为周威烈王时隐士。
[10] 殷周：商代和周代。殷：在今河南安阳西北，因商王盘庚迁都于此，故后即以殷代商。
[11] 遁：逃避。
[12] 托室：造屋。岫（xiù）：山洞。
[13] 周回：周围。
[14] 垂：将近。

庐山记

所摅[15]，江山之所带[16]。高岩仄宇[17]，峭壁万寻[18]，幽岫穿崖，人兽两绝。天将雨，则有白气先抟[19]，而缨络于岭下[20]；及至触石吐云，则倏忽而集[21]。或大风振岩，逸响动谷[22]，群籁竞奏[23]，其声骇人，此其化不可测者矣[24]。

众岭中，第三岭极高峻，人之所罕经也[25]。太史公东游[26]，登其峰而遐观[27]，南眺五湖[28]，北望九江，东西肆目[29]，若登天庭焉[30]。其岭下半里许有重岩，上有悬崖，古仙之所居也。其后有岩，汉董奉复馆于岩下[31]，常为人治病，法多神验，病愈者令栽杏五株，数年之间，蔚然成林。计奉在人间近三百年，容状常如三十时，俄而升仙，绝迹于杏林。

[15] 摅（shū）：舒展。
[16] 带：环绕。
[17] 仄宇：指高岩间狭窄的空隙。
[18] 万寻：极言其高。寻：古代以八尺为一寻。
[19] 抟（tuán）：凝聚，把零散的东西捏合成团。
[20] 缨络：缠绕，束缚。
[21] 倏忽：瞬间。
[22] 逸响：高远的声响。动谷：震动山谷。
[23] 群籁：指自然界的各种声音。奏：发声。
[24] 化：造化。测：预测。
[25] 经：至，到。
[26] 太史公：西汉史学家司马迁，著有《史记》。《史记·河渠书》记太史公东游，"登庐山，观禹疏九江"。
[27] 遐观：远眺。
[28] 五湖：指洞庭、鄱阳、太湖、巢湖、洪泽五个湖泊。
[29] 肆目：纵目，极目。
[30] 天庭：天帝的庭宇。
[31] 董奉：汉末名医。馆：馆舍，这里用作动词，筑馆而居。《神仙传》载，董奉医术高明，凡来求医者不取报酬，仅求其愈后于山间植杏五株，数年后即蔚然成林。

其北岭两岩之间,常悬流遥沾[32],激势相趣[33]。百余仞中[34],云气映天,望之若山,有云雾焉。其南岭临宫亭湖,下有神庙,即以宫亭为号,其神安侯也[35],亭有所谓感化[36]。七岭同会于东,共成峰崿[37],其岩穷绝,莫有升之者[38]。昔野夫见人著沙弥服[39],凌云直上,既至则踞其峰,良久乃与云气俱灭,此似得道者。当时能文之士,咸为之异[40]。

又所止多奇,触象有异[41]。北背重阜[42],前带双流。所背之山,左有龙形,而古塔基焉[43]。下有甘泉涌出,冷暖与寒暑相变[44],盈减经水旱而不异[45]。寻其源,出自于龙首也。

南对高峰,上有奇木,独绝于林表数十丈[46]。其下似一层浮图[47],白鸥之所翔,玄云之所入也。

[32] 悬流:瀑布。遥沾:瀑布的水沫飞溅,在远处即可沾染。
[33] 相趣:相互奔腾撞击。
[34] 仞:古代的计量单位,各个朝代不同,一般是七尺或者八尺。
[35] 安侯:西汉廷尉于定国,以善决狱著称,卒谥安侯。
[36] 感化:感应显灵。
[37] 峰崿(è):高耸的峰崖。
[38] 升:登。
[39] 野夫:山民。沙弥服:即袈裟,僧服。
[40] 咸:都。异:惊讶。
[41] 触象:指耳目所及的景象。
[42] 重阜:层峦,层叠的山丘。阜:土山。
[43] 基:根基,这里用作动词,以此为根基。
[44] "下有"二句:谓泉水冬暖夏凉。
[45] 盈减:满竭,指水量的多少。
[46] 绝:高出。林表:林梢。
[47] 浮图:佛塔。

东南有香炉山，孤峰独秀起，游气笼其上，则氤氲若香烟[48]。白云映其外，则炳然与众峰殊别[49]。将雨，则其下水气涌出如马车盖，此龙井之所吐[50]。其左则翠林，青雀、白猿之所憩，玄鸟之所蛰[51]。

西有石门，其前似双阙[52]，壁立千余仞，而瀑布流焉。其中鸟兽草木之美，灵药万物之奇，略举其异而已耳。

自托此山二十三载[53]，再践石门，四游南岭，东望香炉峰，北眺九江。传闻有石井方湖，中有赤鳞踊出[54]，野人不能叙[55]，直叹其奇而已矣。

[48] 香烟：寺庙中燃香产生的烟气。
[49] 炳然：光线明亮。殊别：极其不同。
[50] 龙井：庐山东南有黄龙潭、乌龙潭。
[51] 玄鸟：黑色的鸟，此处指鹤。蛰：深居。
[52] 双阙：古代宫殿、祠庙、陵墓等建筑前左右两边高台上的楼观。
[53] 托：指寄居。二十三载：慧远自晋孝武帝太元六年（381）到庐山，至晋安帝元兴三年（404）一直隐居于此，故云二十三载。
[54] 赤鳞：红色金鱼。
[55] 叙：叙说，表达。

慧 远

赏 析

  庐山之名最早见于《史记》，司马迁在《河渠书》中曾述道："余南登庐山，观禹疏九江，遂至于会稽太湟，上姑苏，望五湖；东窥洛汭、太邳、迎河，行淮、泗、济、漯洛渠；西瞻蜀之岷山及离碓；北自龙门至于朔方。"但或许是地处偏远，早期并没有什么出色的文章来歌颂庐山。直到魏晋时期，模山范水的风气蔚然兴起，文人墨客才开始纯粹地去花力气表达自己"乐山水"的情趣。慧远大师的这篇《庐山记》行文老练，使庐山之"奇"跃然纸上，颇能代表这时山水散文已经达到的高度。长于山水诗的谢灵运等人都同出于这一时期，而且事实上，谢灵运与慧远更曾有所交往。《梁高僧传·慧远传》中曾记载："陈郡谢灵运负才傲俗，少所推崇，及一相见，肃然心服。"谢灵运还曾在慧远大师圆寂后，为之作《庐山慧远法师诔》，可见交情之深。

  谈起慧远的人生经历，实比普通的出家僧人要丰富许多。据记载，慧远出身书香门第，年少而好读书，博综六经，尤好《老》《庄》。时遇高僧道安弘扬佛法，慧远深爱其道，便转入佛门。至前秦建元十四年（378），苻坚子苻丕围攻襄阳，慧远才离别师傅去往江东。第二年，与弟慧持等带领弟子数十人到达荆州，住上明寺。又欲去往罗浮山，至浔阳"见庐峰清静，足以息心，始住龙泉精舍"（《慧远传》），自此便在庐山住了三十余年。

  这篇《庐山记》写于"自托此山二十三载"之后，慧远已对庐山之"美"之"奇"成竹在胸，所以行文流畅，笔法老练，远近自如，张弛有度。作者开篇交代庐山位置特殊，"在江州浔阳南，南滨宫亭，北对九江"，"左挟彭蠡，右傍通州，引三江之流而据其会"，《山海经》中称其为"天子障"。而此山之所以称为"庐山"，是因周时的隐士匡续，在此山中修道升仙，于是便以"神仙之庐"命了名。慧远的这一说法后来被郦道元所驳，说"庐"字只因山水相依而得，借用神仙隐士的传说都是"好事君子"的"强引"。但这个传说被慧远选来放在游记里就很合适，很符合他身上的清玄之风。

  慧远写庐山都在写"奇"。从第二段起他开始写庐山的七重高岭，每岭皆"奇"。首先，七重大岭形成一种"圆基周回，垂五百

庐山记

里"的气势,此为第一"奇"。这样的庐山与大千气象融为一体,是"风雨之所摅,江山之所带"。接着,是七重大岭各自的"奇"。比如,第三岭之"奇"在于"极高峻",北岭之"奇"在于"悬流遥沾",南对高峰有"奇木",东南香炉山有云烟奇观。每写一处,作者都在详略、声色、动静的处理上颇用匠心。除此之外,在这篇散文中我们还能看到几种更为巧妙的写作手法。

其一,作者写几重山岭时有现代人所谓的"镜头感",虽以描绘宏大场面居多,却能在远近的对比和方向的转换上应用自如。其二,他对庐山风景有不同时节、气候下的原景重现,而且绘声绘色,引人入胜,非长住久居者不能为之。如他写七岭高绝时特别讲道:"天将雨,则有白气先抟,而缨络于岭下;及至触石吐云,则倏忽而集。"这种细致入微的气象描写使不在其中者仿佛见其景,生动的画面呼之欲出。其三,他虽然常写到岩石、林木、云雾等景观,但同一事物在不同山岭之间,搭配上不同风景或传说,便能使每座山岭都形态各异,各自成趣。比如北岭两岩之间有"云气映天,望之若山";而东南香炉山的白云,就映日明亮,"炳然与众峰殊别"。其四,他善于穿插典故,给庐山增色。隐士匡续成仙、太史公东游、汉董奉杏林春暖等事迹都融在其中,使庐山除了外在美也有了内在的文化意义。最后,值得玩味的是,这篇《庐山记》在语言和写法上时而会透露出道家的幻妙之风,可能与前文所说慧远的求学经历有关,于是此文就比普通的僧人话语又多了一层味道。

慧远的《庐山记》是历史上第一篇以"庐山"为主题的文字。作为当时山水游记的代表作,这篇散文与汉人以"赋"绘山水和魏晋时人以"玄"解山水的写法都不一样,描写时既不过分夸饰,也不附会玄理,完全真实自然,最是难能可贵。而在他以后的千百年里,咏庐山者更是层出不穷。我们所知的"日照香炉生紫烟,遥看瀑布挂前川","人间四月芳菲尽,山寺桃花始盛开";又或是"横看成岭侧成峰,远近高低各不同","暮色苍茫看劲松,乱云飞渡仍从容"……无不是写庐山。也正是有了这些丹青墨迹,才使我们后人更了解、更热爱庐山。

陶渊明
（365—427）

　　一名潜，字元亮，私谥靖节，浔阳柴桑（今江西九江）人，晋宋间诗人、辞赋家、散文家。早年曾先后出任江州祭酒、镇军参军、建威参军等微职，四十一岁时出任彭泽令，但在官仅八十余日便辞官归家，退居柴桑。此后再也没有出来做官，而是过着躬耕垄亩的生活，生计十分艰难。鉴于其生于晋宋易代之际，故《晋书》《宋书》《南史》对其均有记载，三版皆存不同；又昭明太子撰《陶渊明集》，系传一篇。四者皆是现代学者研究陶渊明生平的重要参考资料。其诗风恬淡自然，被誉为田园诗人、古今隐逸诗人之宗。现存诗歌125首、文12篇。诗文集历来版本较多，最通行的是清人陶澍辑注的《靖节先生集》，现代整理本则为逯钦立校注的《陶渊明集》。

五柳先生传

　　先生不知何许人也[1]，亦不详其姓字，宅边有五柳树，因以为号焉。闲静少言，不慕荣利。好读书，不求甚解[2]；每有会意[3]，便欣然忘食。性嗜酒[4]，家贫不能常得。亲旧知其如此，或置酒而招之。造饮辄尽[5]，期在必醉。既醉而退，曾不吝情去留[6]。环堵萧然[7]，不蔽风日；短褐穿结[8]，箪瓢屡空[9]，晏如也[10]。常著文章自娱，颇示己志。忘怀得失，以此自终。

　　赞曰[11]：黔娄之妻有言[12]："不戚戚于贫贱[13]，不汲汲于富贵[14]。"其言兹若人之俦乎[15]？衔觞赋诗，以乐其志。无怀氏之民欤[16]？葛天氏之民欤[17]？

注　释

[1] 何许：哪里。
[2] 甚解：透彻的理解，此处指逐字逐句的诠释。
[3] 会意：领会书中的深意。
[4] 嗜：爱好，沉湎。
[5] 造：到。辄：总是。尽：开怀，尽兴。
[6] 曾不：从不。吝情：留意。
[7] 环堵：四面墙壁。萧然：空旷残破。
[8] 短褐（hè）：粗布短衣。穿：指破洞。结：打补丁。
[9] 箪（dān）：竹制食具，用以盛饭。瓢：剖开的葫芦，用来舀水。
[10] 晏如：安然自在的样子。
[11] 赞：史传体中作者对传主所做的评价。
[12] 黔娄：春秋时期鲁国隐士，一说战国时期齐国隐士。《列女传》载，黔娄之妻能随其夫安贫守贱，不慕荣华。
[13] 戚戚：忧伤悲戚的样子。
[14] 汲汲：急切追求的样子。
[15] 兹：指五柳先生。若人：那人或那些人，此处指黔娄夫妇。俦（chóu）：类。
[16] 无怀氏：传说中的上古帝王。
[17] 葛天氏：传说中的上古帝王。

陶渊明

赏析

现代人要了解陶渊明其人，无不须从《五柳先生传》读起。这篇散文既可以说是陶渊明的自传，又好似不是自传。陶渊明写此文是为自己而写，也是写自己，但他写的可能只是想象之中理想的自己。

用这么短的一篇小文章来作为自传，精致有趣。其中趣味不仅在于语言，还在于所叙述的生活状态。一开篇，陶渊明就说"先生不知何许人也，亦不详其姓字"，起势就妙趣横生。从传体文学的角度来讲，不知其名者如何为之作传？又为何为之作传？儒者讲究显身扬名，而陶渊明偏要将名字隐去，只说这个人"宅边有五柳树，因以为号焉"，就暂称他为"五柳先生"吧。所以我们知道这是陶渊明故意留白，为的是凸显自己的隐士身份。嵇康在《高士传》中要写一名高士，也会有"荣启期者，不知何许人也"之类云云，陶渊明与其是同出一路。再看"五柳先生"之名，起得飘逸幽雅，却又平易风趣，隐约有田园气息。"五柳先生"平日生活中只"读书""饮酒""著文章"三乐也。他读书不是腐儒那样的读，而是"不求甚解"，"每有会意，便欣然忘食"。"饮酒"也是效仿风流侠客那样的饮法，走街串友，以酒相会。"造饮辄尽，期在必醉。既醉而退，曾不吝情去留。"这些文字看上去有趣，但在文字缝隙处，都隐藏着大的不快乐与不如意，而这可能才是真实的陶渊明。

比如他讲读书之乐，仿佛快然适意，不为名利。但如果反向理解，文人读书追求学以致用，陶渊明反而"不求甚解"，便是不求其"用"了。其实早在春秋时，孔子就曾有言："古之学者为己，今之学者为人。"陶渊明不愿"为人"而学，故只图在书中自得其乐。他的著文章之乐也是如此。再者"性嗜酒"一条，暴露的是他"家贫不能常得"的现状。由此引出亲旧"或置酒而招之"，再来写他"既醉而退，曾不吝情去留"的话就自然顺畅了，但若细想却也可品味出其中的孤独。他很极端，既要求必醉，又不求有人相陪。饮酒于他，是不醉不能得其乐的田园狂欢，也是无法与人共享的阳春白雪。

大醉醒来,"环堵萧然,不蔽风日;短褐穿结,箪瓢屡空",随他自己怎么"晏如也",作为读者看到的不过一个"惨"字。而陶渊明又偏偏不认这个事实,每每总爱说些"欣然""晏如""忘怀"这样的话,以慰己志。

文末的"赞",是仿史书的写法。比如《史记》里面有"太史公曰",《汉书》里面有"赞曰",都是史家给人物立传之后写上的一个评论,缀在结尾。写得好时,就有画龙点睛、升华主题的功效。这篇文章的"赞"语,借大隐士黔娄妻子之口,概括五柳先生的品质是"不戚戚于贫贱,不汲汲于富贵"。再连发数问,称扬五柳先生仿佛是无怀氏、葛天氏时代超然于世之人,对自我的赞颂可谓非常之高了,所以又能看出陶渊明的孤傲不群。他把安贫乐道的生活情怀尽量不事雕琢、简单自然地叙述出来,却不使人觉得单调乏味,反而朴素醇厚,这正是陶文一以贯之的写作手法。

陶渊明

归去来兮辞并序[1]

余家贫，耕植不足以自给[2]。幼稚盈室[3]，瓶无储粟[4]，生生所资，未见其术[5]。亲故多劝余为长吏[6]，脱然有怀[7]，求之靡途[8]。会有四方之事[9]，诸侯以惠爱为德[10]，家叔以余贫苦[11]，遂见用于小邑[12]。于时风波未静[13]，心惮远役[14]，彭泽去家百里[15]，公田之利，足以为酒[16]，故便求之。及少日，眷然有归欤之情[17]。何则？质性自然，非矫厉所得[18]，饥冻虽切，违己

注释

[1] 归去：指弃官归田。来、兮：都是语助词。辞：一种抒情韵文，与赋类似。
[2] 耕植：耕作种植。自给：依靠亲身劳作来满足自给的生活需求。
[3] 幼稚：年幼的孩子。
[4] 瓶：储粮的陶器。储粟：储备的粮食。
[5] "生生"二句：意谓缺乏经营生计的本领。前一"生"字为动词，后一"生"字为名词。资：凭借。术：本领。
[6] 亲故：亲戚朋友。长吏：指县丞、县尉一类小官。
[7] 脱然：豁然舒畅的样子。有怀：有所考虑。
[8] 靡途：没有门路。
[9] 会有：恰值。四方之事：指军阀混战。晋安帝元兴、义熙年间（402—418），先是桓玄篡位失败，后有刘裕揽权，军阀混战，晋室摇摇欲坠。
[10] 诸侯：指各地方割据势力。惠爱：指爱惜人才。
[11] 家叔：指叔父陶夔，时任太常侍。
[12] 见用于小邑：指被任命为彭泽（今属江西九江彭泽）令。
[13] 风波未静：军阀混战尚未结束。
[14] 心惮远役：心里担心被派到别的地方去服役。
[15] 去家百里：指彭泽与家乡柴桑（今江西九江西南）相距百里左右。
[16] "公田"二句：谓公家赐予的菜田足够种粮酿酒之用。萧统《陶渊明传》："公田悉令吏种秫，曰：'吾常得醉于酒足矣。'妻子固请种粳，乃使二顷五十亩种秫，五十亩种粳。"
[17] 眷然：思念留恋的样子。归欤之情：此处指辞官归家的意愿。
[18] 矫厉：造作勉强。

交病[19]。尝从人事,皆口腹自役[20]。于是怅然慷慨[21],深愧平生之志[22]。犹望一稔,当敛裳宵逝[23]。寻程氏妹丧于武昌[24],情在骏奔[25],自免去职。仲秋至冬,在官八十余日。因事顺心[26],命篇曰《归去来兮》。乙巳岁十一月也[27]。

归去来兮,田园将芜胡不归[28]?既自以心为形役[29],奚惆怅而独悲[30]!悟已往之不谏,知来者之可追[31]。实迷途其未远[32],觉今是而昨非。舟遥遥以轻飏[33],风飘飘而吹衣。问征

[19] 违己:违背自己的本意。交病:接连不断地痛苦。
[20] 口腹自役:为糊口而役使自己。
[21] 怅然慷慨:内心失落,情绪激动。
[22] 平生之志:自己的人生志向,如《归园田居》所云:"少无适俗韵,性本爱丘山。"
[23] "犹望"二句:谓希望一年收获之后便整装离去。一稔:一年,古代庄稼一年一熟,故一稔为一年。稔:谷物成熟。敛裳:收拾行装。宵逝:连夜离开,形容归乡之情之迫切。
[24] 寻:不久。程氏妹:嫁给程氏的妹妹。作者有《祭程氏妹文》。武昌:今湖北鄂城。
[25] 骏奔:骑快马奔丧。
[26] 因事顺心:指趁程氏妹丧事满足自己辞官归乡的心愿。
[27] 乙巳岁:晋安帝义熙元年(405)的干支纪年。
[28] 芜:荒芜。胡不归:为什么不回去。语出《诗经·邶风·式微》:"式微,式微,胡不归?微君之躬,胡为乎泥中?"
[29] 心为形役:心为外表形体所役使,指违心出仕。
[30] 奚:为何。
[31] "悟已往"二句:谓意识到过去的事(指出仕)已无可挽回,但将来的事还可弥补。《论语·微子》:"楚狂接舆歌而过孔子曰:'凤兮!凤兮!何德之衰?往者不可谏,来者犹可追。已而,已而!今之从政者殆而!'"
[32] 迷途:迷路,指一时为糊口而出仕为官。此句化用《离骚》"及行迷之未远"之意。
[33] 遥遥:即"摇摇",左右上下晃动的样子。飏(yáng):船缓慢行进的样子。

陶渊明

夫以前路^[34]，恨晨光之熹微^[35]。

乃瞻衡宇^[36]，载欣载奔^[37]。僮仆欢迎，稚子候门。三径就荒^[38]，松菊犹存。携幼入室，有酒盈樽^[39]。引壶觞以自酌^[40]，眄庭柯以怡颜^[41]。倚南窗以寄傲^[42]，审容膝之易安^[43]。园日涉以成趣^[44]，门虽设而常关。策扶老以流憩^[45]，时矫首而遐观^[46]。云无心以出岫^[47]，鸟倦飞而知还。景翳翳以将入^[48]，抚孤松而盘桓^[49]。

归去来兮，请息交以绝游^[50]。世与我而相违，复驾言兮焉求^[51]？悦亲戚之情话，乐琴书以消忧。农人告余以春及，将有

---

[34] 征夫：行人。
[35] 熹（xī）微：光线微弱。
[36] 衡宇：用横木为门的房屋，极言屋子简陋。
[37] 载：语助词。
[38] 三径：庭中小路。西汉末蒋诩隐居乡里，舍中开三条小道，只与秉性淡泊的隐士求仲、羊仲二人来往。就荒：接近荒芜。
[39] 樽（zūn）：陶制盛酒器。
[40] 引：援，拿起。
[41] 庭柯：庭院中的树木。柯：树枝，此处代指树木。怡：愉悦。
[42] 寄傲：寄托傲世之情。
[43] 审：明白。容膝：房屋低矮，仅能容纳双膝。《韩诗外传》："今如结驷列骑，所安不过容膝。"易安：容易安身。
[44] 涉：散步，行走。
[45] 策：拄。扶老：即扶竹，因多用作手杖，故常用以代指手杖。流憩：流连歇息。
[46] 矫首：抬头。遐观：远望。
[47] 无心：无思无虑。
[48] 景：阳光，此处指太阳。翳翳：逐渐昏暗的样子。将入：将落山。
[49] 盘桓：徘徊不忍离去。
[50] 息交：停止往来。绝游：中断交游。
[51] 驾言：驾车出游。言：语助词。

事于西畴[52]。或命巾车[53]，或棹孤舟[54]，既窈窕以寻壑[55]，亦崎岖而经丘[56]。木欣欣以向荣，泉涓涓而始流。善万物之得时[57]，感吾生之行休[58]。

已矣乎[59]！寓形宇内复几时[60]，曷不委心任去留[61]？胡为乎遑遑欲何之[62]？富贵非吾愿，帝乡不可期[63]。怀良辰以孤往，或植杖而耘耔[64]。登东皋以舒啸[65]，临清流而赋诗。聊乘化以归尽[66]，乐夫天命复奚疑[67]！

[52] 事：指耕种等农事。畴：田地。
[53] 命：驾。巾车：有帷幕的车。
[54] 棹（zhào）：船桨，这里用作动词，划船。
[55] 窈窕：山路幽深曲折的样子。壑：两峰夹峙的深涧。
[56] 崎岖：高低不平。丘：小山。
[57] 善：羡慕，倾心。
[58] 行休：将止。
[59] 已矣乎：犹"算了吧"，感叹语。
[60] 寓形宇内：寄身于天地之间，即活着。宇：上下四方曰宇。
[61] 曷：何。委心：随心顺意。任去留：不在意去留，此处指不以生死为念。
[62] 遑遑：心神不安的样子。之：去，到。
[63] 帝乡：天帝所居之处，即仙境。期：期待。
[64] 植杖：插好手杖。语出《论语·微子》："植其杖而芸。"耘：除草。耔：壅苗。
[65] 皋：水边高地。舒啸：放声长啸。
[66] 乘化：顺应自然变化。归尽：指死亡。
[67] 乐夫天命：即乐天知命，安乐于大自然的安排。《周易·系辞上》："乐天知命，故不忧。"

陶渊明

赏 析

　　北宋欧阳修曾言："晋无文章，惟陶渊明《归去来》一篇而已。"时人也多以《归去来兮辞》为陶渊明的代表作，今人还将其选入中学课本里背诵。但是课本里的《归去来兮辞》只有正文，没有序言。在小序中，陶渊明对辞官返家一事做了解释，说明他当初重入官场本非自愿，是"家叔以余贫苦"而得。所以只在官八十余日便"眷然有归欤之情"，不愿自我勉强，徒为五斗米折腰，使自己"深愧平生之志"。故借为程氏妹奔丧的由头辞去彭泽令之职，回归田园。

　　小序所给的是《归去来兮辞》的创作缘由与动机，但欲读懂《归去来兮辞》，还需知道一些陶渊明的人生大背景。陶渊明本身家底深厚，曾祖陶侃，为东晋大司马，封长沙郡公；祖父陶茂与父亲陶逸，分任武昌太守与安城太守。陶渊明年八岁时，遭父丧，二十岁时家道中落。陶诗尝云"弱冠逢世阻"（《怨诗楚调示庞主簿邓治中》）、"弱年逢家乏"（《有会而作》），皆指此事。所以，陶渊明基本上是一个经典的落魄贵族形象。就如同《红楼梦》里的贾宝玉，生在大厦将倾时，成年后就会到佛、道里面去寻解脱，企图消除现世业障。于是陶渊明二十九岁时初仕不久，便"不堪吏职，少日自解归"。但是贾宝玉的归隐是真，而陶渊明的归隐之心恐怕真假参半。他早年"不堪吏职"是不屑摧眉折腰事权贵，所以躬耕自食。至三十三岁东晋内乱时，又重新出仕做桓玄镇军参军。三十七岁时，陶母病丧，他解甲归田，慨叹"商歌非吾事，依依在耦耕。投冠旋旧墟，不为好爵萦"（《辛丑岁七月赴假还江陵夜行涂口》）。等三年丧满，"四十无闻，斯不足畏"的陶渊明再任刘裕参军、刘敬宣建威参军、彭泽令，回归官场。然而一年便弃职返家，作了这篇《归去来兮辞》。至此，陶渊明起伏反复的官场生活才算在他的人生路上真正画上了句点。《归园田居》组诗、《感士不遇赋》等也都出自此后，是陶渊明在出世与入世间反复辗转后真实的心情陈述。

　　所以总的算来，陶渊明一生三进三退，挣扎在宦海浮沉中。他

在本文正文中两叹"归去来兮",且都置于段首,是要宣泄积蓄已久的情绪。加上最后一段慨叹"已矣乎",奠定了全文的抒情节奏,让人有种三段叠唱之感。第一段的"归去来兮"统领全篇,引起下文。陶渊明把理由推给田园将芜,看似无理,其实是想说自己在外游荡得太久了,早该醒悟回归家中。他在仕途路上感到了自己的心灵被外界所役使,官场的无边黑暗只会让他悲愁失意。所以他急切地说:"悟已往之不谏,知来者之可追。实迷途其未远,觉今是而昨非。"这种话其实都是对自己说的,读到后文便会发现,陶渊明在本文中运用了很多问答体,自问自答,就像是一种对话,是说给自己听、供自己整理思绪用的。比如这里就是一例,他告诉自己解决惆怅的办法就是告别昨日。想到这里,一展愁眉。回家的路上,"舟遥遥以轻飏,风飘飘而吹衣",简直浑身轻快。"问征夫以前路,恨晨光之熹微",只想着"快点儿回去,快点儿回去"。

陶渊明在此处穿插了一段回家的描写,整个场面立刻明亮欢快了起来。他写自己"乃瞻衡宇,载欣载奔"。"载"是语助词,《诗经》里有好些诗句都是这样的格式,如"载驱载驰""载笑载言",就是把两个动作放在一起说,表现这个人的状态。陶渊明几乎是三步并作两步跑到家门前的,而且早有可爱的僮仆、稚子候在门前。放眼望去,虽然园子是有些荒了,但是所爱的松菊"犹存"。携幼入室,发现"有酒盈樽",不禁重新"引壶觞以自酌",回到自己习惯的生活中去。这样的陶公,仿佛一个稚子绕膝的将暮之人,格外珍惜这得来不易的纯真。窗外是"云无心以出岫,鸟倦飞而知还";庭中人"策扶老以流憩","抚孤松而盘桓"。细想之,这不就是他所向往的羲皇上人的生活场景嘛!美其妙哉!所以门也关起来,与世俗隔绝,与过往隔绝。

陶渊明的第二次感叹"归去来兮",直言"请息交以绝游"。这一部分承上启下,结构基本与前文相同,在说明"世与我而相违"之后,再去描绘如今美好的田园生活来做对比。不过这次的描写多写了农事,一方面是补充了日常的叙述,一方面是引出段末"善万

陶 渊 明

物之得时,感吾生之行休"的感慨。所谓"万物逢春正及时",对于陶渊明来说,人生却已经走入了秋天。这种光阴易逝、人生易老、何不及时珍惜美好生活的感慨又自然而然地引出了文章结尾的叹息。"已矣乎!"过去了,都算了吧!人之将暮,就会领悟到:"寓形宇内复几时,曷不委心任去留?胡为乎遑遑欲何之?"他在最后一段尤其爱用感叹,并且所叹的东西也已经扩展到了人生意义的层面。前面提到的问答体在这里也频频出现,从而将感情的抒发推至高潮。

在《归去来兮辞》以前,是没有人用散文来表达这样炽烈的情感的。以前的人用诗或者赋来抒发己志,所以陶渊明也借用"辞赋"的方法来写。骈散结合,一唱三叹,长短错落,迂回浪漫。而且全文上下,他给自己的定位始终是一名"隐士",不是官家,也不是仙人。比如他说"悟已往之不谏,知来者之可追",借用的是春秋时期楚狂人接舆的话;他说自己家里"三径就荒"的"三径",套用的是两汉之交隐士蒋诩的典故。在这样有意无意的书写之中,陶渊明也向我们传达了自己"富贵非吾愿,帝乡不可期",只求"登东皋以舒啸,临清流而赋诗"的归隐心愿。

闲情赋 并序[1]

　　初，张衡作《定情赋》[2]，蔡邕作《静情赋》[3]，检逸辞而宗澹泊[4]，始则荡以思虑[5]，而终归闲正[6]。将以抑流宕之邪心[7]，谅有助于讽谏[8]。缀文之士，奕代继作[9]；因并触类[10]，广其辞义[11]。余园闾多暇，复染翰为之[12]；虽文妙不足，庶不谬作者之意乎[13]。

　　夫何瑰逸之令姿[14]，独旷世以秀群[15]。表倾城之艳色[16]，

注　释

[1] 闲情：检束情思。闲：检束，克制。
[2] 张衡：字平子，东汉南阳西鄂人。天文学家、文学家。曾任侍中、河间相。《定情赋》：见于《艺文类聚》，仅存九句。
[3] 蔡邕：字伯喈，东汉陈留圉人。博学，通天文，妙音乐，擅书法，有《蔡郎中集》。《静情赋》：见于《艺文类聚》，只存残句。
[4] 检：约束，控制。逸：放纵。宗：宗法，以之为本。澹泊：恬淡寡欲。
[5] 荡：放纵。思虑：情思。
[6] 闲正：恬淡中正。
[7] 流宕：放纵。邪心：此处指不够中正淡泊的情绪，而非邪恶之心。
[8] 谅：料想，推想。
[9] 奕代：累代。奕：重叠。《后汉书·袁术列传》："奕世克昌。"继作：不断地写作。张、蔡之后，魏陈琳、阮瑀作《止欲赋》，王粲作《闲邪赋》，应玚作《正情赋》，曹植作《静思赋》，西晋张华作《永怀赋》，故云"奕代继作"。
[10] 触类：遇见相类似的事物而有所触动。
[11] 广：扩大。辞义：文辞和内涵。
[12] 染翰：以毛笔蘸墨，即写作。翰：笔。
[13] 庶：大概，或许。谬：相悖，违背。作者之意：写此类赋的前人的本意，即"有助于讽谏"。
[14] 瑰：稀奇而珍贵。逸：超迈脱俗。令姿：极美的姿容。
[15] 独：孤绝。旷世：绝世。秀群：秀拔于群。
[16] 表：显露。倾城：即倾国倾城，形容女子美色足以迷误君主、倾覆邦国。汉武帝时音乐家李延年有歌云："北方有佳人，绝世而独立。一顾倾人城，再顾倾人国。宁不知倾城与倾国，佳人难再得。"汉武帝闻此歌后，即纳其妹为妃，即李夫人。事见《汉书·外戚传》。

期有德于传闻[17]。佩鸣玉以比洁，齐幽兰以争芬。淡柔情于俗内，负雅志于高云。悲晨曦之易夕，感人生之长勤[18]；同一尽于百年，何欢寡而愁殷！褰朱帏而正坐[19]，泛清瑟以自欣[20]。送纤指之余好[21]，攘皓袖之缤纷[22]。瞬美目以流眄[23]，含言笑而不分[24]。曲调将半，景落西轩[25]。悲商叩林[26]，白云依山。仰睇天路[27]，俯促鸣弦。神仪妩媚，举止详妍[28]。

激清音以感余，愿接膝以交言[29]。欲自往以结誓，惧冒礼之为愆；待凤鸟以致辞，恐他人之我先[30]。意惶惑而靡宁，魂须臾而九迁。愿在衣而为领，承华首之余芳；悲罗襟之宵离，怨秋夜之未央。愿在裳而为带，束窈窕之纤身；嗟温凉之异气，或脱故而服新。愿在发而为泽[31]，刷玄鬓于颓肩[32]；悲佳人之屡沐，

[17] 期：希望。传闻：名声。
[18] 长勤：多忧劳。屈原《远游》："惟天地之无穷兮，哀人生之长勤。"
[19] 褰（qiān）：撩起，揭起。
[20] 泛：随意弹奏。自欣：自我娱乐。
[21] 余好：无尽的美好，此处指瑟声袅袅不绝。
[22] 攘（nǎng）：扬动。皓：洁白。缤纷：指衣袖飘舞美态纷呈的样子。
[23] 瞬：闪动。流眄（miǎn）：顾盼。眄：目光。
[24] 含言笑：似言似笑。不分：难以辨清。
[25] 景：日光。轩：窗户。
[26] 悲商：悲凉的秋风声。商：商音，五音之一。商为秋声，即秋天的风声。古以徵、角、商、羽配四季。《礼记·月令》："孟秋之月……其音商……"叩：敲，此处是吹动的意思。
[27] 睇：斜视。天路：天空。
[28] 详妍：安详美好。
[29] 接膝：即促膝。交言：对话。
[30] "待凤鸟"二句：此处化用屈原《离骚》"凤皇既受诒兮，恐高辛之先我"意。传说古代帝王帝喾高辛氏欲娶有娀氏的女儿简狄为妻，先差遣凤凰传送聘礼。我先：先于我，宾语前置。
[31] 泽：润头发或皮肤的油膏。
[32] 颓肩：削肩。曹植《洛神赋》："肩若削成，腰如约素。"

从白水而枯煎[33]。愿在眉而为黛,随瞻视以闲扬[34];悲脂粉之尚鲜,或取毁于华妆[35]。愿在莞而为席[36],安弱体于三秋[37];悲文茵之代御[38],方经年而见求[39]。愿在丝而为履,附素足以周旋[40];悲行止之有节,空委弃于床前。愿在昼而为影,常依形而西东;悲高树之多荫,慨有时而不同。愿在夜而为烛,照玉容于两楹;悲扶桑之舒光[41],奄灭景而藏明[42]。愿在竹而为扇,含凄飙于柔握[43];悲白露之晨零,顾襟袖以缅邈[44]。愿在木而为桐,作膝上之鸣琴;悲乐极以哀来,终推我而辍音。

考所愿而必违[45],徒契契以苦心[46]。拥劳情而罔诉[47],步容与于南林[48]。栖木兰之遗露,翳青松之余阴。倘行行之有觌[49],交欣惧于中襟。竟寂寞而无见,独悁想以空寻[50]。敛轻裾以复

[33] 枯煎:枯干。
[34] 闲扬:优雅地扬起眉毛。
[35] 取毁:被揩洗掉。华妆:华美的梳妆。
[36] 莞:植物名,可编制席子。
[37] 三秋:深秋,秋天的最后一个月。
[38] 文茵:有花纹的皮褥,或曰虎皮褥。茵:垫席。御:用。
[39] 经年:正好一年。
[40] 素足:白净的脚。周旋:转动,此处指走路。
[41] 扶桑:扶桑树,传说中是日出之处,此处代指太阳。舒:放。
[42] 奄:忽然。藏明:指烛火的光辉被掩盖。
[43] 凄飙:凉风。柔握:柔软的手掌。
[44] 缅邈:遥远。
[45] 考:思量。
[46] 契契:忧苦的样子。《诗经·小雅·大东》:"契契寤叹,哀我惮人。"
[47] 拥:怀着。劳:忧。
[48] 容与:徘徊不定的样子。屈原《九歌·湘君》:"时不可兮骤得,聊逍遥兮容与。"
[49] 倘:失意的样子。《庄子·田子方》:"文侯倘然终日不言。"觌(dí):相见。
[50] 悁(yuān)想:忧思。《诗经·陈风·泽陂》:"寤寐无为,中心悁悁。"

路^[51]，瞻夕阳而流叹。步徙倚以忘趣^[52]，色凄惨而矜颜^[53]。叶燮燮以去条^[54]，气凄凄而就寒。日负影以偕没，月媚景于云端。鸟凄声以孤归，兽索偶而不还。悼当年之晚暮^[55]，恨兹岁之欲殚。思宵梦以从之，神飘飘而不安；若凭舟之失棹，譬缘崖而无攀。于时毕昴盈轩^[56]，北风凄凄，惘惘不寐^[57]，众念徘徊。起摄带以侍晨^[58]，繁霜粲于素阶^[59]。鸡敛翅而未鸣，笛流远以清哀；始妙密以闲和，终寥亮而藏摧^[60]。意夫人之在兹，托行云以送怀；行云逝而无语，时奄冉而就过^[61]。徒勤思而自悲，终阻山而滞河。迎清风以袪累，寄弱志于归波^[62]。尤《蔓草》之为会^[63]，诵《邵南》之余歌^[64]。坦万虑以存诚^[65]，憩遥情于八遐^[66]。

[51] 敛：收，这里是整理的意思。裾：衣裳的下摆。复：回。
[52] 徙倚：因忧愁而徘徊不前。《楚辞·哀时命》："然隐悯而不达兮，独徙倚而彷徉。"趣：往前走。
[53] 矜颜：庄重的神情。
[54] 燮燮：象声词，叶落声。
[55] 悼：哀伤。当年：正当盛年。晚暮：迟暮，临近结尾。
[56] 毕昴（mǎo）：毕宿与昴宿，均是二十八星宿名。
[57] 惘惘（jiǒng）：因忧愁而心绪不宁。
[58] 摄带：束带，此处指穿衣。
[59] 粲：鲜明。素阶：白色的台阶。
[60] 寥亮：同"嘹亮"，声音清越高远。藏摧：犹"摧藏"，属联绵词，悲伤难过的意思。汉乐府《孔雀东南飞》："未至二三里，摧藏马悲哀。"
[61] 奄冉：犹"荏苒"，形容时光流逝之快。就过：随即过去。
[62] 弱志：柔弱的心志，意谓缠绵悱恻的相思之情。归波：退潮之水。
[63] 尤：责怪。《蔓草》：《诗经·郑风·野有蔓草》中有"邂逅相遇，适我愿兮"，"邂逅相遇，与子皆臧"句。
[64]《邵南》：即《召南》，《诗经》十五国风之一。《毛诗序》："《周南》《召南》，正始之道，王化之基。"其中对男女恋情的描写被认为是符合礼乐教化的。余歌：遗诗。
[65] 坦：表露。万虑：连绵不断的情思。存：保持。
[66] 憩：休息，此处意为休止。遥情：不加节制、放纵的情思。扬雄《方言》："遥，淫也。九嶷荆郢之鄙谓淫曰遥。"八遐：八方极远之地。

赏 析

  陶渊明素以真淳平淡的诗文而为人称道,却也偶写辞赋。《闲情赋》是陶渊明作品中思想内容、风格特征都很独特的一篇,是他仿效东汉张衡《定情赋》、蔡邕《静情赋》所作,写成的时间历来说法不一。赋前有一小序,说明了作此赋的缘由。初时张衡和蔡邕作赋,都有着"检逸辞而宗澹泊"的风气。他们写文作赋既可抑制邪心,又能讽谏时弊。所谓"将以抑流宕之邪心,谅有助于讽谏"。所以陶渊明作《闲情赋》,也是为了学习前人,聊表心意。文中他承袭楚辞中的"求女"传统,借用"香草美人"的表现手法,在倾诉对美人的爱情时,间接表达了自己的士人之心。

  全赋分为三节——先写美人之形,再讲述想要亲近美人的心情,最后表白自己为情所困的赤子之心。陶渊明极尽铺排之事、富丽之辞,来抒发对美人的向往。他的写作手法不可谓不高超,像其他的美人赋一样,同是写美人,但他就总有方法来展现别样的新意。首先,陶渊明写美人明明能写其美,却不直写其如何美。赋文一开篇就先说美人之美,瑰丽灵逸,秀拔于群。她有着"倾城之艳色",还有着良好的德行。此处的"倾城"是古人用来形容美人的套话,最早是比喻绝世红颜褒姒的。《汉书》里面记载说,汉武帝时的音乐家李延年作了一首歌,曰:

> 北方有佳人,绝世而独立。
> 一顾倾人城,再顾倾人国。
> 宁不知倾城与倾国,佳人难再得!

歌词感动了武帝,于是娶了他的妹妹当"李夫人",可见英雄自古爱美女,多情难过美人关。然后陶渊明说她"佩鸣玉以比洁,齐幽兰以争芬"。用"玉"和"兰"来匹配美女,这也是先秦的传统。屈原辞里面到处可见"玉"与"兰"的影子,用它们来代表的女子是既洁净又芬芳的。第二处直写美人是写她演奏乐曲:"送纤指之余好,

陶渊明

攘皓袖之缤纷","瞬美目以流眄,含言笑而不分"。这两句写到了美人的外形和面部表情,也皆是传统的意象,比如纤纤素手、美目顾盼,等等。当然,这种使用旧说法的现象不是缺乏创意,而是古人一种承袭传统的习惯,尤其是在使用像"求女"这样的古老母题的时候。

所以要特别注意的,是陶渊明写美人的手法在这里产生的变化。他不再纠结于正面描写美人的形态,构建宏大的神仙场景,而是将这些描写融入他的情思中去,弱化正面描写可能给人带来的生硬感。这也是本篇辞赋最重要的一点,即陶渊明通过全篇情感的抑扬顿挫,百转千回,构建出了一唱三叹的美感。在第一段中,陶在见此美女之后,便直呼"欲自往以结誓",又怕"冒礼之为愆";"待凤鸟以致辞",又"恐他人之我先"。然后再在这种踌躇不定中展开联想,把自己化作她身边的事物。作者用了十组排比句来倾诉自己心中所想,这是全文最精彩的部分。他幻想化作美人的衣领,感受她的芬芳;化作她的衣带,束起她的腰身;化作发上的油泽,滋润她的秀发;化作她的眉黛,追随她的目光。或者,化作她卧榻上的莞席、鞋上的丝线、白天的影子、夜晚的烛光、手中的竹扇、膝上的七弦琴,只为浸染她的芳泽。在这一连串的发愿中,不仅传达了他对美人的思之切,也从细节上重现了美人的美好。但是这些设想马上就被作者自己否定了,因为美人的衣服可以更换,发妆可以清洗;变成莞席、竹扇也不能陪她一年四季,化作倒影、鸣琴也害怕扶桑多荫、弃而辍音!他明白他所想象的一切就算实现也不能持久,他还是不能与美人为伴。故而随着每一次对幻想的否定,作者的怨就越深,情就越切,时时"交欣惧于中襟","独悁想以空寻"。

赋的结尾,陶渊明"敛轻裾以复路,瞻夕阳而流叹"。暮色流转,鸟兽徘徊。虽是"夕阳无限好",无奈"只是近黄昏"。他还是在失望之中选择了放弃,回归到朴素的生活中去。不过这样的结局也是读者所能想见的,自古在"求美人"的诗赋中,就没有一个终能成功的吧?但也恰恰是这种不能成功的结局,才使无数文人骚客

在借用这一主题抒情咏志的时候更具有悲剧的力量。

　　关于这篇赋的评价,因为与陶渊明的其他文章大不相同,呈现出一种热烈奔放、华丽繁复之势,所以历来褒贬不一。有人赞"好色而不淫,合乎风骚之旨"(苏轼),也有人贬"白璧微瑕,惟在《闲情》一赋"(萧统)。说起来萧统本是极推崇陶渊明的,他不喜这一篇《闲情赋》的原因是"扬雄所谓劝百而讽一者,卒无讽谏,何必摇其笔端"(《陶渊明集序》)。仁者见仁,智者见智。不过他否定《闲情赋》政治功能的同时,不也反之突出了它的文学性吗?难道真要如陶渊明在赋里面自己所说那样,今后都只去"尤《蔓草》之为会,诵《邵南》之余歌"吗?《闲情赋》的价值到底在于政治还是文学,恐怕还要自己读过才知道吧。

陶渊明

与子俨等书[1]

告俨、俟、份、佚、佟：天地赋命[2]，生必有死。自古贤圣，谁独能免？子夏有言曰："死生有命，富贵在天。"[3]四友之人[4]，亲受音旨[5]，发斯谈者[6]，将非穷达不可妄求[7]，寿夭永无外请故耶[8]？

吾年过五十，少而穷苦，每以家弊，东西游走。性刚才拙，与物多忤[9]。自量为己，必贻俗患[10]。僶俛辞世[11]，使汝等幼而饥寒[12]。余尝感孺仲贤妻之言[13]，败絮自拥[14]，何惭儿

注 释

[1] 子俨等：指陶渊明的五个儿子陶俨、陶俟、陶份、陶佚、陶佟。
[2] 赋命：给予生命。
[3] "子夏"三句：语见《论语·颜渊》。子夏：孔子弟子卜商，字子夏，春秋战国之际卫国人。
[4] 四友：指孔子的四个弟子：颜回、子贡、子张、子路。
[5] 音旨：教诲，这里指孔子的教诲。
[6] 发：阐扬。斯谈：指子夏所说的"死生有命，富贵在天"。
[7] 将非：岂不是。穷达：失意和显达。妄求：过分地追求。
[8] 外请：额外请求。
[9] 物：指外在的世界。忤（wǔ）：抵触，违背。
[10] "自量"二句：估量了自己的为人，必定会在官场留下祸患。
[11] 僶俛（mǐnmiǎn）：同"黾勉"，勉力，努力。辞世：辞去世俗事务，指归隐。
[12] 幼而饥寒：年幼却遭受饥饿寒冷。
[13] 孺仲：东汉时期的王霸，字孺仲（《后汉书》作"儒仲"），太原人。《后汉书·逸民列传》说他"少有清节。及王莽篡位，弃冠带，绝交宦……以病归。隐居守志，茅屋蓬户。连征不至，以寿终"。又《后汉书·列女传》：太原王霸"妻亦美志行。初，霸与同郡令狐子伯为友，后子伯为楚相，而其子为郡功曹。子伯乃令子奉书于霸，车马服从，雍容如也。霸子时方耕于野，闻宾至，投耒而归，见令狐子，沮怍不能仰视。霸目之，有愧容，客去而久卧不起。妻怪问其故，始不肯告，妻请罪，而后言曰：'吾与子伯素不相若，向见其子容服甚光，举措有适，而我儿曹蓬发历齿，未知礼则，见客而有惭色。父子恩深，不觉自失耳。'妻曰：'君少修清节，不顾荣禄。今子伯之贵孰与君之高？奈何忘宿志而惭于儿女乎！'霸屈起而笑曰：'有是哉！'遂共终身隐遁。"
[14] 败絮：破棉絮，此处指破棉袄。拥：穿。

子^[15]？此既一事矣^[16]。

但恨邻靡二仲^[17]，室无莱妇^[18]，抱兹苦心，良独内愧。少学琴书，偶爱闲静^[19]，开卷有得，便欣然忘食。见树木交荫^[20]，时鸟变声^[21]，亦复欢然有喜。尝言五六月中^[22]，北窗下卧，遇凉风暂至^[23]，自谓是羲皇上人^[24]。意浅识罕，谓斯言可保。日月遂往，机巧好疏^[25]，缅求在昔^[26]，眇然如何^[27]！

疾患以来，渐就衰损，亲旧不遗^[28]，每以药石见救^[29]，自恐大分将有限也^[30]。汝辈稚小家贫，每役柴水之劳^[31]，何时可免？念之在心，若何可言！

[15] 何惭儿子：何必为儿子感到惭愧呢？
[16] 一事：一样的事情，同样的道理。意思是说，儿子们和自己一样，同样都处于贫寒之中，故不必为之惭愧。
[17] 恨：遗憾。靡：没有。二仲：指与蒋诩游处的汉代高士求仲、羊仲。
[18] 莱妇：老莱子之妻。刘向《列女传》载，春秋时期楚国老莱子耕于蒙山，楚王派人带着玉帛去聘他为官，妻子劝止他说："妾闻之，可食以酒肉者，可随以鞭捶；可授以官禄者，可随以斧钺。今先生食人酒肉，受人官禄，为人所制也。能免于患乎？"老莱子遂听其言而匿迹江南。
[19] 偶爱：非常喜爱。
[20] 交荫：交错成荫。
[21] 时鸟：候鸟。
[22] 言：言说。
[23] 暂至：忽然而至。
[24] 羲皇上人：早于伏羲时代的人。羲皇：伏羲氏，传说中的上古帝王。
[25] 机巧：心机巧伪。好疏：很生疏。
[26] 缅求：远求。
[27] 眇（miǎo）然：遥远渺茫的样子。眇：通"渺"。
[28] 不遗：不遗弃。
[29] 药石：药物。石：治病的石针。
[30] 大分：指生死的限度，即寿命。
[31] 每：常。役：从事。

陶渊明

  然汝等虽不同生[32]，当思四海皆兄弟之义[33]。鲍叔、管仲，分财无猜[34]；归生、伍举，班荆道旧[35]。遂能以败为成[36]，因丧立功[37]。他人尚尔，况同父之人哉[38]！

  颖川韩元长[39]，汉末名士，身处卿佐[40]，八十而终。兄弟同居，至于没齿[41]。济北氾稚春[42]，晋时操行人也[43]，七世同财[44]，家人无怨色。《诗》曰："高山仰止，景行行止。"[45]虽不能尔，至心尚之[46]。汝其慎哉，吾复何言！

---

[32] 不同生：非同母所生。长子陶俨为发妻所生，后四子为续弦翟氏所生。
[33] 四海皆兄弟：语出《论语·颜渊》："君子敬而无失，与人恭而有礼，四海之内，皆兄弟也。"
[34] "鲍叔"二句：《史记·管晏列传》载管仲语："吾始困时，尝与鲍叔贾，分财利多自与，鲍叔不以我为贪，知我贫也。"
[35] "归生"二句：楚人声子（又名公孙归生）与伍举友善，后伍举因罪出奔，归生与他在郑国郊外相遇，席地话旧。班荆：铺下柴草。
[36] 以败为成：管仲在公子纠失败后被俘，因鲍叔举荐而为齐相，辅佐齐桓公称霸。
[37] 因丧立功：指伍举在逃亡途中得到归生的帮助而回到楚国，协助公子围继承王位，立下功劳。
[38] "他人"二句：他人尚且能够如此，何况同父之人呢？他人：没有血缘关系的人。尔：如此，这般。
[39] 颖川：指今河南禹县。韩元长：韩昭子韩融，字元长。
[40] 身处卿佐：指汉献帝时韩融官任太仆，为九卿之一。
[41] 没齿：年老无牙时，即终身。
[42] 济北：济水之北，今山东长清。氾（Fán）稚春：西晋人，名毓，字稚春。《晋书·儒林传》谓其"济北卢人"，"奕世儒素，敦睦九族，客居青州，逮毓七世，时人号其家'儿无常父，衣无常主'"。
[43] 操行人：有节操品行的人。
[44] 同财：共同拥有财产，指没有分家。
[45] "高山"二句：语见《诗经·小雅·车辖》。意思是说，对古人崇高的品德则敬仰如高山，对古人高尚的行为则效法和遵行。仰：抬头仰望。景行：光明大道。止：句末助词。
[46] 至心：至诚之心。尚：尊崇。

赏 析

陶渊明的《与子俨等书》作于晋宋易代之际,是其在疾病缠身的情况下写给五个儿子的一封普通家书,意在"以言其志,并为训诫"(沈约《宋书·陶渊明本传》)。陶渊明用平易浅显的语言扼要地自叙生平,感叹家庭贫困,疾患缠身,还期望诸子能够安贫乐道、和睦相处,展现了一个慈爱的父亲的形象。整篇家书其实就是一位父亲的自白,是陶诗中真与诚的延展,一片爱子之心溢于言表。

与汉魏以来旨在训诫后辈的家书不同,陶渊明在此文中向儿子们吐露衷肠,倾诉心声,可谓字字血,声声泪,尽是肺腑之言。文章开篇定调,曰:"天地赋命,生必有死。自古贤圣,谁独能免?"再借用子夏"死生有命,富贵在天"之句,表示自己已经明白了生死大事不在于人的道理,所以也不强求长寿,亦不希望子孙为生死富贵而烦忧。继而他追述往事,谈起年少时期每以家弊而不得不穷苦游走的经历。他自知"性刚才拙,与物多忤",所以辞官还乡,"使汝等幼而饥寒",语气中透露出愧疚和无奈。他回忆年少时过的是与琴书相伴、娴静淡然的生活,但如今儿子们却"家贫每役柴水之劳",使他"念之在心",忧思不断。他感慨"日月遂往","自谓是羲皇上人"的美梦已经醒来。现在想为了子孙"缅求在昔",也是渺然难寻,断然行不通。思及自己患病以来,大限将近,一定要趁有生劝勉儿子们效法先贤,"分财无猜",亲穆友爱,谨言慎行。这就是陶渊明作这封家书的心愿了。

我们知道,陶渊明一生是以隐士自居的,他把功名利禄、凡尘俗世皆弃如敝屣。所以他在面对自己的儿子时,也不会要求他们求取功名,励精图治,他对他们有着别样的希求。他在长子陶俨出生后就写过诗《命子》,当时的他还有着一些中年人的意气风发,说起话来也是掷地有声,长篇大论地为子孙追溯家业。后来他的五个儿子都渐渐长大,陶渊明却悲哀地发现他们无一能承自己之志,故而又写了《责子》诗,大叹"虽有五男儿,总不好纸笔"。这首诗其实写得颇为好笑,几乎能从中读出陶渊明的绝望了。

陶渊明

>　　白发被两鬓，肌肤不复实。
>　　虽有五男儿，总不好纸笔。
>　　阿舒已二八，懒惰故无匹。
>　　阿宣行志学，而不爱文术。
>　　雍端年十三，不识六与七。
>　　通子垂九龄，但觅梨与栗。
>　　天运苟如此，且进杯中物。

　　读完这首诗再来回看陶渊明的这篇《与子俨等书》，就可知道陶公的心境产生了变化。在这篇文章里，陶渊明对后代的希求变得迫切而朴素，他最大的心愿就是兄弟"不争"。他给他们讲鲍叔、管仲的故事，希望他们不争家财；又给他们讲归生与伍举的故事，希望他们互相扶持。他讲说颖川的韩元长"兄弟同居，至于没齿"，济北的氾稚春"七世同财，家人无怨色"。他把这些名人典故一一道来，简直是在手把手地教几个儿子做人。谁能相信，闻名后世的文学大家陶渊明竟有着这样几个不成器的儿子呢？如此再回头看他文中自嘲的"败絮自拥，何惭儿子"的话，就会觉得其中的失望之情溢于言表，叫人十分同情。

　　通过这篇《与子俨等书》，我们看到了陶渊明的另一面。脱去文人高士的外衣，回到家庭亲人面前，一个柔软的、脆弱的父亲就暴露了出来。这封家书不是有意经营的文学创作，故而他并不用力于章法结构、运辞造句。文中所透露的只是陶渊明身为父亲对儿子们推心置腹的劝导，情真意切，五味杂陈。

鲍照
（约414—466）

字明远，东海（今江苏连云港东）人，南朝宋文学家。出身寒微，自幼有才情。二十多岁时到江州依临川王刘义庆，以诗谒见，遂被任为国侍郎。后被临海王刘子顼召为前军参军，掌书记，世称"鲍参军"。后刘子顼起兵失败，鲍照死于乱军之中，其传见于《南史》。其诗与谢灵运、颜延之并称"元嘉三大家"，实际成就却远过之。其乐府尤其是七言歌行风格俊逸，唐代李白、岑参都深受影响。《登大雷岸与妹书》《芜城赋》皆为骈文杰作，历来广为传颂。明人张溥辑有《鲍参军集》，收入《汉魏六朝百三家集》。近人黄杰有《鲍参军诗注》。

鲍 照

登大雷岸与妹书[1]

吾自发寒雨，全行日少，加秋潦浩汗[2]，山溪猥至[3]，渡溯无边[4]，险径游历，栈石星饭[5]，结荷水宿[6]，旅客贫辛，波路壮阔[7]，始以今日食时[8]，仅及大雷。涂登千里[9]，日逾十晨[10]，严霜惨节[11]，悲风断肌。去亲为客，如何如何[12]！

向因涉顿[13]，凭观川陆[14]；遨神清渚[15]，流睇方曛[16]；东

注 释

[1] 大雷岸：即大雷口，在望江（今安徽望江附近）。妹：鲍照妹妹鲍令晖，是一位有诗才的女子。钟嵘《诗品》："令晖歌诗，往往崭绝清巧，拟古尤胜。"
[2] 秋潦：秋雨。浩汗：大水浩瀚无边。
[3] 猥：多。
[4] 溯：逆流而上。
[5] 栈石星饭：指在险绝的山路上搭木为桥而过，在星光下吃饭，形容风餐露宿，旅途辛苦。栈：小桥。
[6] 结荷：结起荷叶为屋。水宿：在水边歇宿。
[7] 波路：水路。
[8] 日食时：午饭时。《汉书·淮南王安传》："（上）使为《离骚传》，旦受诏，日食时上。"
[9] 涂：通"途"，道路。登：走，行进。
[10] 逾：越过。十晨：十天。
[11] 惨：疼痛，这里用作动词，使疼痛。节：关节。
[12] 如何如何：形容内心忧伤不止。
[13] 向：之前，从前。涉：徒步过水。顿：住宿歇息。
[14] 凭观：眺望。
[15] 遨神：游目骋怀。清渚：清流中的洲渚。
[16] 流睇：观赏。曛：落日的余光。

顾五洲之隔[17]，西眺九派之分[18]；窥地门之绝景[19]，望天际之孤云。长图大念[20]，隐心者久矣[21]！

南则积山万状，负气争高[22]，含霞饮景[23]，参差代雄，凌跨长陇[24]，前后相属，带天有匝[25]，横地无穷[26]。东则砥原远隰[27]，亡端靡际。寒蓬夕卷[28]，古树云平。旋风四起，思鸟群归。静听无闻，极视不见。北则陂池潜演[29]，湖脉通连，苎蒿攸积[30]，菰芦所繁[31]。栖波之鸟，水化之虫，智吞愚，强捕小，号噪惊聒，纷乎其中。西则回江永指[32]，长波天合，滔滔何穷，漫漫安竭？创古迄今，舳舻相接[33]。思尽波涛，悲满潭壑。烟

[17] 五洲：长江中相连的五个洲渚。郦道元《水经注·江水》："城在山之阳，南对五洲也。江中有五洲相接，故以五洲为名。"
[18] 九派：指江州（今江西九江）所分的九条水，又因之称流经江州附近的长江。郭璞《江赋》："流九派乎浔阳。"
[19] 地门：本义是佛教十二法门之一，此处指大地。
[20] 长图大念：即宏图大志。
[21] 隐心：收心，息心，指淡化功名之念。吴均《与朱元思书》："鸢飞戾天者，望峰息心；经纶世务者，窥谷忘反。"
[22] 负气：恃着气势。
[23] 含霞：映衬着鲜艳的朝霞。饮景：闪射着灿烂的阳光。景：阳光。
[24] 凌：逾越。陇：通"垄"，田埂。
[25] 带：这里用作动词，围起。匝：周，环绕一圈。
[26] 横地：指群山横亘大地。
[27] 砥原：如磨刀石一样平坦的原野。砥：磨刀石。隰（xí）：低湿之地。
[28] 寒蓬夕卷：寒天的蓬草被黄昏的风席卷而去。
[29] 陂（bēi）：水塘。潜演：潜流。演：长长的水流。
[30] 苎（zhù）蒿：苎麻和蒿草，一般在水边生长。攸：所。积：聚。
[31] 菰（gū）：俗称"茭白"。芦：芦苇。繁：繁育，生长。
[32] 回江：曲折的江水。永指：永远流向远方。
[33] 舳舻（zhúlú）：船尾和船头。

鲍 照

归八表,终为野尘[34]。而是注集[35],长写不测[36],修灵浩荡[37],知其何故哉!

西南望庐山,又特惊异。基压江潮[38],峰与辰汉相接[39]。上常积云霞,雕锦缛[40]。若华夕曜[41],岩泽气通[42],传明散彩[43],赫似绛天[44]。左右青霭[45],表里紫霄[46]。从岭而上,气尽金光[47],半山以下,纯为黛色[48]。信可以神居帝郊[49],镇控湘汉者也。

若潨洞所积[50],溪壑所射[51],鼓怒之所豗击[52],涌濆之所

[34] "烟归"二句:语出《庄子·逍遥游》:"野马也,尘埃也,生物之以息相吹也。"谓世间事物变幻无常。八表:八方以外极远的地方。野尘:天地间的尘埃。
[35] 是:此。注:流。
[36] 写:后作"泻"。不测:不定。
[37] 修灵浩荡:语出《离骚》:"怨灵修之浩荡兮,终不察夫民心。"修灵:指河神。
[38] 基:山基,山的底部。
[39] 辰汉:星辰天汉。
[40] 雕锦缛:如雕绘的锦褥一样,形容云霞的绮丽绚烂。缛:通"褥"。
[41] 若华:若木之花。《淮南子·墬形训》:"若木在建木西,末有十日,其华照下地。"此处指霞光。曜:同"耀",照。
[42] 岩泽气通:指山间与水上的雾气连成一片。
[43] 传明:散布光明。
[44] 赫:火光红艳的样子。绛:大红色。
[45] 霭:雾气。
[46] 表里:内外,这里是环绕、包围的意思。紫霄:庐山高峰名。
[47] 气尽:烟雾散尽。
[48] 黛色:青苍色。
[49] 神居帝郊:神仙、天帝居住。
[50] 潨(cóng):疾流。
[51] 溪壑:山谷间溪水。射:山谷泉水喷射。
[52] 鼓怒:形容水流冲击崖岸如同发怒一般。豗(huī):相击。

宕涤[53]，则上穷荻浦[54]，下至狶洲[55]，南薄燕辰[56]，北极雷淀[57]，削长埤短[58]，可数百里。其中腾波触天，高浪灌日[59]，吞吐百川，写泄万壑。轻烟不流，华鼎振涾[60]。弱草朱靡[61]，洪涟陇蹙[62]。散涣长惊[63]，电透箭疾[64]。穹溘崩聚[65]，坻飞岭复[66]。回沫冠山，奔涛空谷[67]。砧石为之摧碎[68]，碕岸为之齑落[69]。仰视大火[70]，俯听波声，愁魄胁息[71]，心惊慓矣[72]！

至于繁化殊育[73]，诡质怪章[74]，则有江鹅、海鸭、鱼鲛、

[53] 澓（fú）：洄流。宕涤：摇荡，激荡。
[54] 荻浦：长着荻芦的水滨。
[55] 狶（xī）洲：野猪出没的荒洲。狶：同"豨"，猪。
[56] 薄：迫近。辰（pài）："派"的本字，水分流处。
[57] 雷淀：即雷池，大雷口。淀：浅湖。
[58] 削长埤（pí）短：意谓对众多河流湖泊加以削长补短。埤：增益。
[59] 高浪灌日：形容波浪翻腾之高。
[60] "轻烟"二句：水面停留着轻烟，而下面波涛滚滚，有如华丽的鼎中水在沸腾一样。涾（tà）：水溢。
[61] 朱：即"株"，株干，这里指草茎。靡：披靡，倒伏。
[62] 洪涟：大水。蹙：迫近。
[63] 散涣：波浪崩散。长惊：让人惊恐许久。
[64] 电透箭疾：形容波浪崩散，突如其来。
[65] 穹溘（kè）：高浪。穹：高大。溘：水花。
[66] 坻：河岸。复：通"覆"，翻倒，倾覆。
[67] "回沫"二句：撞击回来的浪花和水沫一直冲上了山顶，奔腾的波涛把山谷冲刷一空。
[68] 砧石：捣衣石。
[69] 碕（qí）岸：弯曲的河岸。齑（jī）落：变成碎末飞落。
[70] 大火：星名，也称心宿。
[71] 愁魄：因发愁而动魂魄。胁息：屏住呼吸。
[72] 慓（piāo）：迅疾。
[73] 繁化殊育：指各种生物的繁殖繁衍。
[74] 诡质：奇异的躯体。章：外表。

水虎之类[75],豚首、象鼻、芒须、针尾之族,石蟹、土蚌、燕箕、雀蛤之俦,折甲、曲牙、逆鳞、返舌之属。掩沙涨[76],被草渚,浴雨排风[77],吹涝弄翮[78]。

夕景欲沉,晓雾将合,孤鹤寒啸,游鸿远吟,樵苏一叹[79],舟子再泣[80]。诚足悲忧,不可说也。

风吹雷飙[81],夜戒前路[82]。下弦内外[83],望达所届[84]。

寒暑难适,汝专自慎,夙夜戒护[85],勿我为念。恐欲知之,聊书所睹。临涂草蹙[86],辞意不周。

---

[75] "则有"句:这里及下文所说的"江鹅"等十六种水生动物均承上文"繁化殊育,诡质异章"而来,有的是实有其物,有的出自神话,有的仅举其形体的某一特点,未必实有此名。
[76] 掩沙涨:用上涨的沙丘掩蔽身体。
[77] 排风:在风中站成一排。
[78] 吹涝:吐水,指鱼类等水生动物吐泡。弄翮(hé):指鸟类拍打翅膀。
[79] 樵苏:打柴取草之人。樵:打柴。苏:取草。
[80] 舟子:船夫。
[81] 飙:暴风,这里形容雷声紧急猛烈。
[82] 戒:提防,戒备。前路:前面的路途。
[83] 下弦:月亮亏缺下半的形状,指二十三日左右。
[84] 届:至。
[85] 夙夜:早晚。戒护:小心保重。
[86] 涂:通"途"。草:潦草。蹙:急促。

赏 析

进入到六朝后期我们会发现一个现象,日常的书信作为一种文章的载体,在这一时期常常会产生一些散文的佳作。这是当时的文人笔力越来越成熟的缘故,也标志着当时的散文发展进入了一个高潮。这篇《登大雷岸与妹书》写于宋文帝元嘉十六年(439)秋,鲍照应临川王刘义庆之召赴江州就任。从建康城去往江州途中抵至大雷岸,回想起一路上的所见所感,便修了一封书信寄给妹妹鲍令晖。相传,鲍照与其妹虽出身寒微但皆通文学,他的妹妹是能与他同赏美景、沟通志向的。所以鲍照的这封《与妹书》不仅将旅途景色描画得骈俪精美,还借机吐露了心中的愁思。

这篇散文的写景部分全部使用骈文,宏大场面一气呵成,令人叹为观止。即使叫一个出色的画家按照文中所写的去描绘,恐怕也无法将这么多的细节容纳进来。更何况鲍照写得动静相宜,有声有色呢?由于篇幅较长,我们且分段来看,一步步地领会鲍照的笔力。

第一段作者先自叙出行的时节、背景。秋日雨寒,阴天日少,秋潦漫溢,水路艰险。鲍照在这一路上"栈石星饭,结荷水宿",十分辛苦。直到当日午饭时分,才刚刚到达大雷。回想起已经跋涉了十天之久,每天都是"严霜惨节,悲风断肌"的艰苦考验,给本身就"去亲为客"的他更添心中悲凉。唉,如何如何!

接下来是写景,鲍照在停宿之后心情逐渐平静,"长图大念"了一下,发现"隐心者久矣",不禁借向妹妹描绘四周之景来倾诉自己的思亲之痛。他把视角切割成几个方向,分别描写。先写南面。南面的特点是"积山万状,负气争高",阳光掩映其中,重峦叠嶂错落围绕,更显得天地绵长。次写东面。东面是平原,"亡端靡际"。狂风在没有屏障的低地上肆意卷起,使得蓬草翻飞,"思鸟群归"。作者四望无人,静听无声,写得很是荒凉。三写北面。北面是"陂池潜演,湖脉通连",各种荒草茂盛生长。有一些在此栖息的水鸟争相捕食河鱼,嘈嘈杂杂,很是纷乱。这普通的自然小景竟让鲍照想到"智吞愚,强捕小"的层面上来,隐约也能看得出他对于投身官场这

鲍 照

件事着实忧心忡忡,才会触景生情。四写西面。西面是曲折的江水,若与天合。水势滔滔,好比自己的悲思汹涌,填满沟壑。鲍照望着这空旷的远方,产生了万物归尘的思虑。所谓"烟归八表,终为野尘",套用的是《庄子》里面的一句名言:"野马也,尘埃也,生物之以息相吹也。"野马者,游气也。作者借这句话表达的是世间万物变化无常,最终都会化为尘埃,飘到人力所不能及的远方去。

东南西北依次写完,作者五写西南向。"西南望庐山,又特惊异。"这一描写比先前的介绍更为详细精妙,以其山水相接的景致扣人心弦。仰望山中云霞积攒,夕阳映照,水雾弥漫,绯红满天。又兼之"青霭""金光"交相缠绕,仿佛是天帝的居处。而俯视便是百川竞流,波涛奔泻。从这之后的若干句,鲍照花了大力气去写江水,拼尽全力要将水流的大与急表现出来。水势之大,"腾波触天,高浪灌日,吞吐百川,写泄万壑"。而且不仅是形态上凶猛非常,连浪涛击岸的声音也使人心惊。他写出的那种仿佛"砧石为之摧碎,碕岸为之齑落"的力量感,真是神来之笔,不可谓不恐怖。最后,鲍照在描画完各种景色后又补充介绍了在此生长的各种奇特生物,面面俱到,记录得颇为完备,很有一些与妹妹通信的趣味在里面。

夕阳沉落,此信写到这里所有的景致都已报备完毕,就要进入尾声了。鲍照也向其他文人一样,借孤鹤、游鸿的形象表示游子的心肠"诚足悲忧,不可说也"。

书信的末尾赘述了旅程的安排,大概在下弦之日有望到达,同时与首段呼应,向妹妹传达思亲之情,嘱咐她自己保重,勿念兄长。从情感的传达上,我们可以看到鲍照在行文时抒情不多,但却时时不忘穿插在景色的叙述中,依依郁郁,与之相融。这样就不会让人有情景分离的感觉,而是会始终记得这是鲍照在思亲的痛苦中写下的文章。另外在写作的手法上,这种大篇幅的模山范水颇有些汉大赋的架势,可以说是他的新处。不过全文在选词用句上也太讲究了些,这就是学汉赋的坏处了。

芜城赋 [1]

　　泑迆平原[2]，南驰苍梧、涨海[3]，北走紫塞、雁门[4]。柂以漕渠[5]，轴以昆岗[6]。重江复关之隩[7]，四会五达之庄[8]。

　　当昔全盛之时[9]，车挂辖[10]，人驾肩[11]，廛闬扑地[12]，歌吹沸天[13]。孳货盐田[14]，铲利铜山[15]。才力雄富，士马精妍[16]。

注　释

[1] 芜城：荒芜的城，此处指广陵城（今江苏扬州）。宋孝武帝大明三年（459）三月，竟陵王刘诞起兵广陵；七月，沈庆之讨平之，杀城中士民三千余口，使广陵变成一片废墟。鲍照客居江北，过广陵，触目伤怀，写下了这篇《芜城赋》。
[2] 泑迆（mǐyǐ）：地势逐渐平坦。平原：指广陵一带地势。
[3] 苍梧：郡名，汉朝时即已设立，在今广西梧州。涨海：即海南。
[4] 紫塞：长城，因长城土色发紫而得名。雁门：郡名，秦代设立，辖今山西北部。
[5] 柂（duò）：引导，沟通。漕渠：古名邗沟，即今江苏江都西北至淮安三百七十里的一段运河。漕：水道运粮。
[6] 轴：这里用作动词，以之为中心。昆岗：又名阜岗、昆仑岗、广陵岗，广陵城建置其上。
[7] 重江：众多的水流。复关：广陵有内外二城，故称。隩（yù）：河岸弯曲处。
[8] 四会五达：四通八达。庄：大道。
[9] 全盛之时：指汉代。
[10] 挂：牵制。辖（wèi）：车轴的末端。
[11] 人驾肩：人肩相摩。
[12] 廛（chán）：居民区。闬（hàn）：里门。扑地：遍地皆是。
[13] 歌吹：歌唱声和吹奏声。
[14] 孳：滋生，繁殖。货：钱财。
[15] 铲：开掘。铜山：有铜矿的山。《史记·吴王濞列传》："吴有豫章郡铜山，濞则招致天下亡命者盗铸钱，煮海水为盐，以故无赋，国用富饶。"
[16] 士马：兵马。妍：美。

鲍 照

故能侈秦法[17]，轶周令[18]，划崇墉[19]，刳浚洫[20]，图修世以休命[21]。是以板筑雉堞之殷[22]，井干烽橹之勤[23]，格高五岳[24]，袤广三坟[25]，崒若断岸[26]，矗似长云[27]。制磁石以御冲[28]，糊赪壤以飞文[29]。观基扃之固护[30]，将万祀而一君[31]。出入三代，五百余载[32]，竟瓜剖而豆分[33]。

泽葵依井[34]，荒葛罥涂[35]。坛罗虺蜮[36]，阶斗麏鼯[37]。木

[17] 侈：扩大，引申为超越。
[18] 轶：通"轶"，超过。
[19] 划：开，建造。崇墉（yōng）：高城墙。
[20] 刳（kū）：挖掘。浚：深。洫（xù）：沟，此处指护城河。
[21] 图：图谋，谋划。修世：永世。休命：好的命运。
[22] 板筑：古代筑墙，在两块木板中间填上土，夯结实，称为板筑。雉堞（dié）：城上排列如齿状的矮墙，也称女墙。殷：尽力，与下句的"勤"为互文。
[23] 井干：井上木栏。构筑楼台时，梁木交架如同井栏，故称，此处代指城楼。烽橹：瞭望烽火的望楼。
[24] 格：规格。五岳：东岳泰山，西岳华山，南岳衡山，北岳恒山，中岳嵩山。
[25] 袤广：南北为袤，东西曰广。坟：分。古人以天下九州为"九分"。这里"三坟"即"三分"，即天下的三分之一，极言楼之盛大。
[26] 崒（zú）：险峻。断岸：陡峭的河岸。
[27] 矗：高耸。
[28] 制磁石以御冲：城门用磁铁制成，以抵御外敌入侵。《三辅黄图》："阿房前殿以木兰为梁，磁石为门，怀刃者止之。"
[29] 糊：涂，粉刷。赪（chēng）：赤色。飞文：光彩相照。
[30] 基扃：指城阙。基：城基。扃（jiōng）：门闩。固护：牢固。
[31] 将：欲，打算。祀：年。
[32] "出入"二句：指汉、魏、晋三个朝代，约五百余年。
[33] 瓜剖而豆分：形容广陵城崩裂破损。
[34] 泽葵：苔藓。一说是水葵，井边所生的植物。汉乐府《十五从军征》："中庭生旅谷，井上生旅葵。"
[35] 荒葛罥（juàn）涂：野生的葛藤爬满道中。罥：缠绕。涂：通"途"，道路。
[36] 坛：祭祀的土台。罗：列。虺（huǐ）：毒蛇。蜮（yù）：短狐，据说能含沙射人，形似鳖，又称"射工"。
[37] 麏（jūn）：似鹿而小。鼯（wú）：一种尾巴很长住在树洞里昼伏夜出的大飞鼠。

魅山鬼[38]，野鼠城狐。风嗥雨啸[39]，昏见晨趋[40]。饥鹰砺吻[41]，寒鸱吓雏[42]。伏虣藏虎[43]，乳血餐肤[44]。崩榛塞路[45]，峥嵘古馗[46]。白杨早落，塞草前衰[47]。棱棱霜气[48]，蔌蔌风威[49]。孤蓬自振[50]，惊砂坐飞[51]。灌莽杳而无际[52]，丛薄纷其相依[53]。通池既已夷[54]，峻隅又已颓[55]。直视千里外，唯见起黄埃[56]。凝思寂听，心伤已摧[57]。

若夫藻扃黼帐[58]，歌堂舞阁之基[59]，璇渊碧树[60]，弋林钓

---

[38] 魅：古人以为是木石的精怪。
[39] 嗥：野兽吼叫之声。
[40] 见：同"现"。趋：奔走。
[41] 砺吻：磨嘴。
[42] 鸱（chī）：猫头鹰。吓：怒斥声。雏：小鸟。
[43] 虣（bào）：猛兽。
[44] 乳：用作动词。肤：指肉。
[45] 榛：丛生的树木。
[46] 峥嵘：原指山或者建筑物的高大，这里指山路上堆积的树木之多。馗（kuí）：通"逵"，大路。
[47] 塞草：城垣上的草。前衰：早枯。
[48] 棱棱：霜气严寒。
[49] 蔌（sù）蔌：劲疾的风声。
[50] 孤蓬：枯萎后断根的蓬草。振：拔。
[51] 惊砂：被风突然吹起的沙粒。坐飞：无故自飞。
[52] 灌：丛生。莽：常绿灌木，干高丈许，叶椭圆，花白黄。
[53] 丛薄：草木丛生。相依：彼此相连。
[54] 通池：城壕。夷：平。
[55] 峻隅：城上的角楼。颓：倒塌。
[56] 黄埃：黄土。
[57] 摧：忧伤至极。
[58] 藻扃：彩绘的门窗。扃：这里指门。黼（fǔ）帐：绣有花纹的蚊帐。黼：古代礼服上白黑相间的花纹。
[59] 基：接近地面的地基部分。
[60] 璇渊：玉池。碧树：玉树。

鲍 照

渚之馆[61]，吴蔡齐秦之声[62]，鱼龙爵马之玩[63]，皆薰歇烬灭[64]，光沉响绝[65]。东都妙姬[66]，南国佳人[67]，蕙心纨质[68]，玉貌绛唇，莫不埋魂幽石，委骨穷尘，岂忆同舆之愉乐[69]，离宫之苦辛哉[70]？

天道如何[71]，吞恨者多[72]，抽琴命操[73]，为《芜城之歌》。歌曰：边风急兮城上寒，井径灭兮丘陇残[74]。千龄兮万代，共尽兮何言[75]！

[61] 弋林：射鸟的地方。钓渚：钓鱼的水洲。
[62] 吴蔡齐秦之声：吴、蔡之女善于唱歌，齐、秦之女善于弹奏，形容各地声乐之美。
[63] 鱼龙爵马之玩：各种戏法、杂技等玩赏节目。爵：通"雀"。
[64] 薰：花草的芳香。烬：灰烬。
[65] 光沉：光华淹没。响绝：音声消失。
[66] 东都：洛阳。妙姬：美女。姬：古时妇人的美称。
[67] 南国：南方。佳人：美人。曹植《杂诗》："南国有佳人，容华若桃李。"
[68] 蕙心：性情芳洁如兰蕙。纨质：体质像纨素一样柔媚。纨：洁白的细绢。
[69] 同舆：同车，喻得宠。古代帝王命后妃同车，以示恩宠。舆：车。
[70] 离宫：长门宫，在长安城南，汉武帝陈皇后失宠后所居，亦称"冷宫"。
[71] 天道：指命运、造化。
[72] 吞恨：含恨。
[73] 抽：引出。命：命名，此处指创作。操：琴曲。
[74] 井径：田间小路。丘陇：坟墓。
[75] 共尽：同归于尽。

芜城赋

赏 析

《芜城赋》是一篇历代传诵的佳作，为南朝抒情小赋中的名篇。此文作于竟陵王刘诞据广陵叛变之后，文辞遒丽，一下便成就了鲍照的文学大名。当时鲍照客居江北，偶然来到芜城（即广陵），眼见曾经繁华绮丽的城池败落殆尽，入目尽是"废池乔木"的荒芜景象，不禁悲从中来，于是便创作了这篇感时伤怀的人间绝唱。

叶嘉莹先生曾有过一篇很细致的《〈芜城赋〉讲录》，其中有几个观点可以帮助我们理解《芜城赋》的妙处。第一，《芜城赋》的押韵是变化多端的，常常很短的几句就换韵了，不像别人的赋，有时候一段一韵，读着非常整齐，而他的赋就显得自由潇洒了许多。第二，就是鲍照写"芜城"之"芜"写得真是有力量又感动人，许多具体的词句都值得推敲。

此赋开篇即从广陵的地理位置写起，用"氵丸迤平原，南驰苍梧、涨海，北走紫塞、雁门"数语，勾勒出广陵地势的平坦与广阔，同时也表明了广陵在历史上本是一个军事重地。宋孝武帝大明三年（459）三月，春光姣好，竟陵王刘诞在此起兵。战火一直烧到艳阳的七月，沈庆之讨平之，杀城中士民三千余人。断壁残垣，生灵涂炭，无休的战火把广陵城变成了一片废墟。

鲍照追忆起昔日的繁华，"车挂轊，人驾肩，廛闬扑地，歌吹沸天"，说明广陵城在全盛时期曾经车水马龙，人头攒动，千家万户，其乐融融。商贩往来众多，物资极大丰富，"孳货盐田，铲利铜山。才力雄富，士马精妍"。广陵城是经济和民生都高度发达的地方，"故能侈秦法，佚周令，划崇墉，刳浚洫，图修世以休命"。"秦法""周令"代表的都是历史巨典，"侈"和"佚"都是超越的意思。朝廷以广陵城为中心，期待实现"修世休命"的美好愿景，所以修城建楼，加固城门，以期"将万祀而一君"。然而，仅"出入三代，五百余载，竟瓜剖而豆分"，这座城池已被践踏得遍地疮痍。

接着，鲍照用细腻的笔触描绘了在广陵城中见到的衰败景象：蒲草丛生，葛藤缠绕，青苔遍布，家宅破败；清晨和黄昏时分，经

鲍 照

常传来野兽鬼怪的凄厉叫声；道路被断折的草木阻塞，阴森恐怖；寒风霜气扑面而来，飞沙走石遮空蔽日；护城河已被填平，角楼俱已崩塌。对比昔日一朝荣华、傲视四方，如今大厦倾颓、韶华散尽的凄凉景象，实令鲍照"心伤已摧"，不能自持。他在描写的时候特意挑选了一些阴森诡异的意象，比如曲折缭绕的水葵、藤草，昼伏夜出的野鼠、走狐，还有凶狠可怖的鹰、鸱，等等。这些不常见于美文中的景物，却恰恰是鲍照用来表演芜城死气的最佳演员，它们一旦呼啦啦地登上舞台，广陵城那种昏暗凄惨的氛围也就随之而来了。

再下一段的描述表层写景，深层写人、写情。套用一句南唐后主李煜的词意，便是雕栏玉砌都不在，人去楼空朱颜改。这也是辛弃疾后来写的"舞榭歌台，风流总被雨打风吹去"的词意。最后，鲍照从广陵盛衰变化联想到人生无常，发出"边风急兮城上寒，井径灭兮丘陇残。千龄兮万代，共尽兮何言"的感叹。

此赋洋洋洒洒，似一气呵成，鲍照用如椽巨笔将昔日繁盛一时的广陵和眼前衰落荒败的芜城描绘得详尽充分，显示了这个都城命运的剧烈变化，将心中强烈的沧桑浮沉之感和浓重的忧伤情绪展现得精准到位。全篇极尽渲染之能事，繁辞俪藻，生动形象。语言随文势的缓急交变而长短错落，读来颇具顿宕之美，不愧为骈体抒情小赋的典范之作！

谢庄
（421—466）

字希逸，陈郡阳夏（今河南太康）人。其祖上为当时的名门高第陈郡谢氏，其父为南朝宋文帝时太常谢密。年少有才，七岁能撰文，精通《论语》。稍长而貌美，深得宋文帝赏识。二十岁入仕，历经宋文帝、宋孝武帝、宋明帝三朝。曾任太子舍人、东宫洗马。后期官拜礼部尚书、散骑常侍，授金紫光禄大夫，故又称"谢光禄"。

谢庄文才颇负盛名，时人多称道之。善写诗赋，据《宋书》记载约有四百余篇。然大多散佚不存，今可见者不及十一。现存赋文仅有两篇，《月赋》为其代表之作。

谢庄

月赋

陈王初丧应、刘[1],端忧多暇[2]。绿苔生阁,芳尘凝榭[3]。悄焉疚怀[4],不怡中夜[5]。乃清兰路,肃桂苑[6],腾吹寒山[7],弭盖秋阪[8]。临浚壑而怨遥[9],登崇岫而伤远[10]。于时斜汉左界[11],北陆南躔[12],白露暧空[13],素月流天[14]。沉吟齐章[15],殷勤陈篇[16]。抽毫进牍[17],以命仲宣[18]。

注 释

[1] 陈王:曹植,曾封陈王。应、刘:指建安七子中的应玚和刘桢。
[2] 端忧多暇:长时间处于忧愁。端忧:闲愁。
[3] 凝榭:凝聚在亭台上面。
[4] 悄焉:忧愁的样子。疚怀:伤心的样子。
[5] 中夜:半夜。
[6] 肃:清理,整肃。
[7] 腾吹:奏乐。
[8] 弭盖秋阪:把车停在秋天的山坡上。弭盖:停车。盖:车盖,指车子。阪:山坡。
[9] 浚:深。怨遥:与下文"伤远"同,都是因远方之人而伤怀的意思。
[10] 崇岫:高山。
[11] 斜汉:指倾斜在天空中的银河。汉:星汉。左界:在东方划下界限。
[12] 北陆南躔(chán):北陆星向南移动。躔:星星的移动。
[13] 暧:充满、遮盖的样子。
[14] 素月流天:形容皎洁月光洒满天空的样子。
[15] 齐章:指《诗经·齐风·东方之日》,其中有"东方之月兮"之句。
[16] 殷勤:认真地反复吟咏。陈篇:指《诗经·陈风·月出》。
[17] 抽毫进牍:抽出毛笔,进奉书简。指请人写作。
[18] 命:命体作赋。仲宣:建安七子中王粲的字。

仲宣跪而称曰：臣东鄙幽介[19]，长自丘樊[20]，昧道懵学[21]，孤奉明恩[22]。臣闻沉潜既义，高明既经，日以阳德，月以阴灵[23]。擅扶光于东沼[24]，嗣若英于西冥[25]。引玄兔于帝台[26]，集素娥于后庭[27]。朒朓警阙[28]，朏魄示冲[29]。顺辰通烛[30]，从星泽风[31]。增华台室[32]，扬采轩宫[33]。委照而吴业昌[34]，沦精而汉道融[35]。

[19] 东鄙幽介：王粲自谦。鄙，边境。王粲是山阳（今山东邹城）人，故自称"东鄙"。幽介：出身微贱。

[20] 丘樊：山林。

[21] 昧道懵学：不通于道，不明于学。

[22] 孤奉明恩：有负君王的圣明恩宠，这里的君王指曹植。孤：同"辜"，辜负。

[23] "臣闻"四句：我听说以天地为经义，以阴阳精华为日月。"沉潜""高明"分指天地。《尚书·洪范》："沉潜刚克，高明柔克。"

[24] 擅：占有。扶光：扶桑之光。扶桑是古代神木，传说日出其下。东沼：指汤谷，传说中的日出之处。《淮南子·天文训》："日出于旸谷，浴于咸池，拂于扶桑，是谓晨明。"旸谷即汤谷。

[25] 嗣：继续。若英：若木之花。西冥：指昧谷。昧谷是传说中的日落之处，此处有若木生长。

[26] 玄兔：月兔。帝台：天帝的楼台。

[27] 素娥：嫦娥。后庭：天帝的后宫。

[28] 朒（nù）朓（tiǎo）：古代农历月初在东方见月曰"朒"，月底在西方见月曰"朓"。警阙：指朒朓失度，警诫人君德行有缺。

[29] 朏（fěi）魄：新月的微光。冲：虚。指出现朏魄之象时，启示人君应该谦虚谨慎，不妄自尊大。

[30] 顺辰：顺着十二个时辰运行。通：普遍。烛：照耀。

[31] 从星泽风：古代认为月亮运行到一些星宿的位置就会产生风雨。《尚书·洪范》："月之从星，则以风雨。"泽：雨。

[32] 增华：增加光彩。

[33] 轩宫：轩辕的宫室。李善注引《淮南子》："轩辕者，帝妃之舍。"

[34] 委照：月光投下。吴业昌：李善注引《吴录》载，东吴孙策出生之时，其母曾梦见月亮入怀。

[35] 沦精：月光下落。汉道融：李善注引《汉书》载，汉元帝皇后的母亲也曾梦见月亮入怀，而生下元后。

谢 庄

若夫气霁地表[36]，云敛天末[37]，洞庭始波，木叶微脱。菊散芳于山椒[38]，雁流哀于江濑[39]。升清质之悠悠[40]，降澄辉之蔼蔼[41]。列宿掩缛[42]，长河韬映[43]。柔祇雪凝[44]，圆灵水镜[45]。连观霜缟[46]，周除冰净[47]。君王乃厌晨欢[48]，乐宵宴[49]，收妙舞，驰清县[50]。去烛房[51]，即月殿[52]，芳酒登[53]，鸣琴荐[54]。

若乃凉夜自凄[55]，风篁成韵[56]。亲懿莫从[57]，羁孤递进[58]。

[36] 气霁地表：雨过天晴，雾气从大地上散去。
[37] 云敛天末：乌云聚拢到天边。
[38] 山椒：山顶。
[39] 江濑（lài）：漫过沙石的急流。
[40] 清质：明月清朗的样子。悠悠：慢慢。
[41] 澄辉：清澈的月光。蔼蔼：柔和的样子。
[42] 列宿：众星。掩缛：指月光掩盖了众星璀璨。缛：繁。
[43] 长河：银河。韬：隐藏。映：光辉。
[44] 柔祇（qí）：古代认为大地阴柔，祇为地神。此处指大地。雪凝：形容月光铺洒的样子。
[45] 圆灵：古代认为天圆地方，所以此处指天。水镜：形容月光掩映下的天空清明如镜。
[46] 连观：相连的楼榭。霜缟：清霜似的洁白。
[47] 周除：周围的台阶。除：台阶。
[48] 厌晨欢：厌烦了白天的欢愉。
[49] 宵：晚上。
[50] 弛：废弃。清县：清丽高雅之乐。县：通"悬"，指悬挂的钟磬等乐器。
[51] 去：离开。
[52] 即：来到。月殿：有月光洒入的宫室。
[53] 登：端上来。
[54] 荐：演奏。
[55] 若乃：假设语。
[56] 风篁：风吹竹林的声音。
[57] 亲懿：至亲好友。莫从：没有人不跟从。
[58] 羁孤：漂泊孤苦的人。递进：纷纷到来。

月赋

聆皋禽之夕闻[59]，听朔管之秋引[60]。于是弦桐练响[61]，音容选和[62]。徘徊《房露》[63]，惆怅《阳阿》。声林虚籁[64]，沧池灭波[65]。情纡轸其何托[66]？愬皓月而长歌[67]。

歌曰："美人迈兮音尘阙[68]，隔千里兮共明月。临风叹兮将焉歇？川路长兮不可越！"歌响未终，余景就毕[69]。满堂变容，回遑如失[70]。又称歌曰："月既没兮露欲晞[71]，岁方晏兮无与归[72]。佳期可以还，微霜沾人衣[73]！"

陈王曰："善！"乃命执事[74]，献寿羞璧[75]。敬佩玉音[76]，复之无斁[77]。

[59] 皋禽：指鹤。夕闻：晚间的叫声。
[60] 朔管：笛子。秋引：商声，秋天的曲调。
[61] 弦桐：指琴。练响：调音选调。练：挑选。
[62] 音容：本义指人的声音相貌，这里指曲风。和：柔和，婉转。
[63] 《房露》：与下文《阳阿》皆古曲名。
[64] 声林：有风吹过沙沙作响的树林。虚籁：绝响。李善注："此言风将息也。"
[65] 沧池：被风吹起层层微波的水池。
[66] 纡轸：郁结沉痛的样子。
[67] 愬（sù）：面对。
[68] 迈：遥远。音尘：消息。阙：断绝。
[69] 就：将近。毕：结束。
[70] 回遑：茫然彷徨、怅然若失的样子。
[71] 晞：干。
[72] 晏：晚。语出《楚辞》中"岁既晏兮孰与归"之句。
[73] "佳期"二句：化用《楚辞》中"与佳人期兮夕张""微霜兮夜降"二句。还：再次。
[74] 执事：左右侍奉的差役。
[75] 献寿羞璧：进献玉璧，祝福长寿。羞：进奉。
[76] 佩：带。玉音：指王粲的辞赋。
[77] 复：指反复诵读。斁（yì）：厌烦。

谢庄

赏 析

　　《月赋》是一篇很有名的南朝小赋，其特色就在于擅写"物色"，融情于景，使风花雪月也动人心弦。谢庄在这篇小赋里虚构了一个场景，即曹植与王粲的一次夜会。文章一开始说"陈王初丧应、刘，端忧多暇"，是指汉献帝建安二十二年（217），应玚、刘桢等人相继去世。曹植痛失好友，心中抑郁难挨，于是趁月色正好，邀王粲等人一同夜宴遣怀。席间，王粲应曹植之请作了一篇小文。谢庄就借这篇虚拟的小文，道出了自己的心思。

　　古往今来咏月之人不少，这是因为月亮是一个象征永恒的符号。它照耀前人，也照耀来者；照耀此岸，也照耀彼方。人的生命与视野是有限的，但是月亮是不分古今普照大地的。唐代大诗人李白说"今人不见古时月，今月曾经照古人。古人今人若流水，共看明月皆如此"，就是这个意思。对于渺小的普通人来说，我们向往月亮，也憧憬月亮。谢庄深谙此意，所以他写《月赋》不同别家。他不直写月，是因为主旨不在月，而在人。他写的是愁人对月，故而文中不止有月，更有愁思，立意不可谓不高远。愁人对月，对的是天边之月，更是心中之月。天边之月远，心中之月近。自然有道，天边之月是不会为人所改变的。所谓"沉潜既义，高明既经，日以阳德，月以阴灵"。在古人看来，宇宙和自然，正因其永世不变的运转规律，而拥有至高无上的神圣地位。日与月的起落，还有月亮的"朒朓""朏魄"，无不代表着神灵的话语。但日月无私，人人皆可沐浴其光。比起光芒万丈的太阳，月亮又是温柔的。她曾在万千静谧又寒冷的深夜，给寂寞的人带去无声的陪伴与慰藉。所以人们习惯于月下怀人，在纯粹的孤独中对话自己的灵魂。这个人，也许是漂泊他乡的羁旅之客，也许是壮志未酬的游子，是辗转反侧的情郎，或是待字闺中的美人。思人与怀乡，是在缱绻月色下最适合做的事。透过一扇窗，月光照进柔软的内心。文中说，陈王初丧应、刘，而独自沉吟《诗经》，一叹"东方之月兮，彼姝者子，在我闼兮"，一叹"月出皎兮，佼人僚兮"，这声声句句也都是怀人。因此古往今来

的文人才子,几乎都绕不过月亮的主题。

虽然是赋体,谢庄的这篇抒情小赋在语言上还是颇为精当的。他善于写景,尤其善用清丽的文字刻画景物细节。不过分雕饰,也不铺张浪费。比如他写"若夫气霁地表"这一段,涉及云雾、水波、草木、哀雁等,像绘画一样,每处着墨都不多,只略略带过,就已经形成了一幅完整的构图。而后再设色,突出他要描绘的重点——月色。我们看他所用的语言,"升清质之悠悠,降澄辉之蔼蔼。列宿掩缛,长河韬映。柔祇雪凝,圆灵水镜。连观霜缟,周除冰净",是非常干净通透不堆砌的。他写月光的时候注意到了与周边山水、建筑的交相呼应,使其提笔所到之处都仿佛笼上了一层朦胧的清冷。神韵凄婉,风度飘然,骈散结合,一字一珠。而从文章的布局上我们可以发现,作者的视野是由远而近的。从宇宙宏大,日月交接;回到山椒江濑,洞庭微波;再聚焦到文中的王粲所在的这一场君王与游子的"宵宴",月亮离我们越来越近。当众人"去烛房,即月殿"时,谢庄笔下的月便是触手可及的堂前明月光了。席上的每个人,皆对月而愁。他们或用酒,或借丝竹,致敬遥远的明月,寄托千里的思念。他们吟唱"美人迈兮音尘阙,隔千里兮共明月";"月既没兮露欲晞,岁方晏兮无与归"。唱完之后,满堂变容,回遑如失,泣涕沾衣。我们细看这几句歌词,便可发现它们是本文的文眼。谢庄所要抒发的情与理都在这几句歌词之中。

古人说,日月不淹,春秋代序,草木零落,美人迟暮。人们总是在不经意中就离开了自己的故乡,失去了心爱的姑娘。人生有尽头,日月无绝期,我们在寄托情思于日月的同时,也只能被这反反复复的轮回给吞噬。但是,那一抹心头的白月光,却从未被忘记。就如同天上的明月,虽然照耀着人间百态,却永不会沾染世俗凡尘。作者妙笔生花,通过铺垫许多美丽的意象,把景致、情致与理趣很自然地排列出一个层次,让这篇《月赋》看上去浑然一体,引人入胜。后人能共此情者,但赞谢庄此作"前不见古人,后不见来者,昔陈王何足尚邪"(宋武帝语)。

江淹

（444—505）

　　字文通，南朝诗人，辞赋家。原籍济阳考城（今河南兰考），先世于晋室渡江时迁往江南。少时孤贫好学，博览群书，留意文章，能诵咏二十万言。宋明帝泰始二年（466）为建平王刘景素幕僚，待以"布衣之礼"，颇受礼遇。后萧道成废宋建齐，他历任中书侍郎、尚书左丞、国子博士和御史中丞等职。梁武帝萧衍代齐后，江淹官拜金紫光禄大夫。梁武帝天监四年（505）卒，谥"宪伯"，武帝为之穿孝举哀。其生平事迹见于《梁书》。江淹一生历宋、齐、梁三朝，但优秀作品多作于早年仕途坎坷之时，后来仕途得意，便无佳作。原有其集三十卷，后散佚。明人张溥辑有《江令君集》一卷，收入《汉魏六朝百三家集》。

别赋

　　黯然销魂者[1],唯别而已矣!况秦、吴兮绝国[2],复燕、宋兮千里[3]。或春苔兮始生,乍秋风兮暂起[4]。是以行子肠断[5],百感凄恻。风萧萧而异响[6],云漫漫而奇色。舟凝滞于水滨,车逶迟于山侧[7]。棹容与而讵前[8],马寒鸣而不息。掩金觞而谁御[9]?横玉柱而沾轼[10]。居人愁卧[11],恍若有亡[12]。日下壁而沉彩[13],月上轩而飞光[14]。见红兰之受露[15],望青楸之离霜[16]。巡曾楹而空掩[17],抚锦幕而虚凉。知离梦之踯躅,意别魂之飞扬。

注　释

[1] 黯然:沮丧。销魂:魂魄因外界刺激而离体,形容极度悲伤。
[2] 秦、吴:古国名。春秋战国时期,秦国在西北(今陕西一带),吴国在东南(今江苏、浙江一带),相去甚远。绝国:相去甚远的诸侯国。绝:极远。
[3] 燕、宋:古国名。春秋战国时期,燕国在今河北北部,宋国在河南,相距遥远。
[4] 乍:猛然。暂:突然。
[5] 行子肠断:出门在外的游子悲伤欲绝。鲍照《代东门行》:"野风吹秋木,行子心肠断。"
[6] 萧萧:风声,拟声词。《史记·刺客列传》记载燕国刺客荆轲歌曰:"风萧萧兮易水寒,壮士一去兮不复还。"
[7] 逶(wēi)迟:迂回难进。
[8] 棹:船桨。容与:迟缓不进的样子。讵(jù):不。
[9] 掩:覆,盖住。御:用,此处指饮酒。
[10] 玉柱:乐器上的弦枕木,此处代指琴、筝类乐器。轼:车前横木。
[11] 居人:留守在家的人。
[12] 恍:失意不安。
[13] 沉彩:隐没了光彩。
[14] 轩:窗。
[15] 红兰:秋兰,至秋色红。
[16] 楸(qiū):落叶乔木。离:通"罹",遭受。
[17] 曾(zēng):高。楹:堂前柱子,此处指房屋。掩:掩面而泣。

江淹

故别虽一绪[18]，事乃万族[19]。至若龙马银鞍[20]，朱轩绣轴[21]，帐饮东都[22]，送客金谷[23]。琴羽张兮箫鼓陈，燕赵歌兮伤美人。珠与玉兮艳暮秋，罗与绮兮娇上春。惊驷马之仰秣[24]，耸渊鱼之赤鳞[25]。造分手而衔涕[26]，感寂漠而伤神。

乃有剑客惭恩[27]，少年报士[28]，韩国赵厕[29]，吴宫燕市[30]，割慈忍爱，离邦去里，沥泣共诀[31]，抆血相视[32]。驱征马而不顾，见行尘之时起。方衔感于一剑[33]，非买价于泉里[34]。金石

[18] 一绪：同一种情绪。
[19] 族：种类。
[20] 龙马：骏马。《周礼·夏官司马》："马八尺以上为龙。"
[21] 朱轩：涂着红漆的车厢。绣轴：有彩饰的车轴。
[22] 帐饮：古人离别，常设帐郊外饮酒饯行。东都：指长安东都门。
[23] 金谷：即金谷园，西晋石崇于金谷涧所造的名园，在洛阳西北。
[24] 驷马：古代称四匹马拉的车为驷。仰秣：马仰头嚼草料的样子。
[25] 耸：跃出水面。
[26] 造：到。衔涕：含泪。
[27] 惭恩：惭愧于未能报答主人的知遇之恩。
[28] 报士：勇于报仇之士。
[29] 韩国：指战国时聂政以刺杀韩相侠累来报答严仲子知遇之恩的故事。赵厕：指战国初期晋国智氏为赵襄子所灭，其客卿豫让化装埋伏在厕所里，想刺死赵襄子的故事。
[30] 吴宫：指春秋时吴公子光设谋宴请吴王僚，刺客专诸用藏在鱼腹中的匕首将吴王僚刺死的故事。燕市：指荆轲与朋友高渐离等饮于燕国街市，后感燕太子丹恩遇，赴秦国刺杀秦王，失败被杀，高渐离为给荆轲报仇又一次入秦刺杀秦王的故事。以上事均见于《史记·刺客列传》。
[31] 沥：水下滴。诀：别。
[32] 抆（wěn）：揩拭。
[33] 衔感：怀着知遇报恩的情感。一剑：仗剑行刺。
[34] 买价：换取名声。泉里：黄泉之下，指丧生。

震而色变[35],骨肉悲而心死[36]。

或乃边郡未和,负羽从军[37]。辽水无极[38],雁山参云[39]。闺中风暖,陌上草薰[40]。日出天而耀景[41],露下地而腾文[42]。镜朱尘之照烂[43],袭青气之烟煴[44]。攀桃李兮不忍别,送爱子兮沾罗裙[45]。

至如一赴绝国,讵相见期?视乔木兮故里[46],决北梁兮永辞[47]。左右兮魂动,亲宾兮泪滋。可班荆兮赠恨[48],唯樽酒兮叙悲[49]。值秋雁兮飞日,当白露兮下时。怨复怨兮远山曲,去

[35] 金石震而色变:言荆轲刺秦王事。《燕丹子》载,荆轲与秦舞阳入秦,于咸阳宫见秦王嬴政,"钟鼓并发,群臣皆呼万岁。武阳大恐,两足不能相过,面如死灰色"。金石:指钟鼓、磬之类的乐器。
[36] 骨肉悲而心死:言聂政刺侠累事。《史记·刺客列传》载,聂政刺死侠累,毁容自杀,被暴尸于市。韩国以千金求能识者,但没人能认出来。他的姐姐聂荣听说后,来到韩国,伏尸而哭,并云"妾其奈何畏殁身之诛,终灭贤弟之名","於邑悲哀而死政之旁"。
[37] 羽:羽毛,代指箭。
[38] 辽水:辽河,主要流经辽宁。
[39] 雁山:雁门山,在今山西代县附近。参云:高耸入云。
[40] 陌:田野小路。薰:香气。
[41] 景:光。
[42] 腾文:呈现光彩。
[43] 镜:映照。朱尘:阳光照耀下呈现的红色轻尘。照烂:明丽的样子。
[44] 袭:蒙受。青气:春天清新之气。烟煴(yūn):云烟弥漫的样子。
[45] "攀桃李"二句:折取桃李树枝送别从军的亲人,以表达内心的依依不舍。母亲送别心爱的孩子,泪水沾湿衣裙。
[46] 乔木:本义是高大的树木,古代以乔木代指故国旧都。王充《论衡·佚文》:"睹乔木,知旧都。"
[47] 决:通"诀",告别。北梁:北边的桥梁。《楚辞·九怀》:"济江海兮蝉蜕,决北梁兮永辞。"永辞:永别。
[48] 班荆:铺荆草于地。谓旧友相遇,相谈甚欢。《左传·襄公二十六年》:"伍举与声子相善也……伍举奔郑,将遂奔晋。声子将如晋,遇之于郑郊,班荆相与食,而言复故。"班:布,铺。
[49] 唯樽酒兮叙悲:化用苏武诗:"我有一樽酒,欲以赠远人。愿子留斟酌,叙此平生亲。"樽:酒杯。

江淹

复去兮长河湄。

又若君居淄右[50]，妾家河阳[51]，同琼珮之晨照[52]，共金炉之夕香。君结绶兮千里[53]，惜瑶草之徒芳[54]。惭幽闺之琴瑟，晦高台之流黄[55]。春宫閟此青苔色[56]，秋帐含兹明月光。夏簟清兮昼不暮[57]，冬釭凝兮夜何长[58]！织锦曲兮泣已尽，回文诗兮影独伤[59]。

倘有华阴上士[60]，服食还山[61]。术既妙而犹学，道已寂而未传[62]。守丹灶而不顾[63]，炼金鼎而方坚[64]。驾鹤上汉[65]，骖鸾腾天[66]。暂游万里，少别千年[67]。惟世间兮重别，谢主人兮

[50] 淄右：淄水（在今山东）西。
[51] 河阳：黄河北岸。
[52] 琼珮：玉制佩饰。晨照：晨光。
[53] 结绶：指出仕做官。绶：系官印的带子。
[54] 瑶草：香草，喻闺中妇人。
[55] "惭幽闺"二句：思妇独自在家，思念远方的亲人，虽有琴瑟但无心弹奏；孤独伤怀，不忍拉开高台的帷幕眺望远方。流黄：黄色的绢，此处代指帷幔。
[56] 春宫：指春闺。閟（bì）：闭，掩闭。
[57] 簟（diàn）：竹席。
[58] 釭（gāng）：灯。凝：凝聚。
[59] "织锦"二句：借苏蕙事写妻子对于远方丈夫的思念。《晋书·列女传·窦滔妻苏氏》载，十六国时期前秦窦滔久戍不归，其妻苏蕙（字若兰）因思念丈夫，织成一块八寸见方的五色锦缎，再用文字织成回文诗，凡八百多字，无论反读、横读、斜读、交互读，退一字读，迭一字读，均可成诗。回文诗：一种来回往复都有文意的诗。
[60] 倘有：或有。上士：高明之士，此处指道士。
[61] 服食：道家服用丹药以求长生。还山：此处指成仙。
[62] "术既妙"二句：言法术已经很精妙，依然继续学习；道行已颇深，但仍觉尚未得到前辈的真传。寂：幽深。
[63] 丹灶：炼丹炉。不顾：不眷恋人间事。
[64] 金鼎：炼丹熬药的器皿。方坚：意志坚定。
[65] 汉：银河。
[66] 骖（cān）：三匹马同驾一车，此处指驾驭。鸾：一种传说中类似凤凰的鸟。
[67] "暂游"二句：一刹那便可行游万里之遥，天上小别，人间已是千年。

依然[68]。

下有芍药之诗,佳人之歌。桑中卫女,上宫陈娥[69]。春草碧色,春水渌波[70],送君南浦[71],伤如之何!至乃秋露如珠,秋月如珪[72]。明月白露,光阴往来。与子之别,思心徘徊。

是以别方不定[73],别理千名[74]。有别必怨,有怨必盈。使人意夺神骇,心折骨惊。虽渊、云之墨妙[75],严、乐之笔精[76],金闺之诸彦[77],兰台之群英[78],赋有凌云之称[79],辩有雕龙之声[80],谁能摹暂离之状,写永诀之情者乎?

---

[68] "惟世间"二句:世间看重离别,依依不舍地同主人告别。惟:助词,用于句首,无实义。谢:辞别。依然:依恋不舍的样子。
[69] "下有"四句:写世间男女相恋之事。下有:还有。芍药之诗:语出《诗经·郑风·溱洧》:"维士与女,伊其相谑,赠之以勺药。"佳人之歌:指李延年为汉武帝进李夫人时唱的歌:"北方有佳人,绝世而独立。一顾倾人城,再顾倾人国。宁不知倾城与倾国,佳人难再得!"桑中:卫国地名。上官:陈国地名。二者都是男女约会的地点。卫女、陈娥:均指恋爱中的少女。
[70] 渌(lù)波:清澈的水。
[71] 送君南浦:化用屈原《九歌·河伯》:"子交手兮东行,送美人兮南浦。"南浦:泛指男女离别之地。
[72] 珪:古玉器名。长条形,上端作三角形,下端正方,中国古代贵族朝聘、祭祀、丧葬时以之为礼器。依其大小,以别尊卑。亦作"圭"。
[73] 方:情形。
[74] 理:理由,原因。
[75] 渊:王褒,字子渊。云:扬雄,字子云。二人皆为汉武帝时文士。
[76] 严:严安。乐:徐乐。二人也都是汉武帝时文士。
[77] 金闺:指汉代长安求见皇帝的人聚候的金马门。彦:才学之士。
[78] 兰台:汉代官廷藏书、著书、治学的地方,设有兰台令史。
[79] 凌云:《史记·司马相如列传》载,汉武帝读了司马相如的《大人赋》后"飘飘有凌云之气",后人即以"凌云之气"称司马相如的赋。
[80] 雕龙:雕绘的龙,这里用以形容战国时期齐国稷下学官中道家学者驺奭的辩才。《史记·孟子荀卿列传》载,驺奭为文雄辩滔滔,齐人称其为"雕龙奭"。声:名声。

江淹

赏 析

  赋这一文体起于汉，承先秦楚辞的骚体文学而来。所以古人写赋也继承楚骚，格外注意辞藻的华美与句式的错落。西汉时人都爱写大赋，渲染铺叙，洋洋洒洒。后来东汉才流行起抒情小赋的写法，从生活着眼，把一些个人的情怀揉到诗句里去。不过要说起抒情小赋的盛行，大概还是要数魏晋南北朝了。江淹的《别赋》大约写于他被贬为建安吴兴县令期间。当时正处刘宋末期，战乱频繁，民不聊生，许多人被迫背井离乡，流离失所，江淹也不例外。正是这种经历和遭遇，使他对人世间的离愁别绪有了更深刻的体会，由此写下此篇。

  文章开头说："黯然销魂者，唯别而已矣！"生离死别是人一辈子最难成功的修行。文学史上以"离别"为主题的诗文众多，或是送别亲友，或是去国离乡，每一次都是解不开的愁。江淹在云游途中，感觉"风萧萧而异响，云漫漫而奇色"，风声和云影都不是昔日的样子，好像格外凄恻。会产生这种体验也许是外物的关系，也许只是游子自己内心异样所致。太过伤感就导致以我观物，物皆着我之色彩。那船仿佛困在水中无法动弹，那车也变得迂回难行；船桨沉重得好像划不动，拉车的马儿在原地哀鸣不断。这所有的一切，其实都是作者的主观感受。是他自己依依不舍，寸步难行。他挂念着家里的人，想必家里的人也挂念着他。于是他就分写两方，既表现游子的不舍，也写居家人的不安。日落西沉，月上幽窗，"知离梦之踯躅，意别魂之飞扬"。这一句写的是在家等待的人辗转难眠，魂梦相牵。当然，离别的苦楚是要双方承担的，怎么会有单独好过的一方呢？

  江淹思及此处，道"故别虽一绪，事乃万族"。离别总是难过，但难过的缘由各有各的不同。下文中他列举了六种情形，借用典故加以描绘，用清丽之辞作画人间。所以，这篇《别赋》不是为一时一事而作，而是一个关于人生大问题的探讨。它的特别之处在于作者虽然采用了赋体文学这种浪漫的书写方式，但文章的内容却带有现实主义的风格。就在这一幕幕的切换间，我们已把世间百态尽收

别赋

眼底：

一是富贵人家的离别。富人纵有千般好，人生难免离别情。"龙马银鞍，朱轩绣轴，帐饮东都，送客金谷。"琴羽箫鼓，朱玉罗绮，万般奢华，无限热闹。但一到了分别的时刻，无不寂寞而涕下。所以金钱价高，竟不及真情可贵。二是剑客侠士的离别。像荆轲、聂政这些人，他们为报恩而割慈忍爱，不求留名，不计得失，明知难以回头也慷慨赴死。车辚辚，马萧萧，英雄的背影消失在行尘里，这凄怆的画面背后是骨肉分离的心碎。三是从军将士驻守边关的离别。《木兰辞》里说"将军百战死，壮士十年归"，杜甫的《从军行》里说"去时里正与裹头，归来头白还戍边"，写的也是这种情况。江淹在此描绘了"辽水无极，雁山参云"，与"闺中风暖，陌上草薰"形成了对比。山一程，水一程，风一更，雪一更。送别之人不忍别，徒留萋萋芳草情。四是亲友远走他乡的离别。古时交通那样不便，太平时期尚能依靠一纸信笺，若是战乱走散，更是生死难晓，各自流落。所以作者特意描画了别前的饯行，"可班荆兮赠恨，唯樽酒兮叙悲"，带人重回这最后的时刻。五是男女的离别。青梅竹马、两情相悦的男女曾经"同琼珮之晨照，共金炉之夕香"，以后却要天各一方，"惭幽闺之琴瑟，晦高台之流黄"，何其凄凉。这其中的意味让人想起后来王昌龄的一首《闺怨》诗："闺中少妇不知愁，春日凝妆上翠楼。忽见陌头杨柳色，悔教夫婿觅封侯。"最后，是道士脱俗飞升的场景。这个场景虽然有些奇妙，但道理却极真挚。天上一日，地上一年，成仙以后的离别到底是喜是悲？"惟世间兮重别，谢主人兮依然。"

以上是江淹的想象，也是真实的人间百态。艺术来源于生活，他所描画的这些场景不分大小，不分轻重，个个难舍难分，逼真动人。即使是在当下，也能够引起人的共鸣。千百年来，我们的情思与忧愁一直都是一脉相承的，初心并不曾改变。只是即便他写了这么多，做到了层层剖析，也还是感叹"谁能摹暂离之状，写永诀之情"。可见，就算有才如江淹，人生中也总会有些言不尽意的时刻。

孔稚珪
（447—501）

一作孔珪，字德璋，会稽山阴（今浙江绍兴）人，南朝文学家。少有美誉，宋时州举秀才，解褐为安成王车骑法曹参军，转尚书殿中郎。萧道成（齐高帝）为骠骑将军，取为记室参军，与江淹对掌辞笔。入齐官至南郡太守，迁太子詹事，加散骑常侍，卒赐金紫光禄大夫，《南齐书》《南史》均有其传。史称其"风韵清疏"，"居宅盛营山水"，以庭蛙当"两部鼓吹"。所作《北山移文》寓庄于谐，对言不由衷的世俗名利之士妙加讥刺，深为后人叹赏。明人张溥辑有《孔詹事集》，收入《汉魏六朝百三家集》。

北山移文 [1]

钟山之英[2]，草堂之灵[3]。驰烟驿路[4]，勒移山庭[5]。

夫以耿介拔俗之标[6]，萧洒出尘之想[7]，度白雪以方洁[8]，干青云而直上[9]，吾方知之矣。若其亭亭物表[10]，皎皎霞外，芥千金而不眄[11]，屣万乘其如脱[12]，闻凤吹于洛浦[13]，值薪歌于延濑[14]，固亦有焉。岂期终始参差[15]，苍黄翻覆[16]，泪翟子

注 释

[1] 北山：即钟山，又名蒋山、紫金山，在今江苏南京东郊。移文：一种文体，相当于现在的通告、文告。
[2] 英：神灵。
[3] 草堂：假隐士周颙在钟山的隐舍。灵：神灵。
[4] 驰烟：由于车马飞驰而扬起的烟尘。驿路：古代通驿车的大路。
[5] 勒：刻。移：移文。《文心雕龙·檄移》："移者，易也，移风易俗，令往而民随者也。"山庭：山崖。
[6] 耿介：光明正直。拔俗：超越流俗之上。标：风度，格调。
[7] 萧洒：即"潇洒"，洒脱无拘的样子。出尘：超出世俗之外。
[8] 度：比量。方：比。
[9] 干：触，凌驾。
[10] 亭亭：高耸。物表：万物之上。
[11] 芥：小草，此处用作动词，视之为草芥。眄：斜着眼睛看。
[12] 屣：草鞋，此处用作动词，视之为草鞋。万乘：指天子。周代制度规定，天子地方千里，出兵车万乘，故以为乘指天子。
[13] 闻凤吹于洛浦：在洛水边听吹笙演奏出的凤鸣声。浦：水边。周灵王的太子晋（即王子乔）好吹笙作凤鸣，常游于伊、洛之间。
[14] 值薪歌于延濑：在延水岸边听樵歌。《文选》吕向注："苏门先生游于延濑，见一人采薪，谓之曰：'子以终此乎？'采薪人曰：'吾闻圣人无怀，以道德为心，何怪乎而为哀也。'遂为歌二章而去。"值：碰到。延：延水，在今陕西延川。濑：水流沙上为濑。
[15] 参差：不齐，不一致。
[16] 苍黄：青色和黄色。翻覆：变化无常。

孔稚珪

之悲[17]，恸朱公之哭[18]。乍回迹以心染[19]，或先贞而后黩[20]，何其谬哉！呜呼！尚生不存[21]，仲氏既往[22]，山阿寂寥，千载谁赏！

世有周子[23]，隽俗之士，既文既博，亦玄亦史[24]。然而学遁东鲁[25]，习隐南郭[26]，偶吹草堂[27]，滥巾北岳[28]，诱我松桂，欺我云壑。虽假容于江皋，乃缨情于好爵[29]。其始至也，将欲

[17] 翟子：墨翟，春秋时期墨家学派的代表人物。他见练丝而泣，为其可以黄可以黑。
[18] 朱公：杨朱。春秋战国之际的思想家，生平事迹不详，其学说散见于《庄子》。杨朱见歧路而哭，为其可以南可以北。
[19] 乍：初。回迹：走回头路，即不再隐居。心染：心里牵挂仕途名利。
[20] 贞：洁。黩：污浊。
[21] 尚生：尚子平，东汉隐士。
[22] 仲氏：仲长统，字公理，山阳人，东汉隐士，著《昌言》。
[23] 周子：指周颙，字彦伦，汝南（今河南汝南）人。
[24] 亦玄亦史：《南齐书·周颙传》称周颙涉百家，长于佛理，兼善《老》《易》。玄：道家之学。史：史学。
[25] 学遁东鲁：学习隐遁在东鲁的颜阖。遁：隐去。东鲁：指颜阖。《庄子·让王》："鲁君闻颜阖得道之人也，使人以币先焉。颜阖守陋闾，苴布之衣，而自饭牛。鲁君之使者至，颜阖自对之。使者曰：'此颜阖之家与？'颜阖对曰：'此阖之家也。'使者致币。颜阖对曰：'恐听谬而遗使者罪，不若审之。'使者还，反审之，复来求之，则不得已。故若颜阖者，真恶富贵也。"
[26] 习隐南郭：学习隐居的南郭子綦。南郭：南郭子綦。《庄子·齐物论》："南郭子綦隐机而坐，仰天而嘘，荅焉似丧其耦。"
[27] 偶吹：杂合众人吹奏乐器。南朝梁简文帝萧纲《草堂传》："汝南周颙，昔经在蜀，以蜀草堂寺林壑可怀，乃于钟岭雷次宗学馆立寺，因名草堂，亦号山茨。"
[28] 滥巾：滥戴隐士头巾，冒充隐士。巾：隐士所戴的头巾。北岳：北山。
[29] 缨情：系情，念念不忘。

北山移文

排巢父[30]，拉许由[31]，傲百氏[32]，蔑王侯。风情张日[33]，霜气横秋[34]。或叹幽人长往[35]，或怨王孙不游[36]。谈空空于释部[37]，覈玄玄于道流[38]。务光何足比[39]，涓子不能俦[40]。

及其鸣驺入谷[41]，鹤书赴陇[42]，形驰魄散，志变神动。尔乃眉轩席次[43]，袂耸筵上[44]，焚芰制而裂荷衣[45]，抗尘容而走俗状[46]。风云凄其带愤，石泉咽而下怆[47]，望林峦而有失，顾草木而如丧。

[30] 巢父：与下文许由都是尧时隐士。西晋皇甫谧《高士传》："尧让天下于许由……不受而逃去……尧又召为九州长，由不欲闻之，洗耳于颖水滨。时其友巢父牵犊欲饮之，见由洗耳，问其故。对曰：'尧欲召我为九州长，恶闻其声，是故洗耳。'巢父曰：'……污吾犊口。'牵犊上流饮之。"
[31] 拉：折辱。
[32] 百氏：诸子百家。
[33] 张：张大。
[34] 横：弥漫。
[35] 幽人：隐士。
[36] 王孙：指贵族子弟。《楚辞·招隐士》："王孙游兮不归，春草生兮萋萋。"
[37] 空空：佛家语。佛教认为万事皆空，谓空亦空也。释部：佛家之书。
[38] 覈（hé）：研究。玄玄：道家玄远之理。《老子》："玄之又玄，众妙之门。"道流：道家之学。
[39] 务光：夏时高士。《列仙传》："务光者，夏时人也……殷汤伐桀，因光而谋。光曰：'非吾事也。'汤得天下，已而让光，光遂负石沉寥水而自匿。"
[40] 涓子：春秋时期的隐士。《列仙传》："涓子者，齐人也。好饵术……隐于宕山……"俦：匹敌。
[41] 鸣驺（zōu）：古代权贵人物出行，随行的骑卒要先在前面吆喝开道，称为鸣驺。鸣：引马喝道。驺：随从的骑士。
[42] 鹤书：指征召的诏书，因诏板所用的书体如鹤头，故称。陇：山阜。
[43] 尔：这时。轩：高扬。次：座位。
[44] 袂耸：衣袖高举。
[45] 芰制、荷衣：芰荷制成的隐者衣服。《离骚》："制芰荷以为衣兮，集芙蓉以为裳。"
[46] 抗：举。尘容：趋炎附势之态。走俗状：呈现出恶俗之态。
[47] 咽：悲泣。怆：怨怒。

孔稚珪

　　至其纽金章[48]，绾墨绶[49]，跨属城之雄[50]，冠百里之首[51]，张英风于海甸[52]，驰妙誉于浙右[53]。道帙长殡[54]，法筵久埋[55]。敲扑喧嚣犯其虑[56]，牒诉倥偬装其怀[57]。琴歌既断，酒赋无续，常绸缪于结课[58]，每纷纶于折狱[59]。笼张、赵于往图[60]，架卓、鲁于前箓[61]。希踪三辅豪[62]，驰声九州牧[63]。

　　使我高霞孤映，明月独举，青松落阴，白云谁侣？涧户摧绝无与归[64]，石径荒凉徒延伫[65]。至于还飙入幕[66]，写雾出楹[67]，蕙帐空兮夜鹄怨，山人去兮晓猿惊。昔闻投簪逸海岸[68]，今见解

---

[48] 纽：印纽，印章上用来挂丝绳的部分，这里用作动词，系。金章：铜印。
[49] 绾（wǎn）：系。墨绶：黑色的印带。金章、墨绶为当时县令所佩戴。
[50] 跨属城之雄：一郡所辖的诸县中最强盛的，此言海盐为诸城之冠也。周颙后应诏出为海盐令，即今浙江海盐，是当时较为富庶强盛的县。
[51] 冠百里之首：在诸县中首屈一指。百里：县大多属地百里，故云。
[52] 张：播，扬。英风：美好的名声。海甸：海滨。
[53] 驰：传。浙右：今浙江绍兴一带。
[54] 道帙：道家之书。帙：书套，这里代指书籍。"殡"：埋葬。
[55] 法筵：佛家说法的讲坛。埋：废弃。
[56] 敲扑：拷讯犯人时用的鞭杖。
[57] 牒诉：诉讼的状纸。倥偬（kǒngzǒng）：忙乱。装：满也。
[58] 绸缪：纠缠。结课：计算赋税。
[59] 每：常。纷纶：忙乱。折狱：判理案件。
[60] 笼：笼盖，超越。张、赵：张敞、赵广汉，都是西汉名臣。往图：过去的记载。
[61] 架：超越。卓、鲁：卓茂、鲁恭，都是东汉名臣。箓：簿籍。
[62] 希踪：追慕踪迹。三辅：汉代称京兆尹、左冯翊、右扶风为三辅。豪：州郡官吏中之杰出者。
[63] 九州：指天下。牧：地方长官。
[64] 涧户：山涧中的陋室，隐士隐居之处。摧绝：倒塌崩落。
[65] 延伫：引颈而长望。
[66] 还飙：回风，旋风。
[67] 写：后作"泻"。楹：屋柱。
[68] 投簪：扔掉冠簪，指放弃做官。簪：古时连结官帽和头发的用具。逸：隐遁。

兰缚尘缨[69]。

于是南岳献嘲，北垄腾笑，列壑争讥，攒峰竦诮[70]。慨游子之我欺，悲无人以赴吊。故其林惭无尽，涧愧不歇，秋桂遣风，春萝罢月。骋西山之逸议[71]，驰东皋之素谒[72]。

今又促装下邑[73]，浪栧上京[74]，虽情投于魏阙[75]，或假步于山扃[76]。岂可使芳杜厚颜，薜荔无耻，碧岭再辱，丹崖重滓，尘游躅于蕙路，污渌池以洗耳[77]。宜扃岫幌[78]，掩云关，敛轻雾，藏鸣湍。截来辕于谷口，杜妄辔于郊端[79]。于是丛条瞋胆[80]，叠颖怒魄[81]。或飞柯以折轮[82]，乍低枝而扫迹。请回俗士驾，为君谢逋客[83]。

[69] 兰：兰花，此处指用兰花做的佩饰，为隐士所佩戴。缚尘缨：束缚于尘世间的冠带，指做官。
[70] 攒峰：攒聚的山峰。竦诮：嘲笑，讥讽。
[71] 逸议：隐逸高士的清议。
[72] 素谒：高尚有德者的言论。
[73] 促装：束装。下邑：指原来做官的县邑。
[74] 浪栧（yì）：驾舟。栧：通"枻"，船舷。
[75] 魏阙：高大的门楼，此处指朝廷。
[76] 假步：借住。山扃：山门，此处指北山。
[77] 渌（lù）池：清池。
[78] 扃：门，此处用作动词，关闭。岫幌：指山的门户。
[79] 杜：堵塞。妄辔：肆意乱闯的车马。
[80] 丛条：繁多的树枝。瞋胆：气坏了肝胆，极言愤怒。
[81] 颖：谷麦穗子上的针须。
[82] 折轮：打折车轮。
[83] 君：指北山神灵。逋（bū）：逃。

孔稚珪

赏 析

　　孔稚珪是南朝人，出身仕宦家庭，博学能文。《南齐书》中说他："不乐世务，居宅盛营山水，凭几独酌，傍无杂事。门庭之内，草莱不剪，中有蛙鸣。"他喜爱山水，对于那些以退为进、假意隐居山林的隐士很是鄙夷。移文这种文体类似檄文，他用移文来晓谕对方，本身就颇具批判意味。文中的主角北山就是钟山，在建康城以北。按五臣注《文选》吕向注云："钟山在都北。其先，周彦伦（即周颙）隐于此山，后应诏出为海盐县令，欲却过此山。孔生乃假山灵之意移之，使不许得至。"孔稚珪借此事作文，一则讽刺了周颙虚伪的品性，以此祭奠"钟山之英，草堂之灵"，二则也揭露了当时社会上的假隐士风气。

　　文章的内容并不复杂。一开始，孔稚珪先概括地说："夫以耿介拔俗之标，萧洒出尘之想，度白雪以方洁，干青云而直上，吾方知之矣。"有一种隐士人格超群，耿介拔俗，潇洒出尘，干净得仿佛白雪，高洁得可以攀附青云。还有一种隐士，"亭亭物表，皎皎霞外，芥千金而不眄，屣万乘其如脱，闻凤吹于洛浦，值薪歌于延濑"。他们亭亭皎皎，享乐人间，视金钱如粪土，超然于天地万物。然后他笔锋一转，道"岂期终始参差，苍黄翻覆"，这些人竟然牵挂仕途，走上了回头之路。一开始是贞洁的，后来又去同流合污，这真是"何其谬哉"！接着再引出正题：在这之中，周颙就是其中之一。在切入主题后，作者主要围绕周颙隐居北山之初到后来欣然奔赴官场的转变来抒发议论。"世有周子，隽俗之士"，"隽俗"就是不俗。孔稚珪说他"既文既博，亦玄亦史"，把巢父、许由、务光、涓子都不放在眼里，"傲百氏，蔑王侯"，风度气质高傲凛然。然而这样的一个人，实际上却身在山林，心怀魏阙。"或叹幽人长往，或怨王孙不游"，一会儿谈佛，一会儿讲道，满口谎言。等到受诏应征之后，便立刻"形驰魂散，志变神动"，一改往日的态度。再到他升为一郡之首时，更是"敲扑喧嚣"，"牒诉倥偬"，俗不可耐。

　　孔稚珪在塑造这个假隐士的形象时颇有一套，大肆运用对比的

手法。一来这个假隐士本身的经历就很有说服力，让人一知道他的所作所为就对他心生厌恶；二来孔稚珪在描写的时候也用了一些夸张的手法，就使他"好"的时候更好，坏的时候更坏，加大了他变脸前后的人格落差。比如，上文也提到他自诩博学又清高，把谁都不放在眼里，但是接到诏书后，他又是挑眉，又是挥袖，仪态也忘了，整个变了一个人。更有甚者，他还把以往的东西撕的撕，烧的烧，一点儿都不留情。于是风云凄怆，草木皆悲。而出山之后他的样子作者也没有放过，讽刺他成了"跨属城之雄"，成日官僚做派，公务缠身。琴也不弹了，诗也不赋了。以前还看不起巢父、许由呢，现在恐怕是"笼张、赵于往图，架卓、鲁于前箓"，忙得都超过那些柱国大臣了吧！通过这样的前后对比，作者把周颙讽刺得辛辣又过瘾，让人不禁心中发笑。

  不过本文最为难得的还是写法新巧，通篇拟人的写作手法是本文的一大亮点。作者假借山灵的口吻，使草木通感，抒发"慨游子之我欺，悲无人以赴吊"的悲哀。如写到周颙装模作样，便控诉其"诱我松桂，欺我云壑。虽假容于江皋，乃缨情于好爵"，让人与山峦交流了起来，好不生动。又如写他焚毁旧物，回归俗状，惹得"风云凄其带愤，石泉咽而下怆，望林峦而有失，顾草木而如丧"，让山峦处处都活了起来。山灵在一呼一叹之间，风云草木喜怒毕现，情感的传达也就更为直接。而且，孔稚珪对山灵精神的把握也十分到位。不是只写它悲伤和愤怒，还写它充满了羞愧。其实岂是山灵羞愧呢？这不过是代人受过而已。文章末尾以周颙又要"促装下邑"，回到山中来作结，颇有些魔幻色彩。但山灵马上表示"岂可使芳杜厚颜，薜荔无耻，碧岭再辱，丹崖重滓，尘游躅于蕙路，污渌池以洗耳"，对他唯恐避之不及。所以各种草木群起而攻之，厌恶和恐惧的心情都表现得淋漓尽致。清人评价孔稚珪的写法"牙尖口利，骨腾肉飞，刻镂尽态矣"，也是很得当的。

陶弘景
（456—536）

　　字通明，丹阳秣陵（今江苏南京）人，南朝齐梁时期道学家、医学家。读书万卷，一事不知便深以为耻。初为齐诸王侍读，后隐居句曲山（茅山），自号华阳隐居。性爱山水，尤喜松风。佐梁武帝萧衍即位，然武帝屡招不出，每逢朝廷大事，总派人前往咨询，人称"山中宰相"。卒谥"贞白先生"，《南史》《梁书》均有其传。为人聪颖多才，善琴棋，工草隶，通晓天文地理，又精历算、医道，著有多种道教经籍及医药专著。并能诗文，所作《诏问山中何所有赋诗以答》《答谢中书书》等均有名于世。明人张溥辑有《陶隐居集》，收入《汉魏六朝百三家集》。

答谢中书书[1]

　　山川之美，古来共谈。高峰入云，清流见底。两岸石壁，五色交辉[2]。青林翠竹，四时俱备。晓雾将歇[3]，猿鸟乱鸣；夕日欲颓[4]，沉鳞竞跃[5]。实是欲界之仙都[6]。自康乐以来[7]，未复有能与其奇者[8]。

注　释

[1] 谢中书：一般认为是南朝梁谢徵（一说谢微），字玄度，陈郡阳夏（今河南太康）人，曾为中书侍郎，故称谢中书。中书：官职名，掌朝廷机密文书。
[2] 五色：青赤黄白黑，古以此五色为正色。交辉：交相辉映。
[3] 歇：消散。
[4] 颓：坠落。
[5] 沉鳞：指游鱼。
[6] 欲界：即佛教所谓的欲界、色界、无色界三界之一，有七情六欲的众生所居之地，此处指人间、尘世。仙都：神仙居住的地方。
[7] 康乐：指南朝诗人谢灵运。出身士族，袭封康乐公，故称"谢康乐"。
[8] 与：参与，此处指欣赏、体会。

陶弘景

赏析

  此文是陶弘景写给谢微书信中的一段，全文已不可窥，但是这短短的六十八字却为六朝书札名篇，与吴均的《与朱元思书》堪称双璧。据《南史》所载，陶弘景"性爱山水，每经涧谷，必坐卧其间，吟咏盘桓，不能已已"。相传此人好道术，年少时便研究《神仙传》，向往山林，有隐居之志。他对于山水之美有着天生的感知力，所以他的写景散文也是意趣盎然。

  此文写于梁武帝中大通四至六年（532—534）之间，这时陶弘景已近八十岁了，但其与友人谈山论水的情致却依然高涨，所以这段文字开篇便先言"山川之美，古来共谈"。面对谢中书这位具有高情逸志的忘年交，陶弘景期待着能与之共品山川之美，交流心中所感。第二句"高峰入云，清流见底"，将高耸入云的山峰与清澈见底的溪流并举道出，俯仰之间就勾勒出了一幅天高、云白、水清的画面。接着他笔触发散开来，从五色交辉的石壁写起，再到四季常青的青林翠竹，为此图填入了色彩。那清晨的"猿鸟乱鸣"及傍晚时分的"沉鳞竞跃"都一一涉及，活泼生动，有声有形，与山川草木相映成趣。他把这些景色的变化，从一年四季写到一日之内，说明他早已将其中的妙处谙熟于心。而且他笔下的景物和动物，看上去形态各异，实际却浑然一体，每一个都极具生命气息，仿佛跃然在目。

  最后，作者用"实是欲界之仙都"一句归纳总结，可谓妙绝！"欲界"是佛教用语，指的是有七情六欲的人生活的地方。他用"欲界之仙都"来比喻自己心中的绝美之境，是有一些向往出尘飞仙之意的。面对此等堪称"仙都"的人间仙境，陶弘景的内心深处却有那么一丝丝的遗憾，因为除却当年的谢灵运之外，与自己志同道合的人少之又少了。

  全文主写山景，加以感慨，笔触清隽，不过分雕饰。在骈文盛行的南朝文坛上，可谓一枝独秀。而且陶弘景的语言虽简练，但是却不得增删一字，运笔之功，着实令人佩服！

刘勰
（约465—约520）

字彦和，东莞莒县（今属山东）人，世居京口（今江苏镇江），南朝梁文学理论家。少孤贫好学，无力婚娶，遂寄居寺庙，依沙门僧祐习研佛经，并倾心儒学。入梁后，历任奉朝请、东宫通事舍人、步兵校尉等职，深得昭明太子萧统的赏识。后又奉命与惠震一起在定林寺整理佛经，整理完毕，便请求出家为僧，改名惠地，出家不满一年后圆寂。《南史》和《梁书》有其传记。成于南齐末年的《文心雕龙》是我国古代第一部系统的文学理论专著。除《文心雕龙》外，今尚存《梁建安王造剡山石城寺石象碑》及《灭惑论》两篇宣传佛理的文章。

刘勰

文心雕龙·神思[1]

古人云："形在江海之上，心存魏阙之下。"[2]神思之谓也。文之思也，其神远矣。故寂然凝虑[3]，思接千载；悄焉动容[4]，视通万里。吟咏之间，吐纳珠玉之声；眉睫之前，卷舒风云之色，其思理之致乎[5]！故思理为妙，神与物游[6]。神居胸臆，而志气统其关键[7]；物沿耳目，而辞令管其枢机[8]。枢机方通，则物无隐貌；关键将塞，则神有遁心[9]。

是以陶钧文思[10]，贵在虚静[11]，疏瀹五藏[12]，澡雪精神[13]。

注 释

[1]《文心雕龙》：成书于齐和帝中兴元、二年（501—502）间，是中国文学理论批评史上第一部有严密体系、"体大而虑周"的文学理论专著。神思：构思时的精神状态。神：思绪。思：构思。
[2] 魏阙：指高大宫门前的两个台观。魏：高。阙：宫殿门前两边供瞭望的门楼。《庄子·让王》："中山公子牟谓瞻子曰：'身在江海之上，心居乎魏阙之下，奈何？'"原意是说，隐居于江湖的人却时刻想着朝廷的俸禄。这里是说身在这里而心在那里，人在构思时思绪是不受时间空间限制的。
[3] 凝虑：专注思考。
[4] 悄：静寂。
[5] 思理：构思。致：造成。
[6] 神与物游：精神与外物一起活动，即构思受到外物影响。游：活动。
[7] 志气：情志和气质。
[8] 枢机：指活动的机关。枢：门臼。机：机关。
[9] 遁：隐避。
[10] 陶钧：制瓦用的转轮。这里用作动词，指酝酿文思。
[11] 虚静：虚怀安静。《老子》第十六章："致虚极，守静笃。"
[12] 疏瀹（yuè）：疏通。五藏：五脏，即心、肝、脾、肺、肾五个器官。
[13] 澡雪精神：即净化心灵，涤除杂念。澡雪：洗净。

积学以储宝[14],酌理以富才[15],研阅以穷照[16],驯致以怿辞[17],然后使玄解之宰[18],寻声律而定墨;独照之匠,窥意象而运斤[19]:此盖驭文之首术,谋篇之大端。

夫神思方运,万涂竞萌[20],规矩虚位[21],刻镂无形[22]。登山则情满于山,观海则意溢于海,我才之多少,将与风云而并驱矣[23]。方其搦翰[24],气倍辞前[25],暨乎篇成[26],半折心始[27]。何则?意翻空而易奇[28],言征实而难巧也[29]。是以意授于思,言授于意[30],密则无际[31],疏则千里。或理在方寸而求之域表[32],或义在咫尺而思隔山河。是以秉心养术[33],无务苦虑;

[14] 宝:珍贵之物,此处指知识。
[15] 酌理:用理来斟酌去取,评量是非。富才:增加才干。
[16] 研阅:研究观察。照:明,明白。
[17] 驯致:逐渐。《周易》:"履霜坚冰,阴始凝也。驯致其道,至坚冰也。"怿:一作"绎",抽丝。
[18] 玄解之宰:懂得玄妙道理的主宰,指心灵。
[19] 运斤:语出《庄子·徐无鬼》:"庄子送葬,过惠子之墓,顾谓从者曰:'郢人垩慢其鼻端若蝇翼,使匠石斫之。匠石运斤成风,听而斫之,尽垩而鼻不伤,郢人立不失容。'"运斤:挥动手中的斧头,此处指写作时的剪裁修饰。斤:斧。
[20] 万涂竞萌:指构思时各种各样的想法都在脑海中浮现。涂:通"途"。
[21] 规矩:画圆和画方的工具,这里用作动词,调控。虚位:脑海中产生的抽象的意象。
[22] 刻镂:雕刻。无形:与"虚位"义同。
[23] 与风云而并驱:指作者的想象力可随着变化万端的风云一起变化。
[24] 搦(nuò):持,执。翰:笔。
[25] 气倍辞前:想象比文辞丰富得多。辞前:成文之前。辞:指已写成的作品。
[26] 暨:及。
[27] 心始:动笔写作之前心中的设想。
[28] 翻空:不受限制,即充分展开想象。
[29] 征实:求实。难巧:难于工巧。
[30] "是以"二句:内容由思想来决定,语言由内容来决定。授:应为"受"。
[31] 无际:无空隙。际:两者连接处。
[32] 域表:域外,指很远的地方。
[33] 术:方法,此处指写作方法。

刘勰

含章司契^[34]，不必劳情也。人之禀才，迟速异分，文之制体，大小殊功^[35]。相如含笔而腐毫^[36]，扬雄辍翰而惊梦^[37]，桓谭疾感于苦思^[38]，王充气竭于思虑^[39]，张衡研京以十年^[40]，左思练都以一纪^[41]。虽有巨文，亦思之缓也。淮南崇朝而赋《骚》^[42]，枚皋应诏而成赋^[43]，子建援牍如口诵^[44]，仲宣举笔似宿构^[45]，阮

[34] 含章：有文采。章：花纹，此处指文采。契：契约，引申为规律、要领。
[35] 殊功：不同的功力。
[36] 相如：司马相如，西汉辞赋家，相传他善为文而才思不够敏捷。《汉书·枚皋传》："司马相如善为文而迟。"
[37] 扬雄：西汉辞赋家、学者。桓谭《新论·祛蔽》载，汉成帝命扬雄作赋，扬雄用心精苦，作成后困倦小睡。梦里看见自己的五脏掉在地上，他用手将五脏捧起重新放回腹中，醒来后元气大伤，大病一场。
[38] 桓谭：东汉哲学家、政治家、天文学家。《新论·祛蔽》载，桓谭曾因作赋苦思过甚而发病。
[39] 王充：东汉思想家。《后汉书·王充列传》："充好论说，始若诡异，终有理实。以为俗儒守文，多失其真，乃闭门潜思，绝庆吊之礼，户牖墙壁各置刀笔。著《论衡》八十五篇，二十余万言。……年渐七十，志力衰耗，乃造《养性书》十六篇，裁节嗜欲，颐神自守。"
[40] 张衡：东汉文学家、科学家。《后汉书·张衡列传》："时天下承平日久，自王侯以下，莫不逾侈。衡乃拟班固《两都》，作《二京赋》，因以讽谏。精思傅会，十年乃成。"京：指《二京赋》。
[41] 左思：西晋诗人、文学家。练：指推敲文辞。都：指《三都赋》。据说左思构思《三都赋》长达十年之久。纪：十二年。
[42] 淮南：指淮南王刘安。《汉书·淮南王安传》："(帝)使为《离骚传》，旦受诏，日食时上。"崇朝：一个早上。崇：终。赋：写作。
[43] 枚皋：西汉辞赋家，文思敏捷但多为应制之作。《汉书·枚皋传》："上有所感，辄使赋之。为文疾，受诏辄成，故所赋者多。"
[44] 子建：曹植，字子建。《三国志·魏书·陈思王植传》："年十岁余，诵读《诗》《论》及辞赋数十万言，善属文。太祖尝视其文，谓植曰：'汝倩人邪？'植跪曰：'言出为论，下笔成章，顾当面试，奈何倩人？'时邺铜爵台新成，太祖悉将诸子登台，使各为赋。植援笔立成，可观，太祖甚异之。"援：持。牍：木简，指纸。这句是说，曹植拿纸写文章之快，就如把背诵过的文章抄写下来一样。
[45] 仲宣：王粲，字仲宣，汉末文学家，"建安七子"之一。宿构：夜里构思好的。《三国志·魏书·王粲传》："善属文，举笔便成，无所改定，时人常以为宿构。"

瑀据案而制书[46]，祢衡当食而草奏[47]，虽有短篇，亦思之速也。

若夫骏发之士[48]，心总要术[49]，敏在虑前，应机立断；覃思之人[50]，情饶歧路[51]，鉴在虑后[52]，研虑方定。机敏故造次而成功[53]，虑疑故愈久而致绩。难易虽殊，并资博练[54]。若学浅而空迟，才疏而徒速，以斯成器，未之前闻[55]。是以临篇缀虑，必有二患：理郁者苦贫[56]，辞溺者伤乱[57]，然则博见为馈贫之粮[58]，贯一为拯乱之药[59]，博而能一，亦有助乎心力矣。

若情数诡杂[60]，体变迁贸[61]，拙辞或孕于巧义[62]，庸事或

[46] 阮瑀：汉末文学家，"建安七子"之一，阮籍之父。曹操在路上叫阮瑀写信给韩遂，阮瑀就靠在马鞍上起草。案：当作"鞍"。制书：写文章。
[47] 祢衡：字正平，平原郡（今山东德州）人，汉末名士，后为曹操所杀。《后汉书·文苑列传》载，黄祖之子黄射大会宾客，有人献鹦鹉，黄射举杯请祢衡作赋，祢衡举笔而成。祢衡又曾替刘表写奏章，大为刘表称赏。此处将这两件事混为一谈。
[48] 骏发：文思敏捷。骏：速。
[49] 心总要术：内心掌握了创作的方法。
[50] 覃（tán）思：深思。
[51] 饶：多。歧路：岔路，指想法不固定。
[52] 鉴在虑后：鉴别认识在疑惑之后。
[53] 造次：仓促，匆促。《论语·里仁》："君子无终食之间违仁，造次必于是，颠沛必于是。"
[54] 资：依靠。博：博学。练：才干。
[55] 未之前闻：前所未闻。
[56] 理郁者苦贫：思路不畅者苦于灵感贫乏。
[57] 辞溺：陷溺在辞藻里，指文辞泛滥无节制。
[58] 博见：广博地汲取知识，增长见识。馈：救济。
[59] 贯一：一以贯之，即有明确的主题。
[60] 情数诡杂：情思怪异而杂乱。情数：情思。
[61] 体变迁贸：体裁变化。体变：指体裁。迁贸：变化。
[62] 孕：包含。于：无实义。巧义：巧妙的义理。

萌于新意[63]；视布于麻[64]，虽云未贵，杼轴献功[65]，焕然乃珍。至于思表纤旨[66]，文外曲致[67]，言所不追，笔固知止。至精而后阐其妙，至变而后通其数[68]。伊挚不能言鼎[69]，轮扁不能语斤[70]，其微矣乎！

赞曰[71]：

神用象通[72]，情变所孕[73]。物以貌求[74]，心以理应[75]。

刻镂声律，萌芽比兴。结虑司契[76]，垂帷制胜[77]。

---

[63] 庸事：平庸的内容。萌：萌芽。于：无实义。
[64] 视布于麻：看看布产生于麻的道理。
[65] 杼轴：织布机上控制经线和纬线的零件。
[66] 思表纤旨：思虑之外更细致幽隐的意义。
[67] 文外曲致：文辞尚未表达出来的情致。
[68] "至变"句：极其熟悉文体的变化才能懂得它的规律。数：技巧，规律。
[69] 伊挚：伊尹，名挚，商汤时贤臣。伊尹面见商汤，以鼎中之味变化精微难以口辨来比喻治国之道也难以言传。
[70] 轮扁：名字叫作扁的车轮工匠。他说用斧子砍木做车轮，其中的甘苦他也无法说明。《庄子·天道》："桓公读书于堂上，轮扁斫轮于堂下，释椎凿而上，问桓公曰：'敢问，公之所读者，何言邪？'公曰：'圣人之言也。'曰：'圣人在乎？'公曰：'已死矣。'曰：'然则君之所读者，古人之糟魄已夫！'桓公曰：'寡人读书，轮人安得议乎！有说则可，无说则死。'轮扁曰：'臣也以臣之事观之。斫轮，徐则甘而不固，疾则苦而不入。不徐不疾，得之于手而应于心，口不能言，有数存焉于其间。臣不能以喻臣之子，臣之子亦不能受之于臣，是以行年七十而老斫轮。古之人与其不可传也死矣，然则君之所读者，古人之糟魄已夫！'"
[71] 赞：古代的一种文体，用于篇末，总结全篇大意。
[72] 用：因，凭借。象：物象，指客观事物。
[73] 情变所孕：构思时情感随着所描写的外界事物的变化而变化。
[74] 物以貌求：选取什么样的意象来表达情感是根据意象外在的特征。以：根据。
[75] 心以理应：情感与作品内容相对应。心：情感。以：与。理：作品的内容。应：对应。
[76] 结虑：专注地构思。司契：文辞能恰切传情达意。
[77] 垂帷制胜：运筹于帷幕之中就能克敌制胜，此处借用军事用语说明只要构思巧妙就能创作成功。帷：帐幕。

文心雕龙·神思

赏 析

  《文心雕龙》大概在南齐末年写成，是我国第一部系统的文学理论专著。因为这部书地位特殊，所以当下讨论《文心雕龙》的人数不胜数，光是研究《神思》这一篇的论文就能搜出一箩筐来。但是他们有时为了从中找出大名堂而抠得太细，所以在解释刘勰的意思时就会有些歪曲。其实只要放下那些理论的重担，单纯地阅读和理解它，就会发现这是一部指导写作的很有实用价值的教材。

  《文心雕龙》全书共五十篇，《神思》是其第二十六篇。从这章起，作者开始讨论关于文学创作的问题。这篇文章是标准的总分总结构，刘勰在其中主要讲了三件事。第一，什么是神思；第二，怎么培养神思；第三，如何看待神思和作品之间的关系。这样说起来好像很枯燥，但是刘勰写得通达晓畅，很好理解，只是词句看着有些文雅生涩罢了。所谓神思，就是"文之思"，再说简单一点儿，就是文章构思的意思。"古人云：'形在江海之上，心存魏阙之下。'"这句话的意思是说形神分离，一个人写文章，他的心思变化往往和形体所处的时间、空间是没有关系的。人可以有千头万绪，表面上却不露声色。要想把它们完美地表现出来，一靠"志气"，二靠"辞令"。辞令用得得体，就能曲尽其妙；要是神思受到阻隔，就会词不达意。所以刘勰认为，文章构思"贵在虚静"。涤荡心灵，让思绪纯粹而不杂乱是很重要的。再加上学识的积累和感情的调适，方能写出好的文章。

  刘勰赞叹，人的神思真是巧妙啊，无影无形，千变万化，却有着无限的力量。可是有时人明明胸中有丘壑，一旦发乎笔端就折损了一半，这是为什么呢？答曰："意翻空而易奇，言征实而难巧也。"文章的创作，难就难在神思和文辞缺一不可，必须表里兼修，"秉心养术"。不过倒也"不必劳情"，因为"人之禀才，迟速异分，文之制体，大小殊功"。这一句承上启下，下文转入到讨论神思与作品的关系上来。

刘勰

从这里开始，刘勰开始用典，展现他博古通今的才能。他在作文论史时是非常需要这些事例来帮他说明问题的，不然就成了空谈。他说人的思绪有快慢之分，文章的体裁也有大有小。比如司马相如擅写汉赋，其《子虚赋》《上林赋》中所有的浪漫巨丽之美，后人一直未能企及。但是据说他才思不够敏捷，写东西很慢，而且有些口吃。"含笔而腐毫"是很夸张的说法了，就是极言他写得慢。再如，扬雄也是西汉的辞赋家，写一篇大赋需要处心积虑才能落笔。《新论》里面记载他有一次为汉成帝作赋，苦思许久困极而睡，梦见自己的五脏都掉在了地上，真可谓是呕心沥血。桓谭和王充也很相似，也是能够苦思作文直到生病的程度。而张衡和左思就更厉害了，一个写《二京赋》写了十年，一个作《三都赋》作了十二年，真叫人诧异。不过他们的文章只要完成便是最好的，"洛阳纸贵"的故事说的就是左思的《三都赋》。

另外还有一派人，他们不太写鸿篇巨制，但是才思敏捷，短文小赋都是信手拈来。比如淮南王刘安受诏作赋，"旦受诏，日食时上"，只花了一个早上的功夫。曹子建与兄弟受诏作赋，"援笔立成"，而且写得颇好，太祖都不敢相信。其实，刘勰能意识到"人之禀才，迟速异分"，思想是很先进的了，而且这个问题本身也很有现实意义。比如说我们比较熟悉的大诗人李白，他的脑子转得就快，喝了酒咂咂滋味就能出口成章，是典型的"灵感派"。但是贾岛就是"苦吟派"诗人了，要一直"推""敲"。他自己还写过一句诗，说"二句三年得，一吟双泪流"，听着着实有些凄惨，不过这倒也不妨碍他流芳百世。但是刘勰的这个道理还是要放在有才能、勤勉肯学的人身上才可以用。现在的人多心志浮躁，从根本上对神思的历练就不够。要是这样还把责任推脱给"人才异分"的话，那就不太合适了。毕竟，作者在段尾还补充了这样一句话："若学浅而空迟，才疏而徒速，以斯成器，未之前闻。"可谓一针见血。

最后一段是总结和升华前面的观点，叫人在表达神思时也要注意借用精妙的作文技巧，才能事半功倍。末了缀一"赞曰"结尾，

收束全文。

  这篇文章句式整齐，辞藻富丽，音韵和谐，读起来朗朗上口，充分体现了刘勰的"神思"，或者说体现了他的"文心"。他作《文心雕龙》为的就是讨论文学，所以也要求自己的文字要足够漂亮。只是因他深受六朝骈文风气的影响，追求形式美追求得有些过分，偶尔会给人造成理解上的阻碍，打乱他议论上的逻辑。不过瑕不掩瑜，他还是通过自己的巧舌妙笔，为我们后人留下了一条雕画精致的文学长龙。

丘迟
（464—508）

字希范，吴兴乌程（今浙江吴兴）人，南朝齐梁时文学家。齐时以秀才累迁殿中郎，梁武帝平建邺，引为骠骑主簿，甚被礼遇。梁武帝即位后，迁中书郎，待诏文德殿，后出为永嘉太守。梁武帝天监四年（505）为临川王萧宏记室，还拜中书侍郎，迁司空从事中郎，故称"丘司空"，《梁书》中有其传。其诗"点缀映媚，似落花依草"（钟嵘《诗品》）；其文辞采华美，《与陈伯之书》委婉感人，为世所称。原集已佚，明人辑有《丘司空集》。

与陈伯之书[1]

迟顿首。陈将军足下：无恙[2]，幸甚幸甚！将军勇冠三军[3]，才为世出[4]，弃燕雀之小志，慕鸿鹄以高翔[5]。昔因机变化，遭遇明主[6]，立功立事，开国称孤[7]，朱轮华毂[8]，拥旄万里[9]，何其壮也！如何一旦为奔亡之虏[10]，闻鸣镝而股战[11]，对穹庐以屈膝[12]，又何劣邪！

注 释

[1] 陈伯之：睢陵（今江苏睢宁）人，齐末为江州刺史，曾抗击过梁武帝萧衍。降梁后仍为江州刺史，封丰城县公。梁武帝天监元年（502）率部投魏，为平南将军。天监四年（505）临川王萧宏领兵北征，陈伯之率兵相拒，萧宏命丘迟以私人关系给陈伯之写信，劝其投降。天监五年（506），陈伯之于寿阳拥兵八千归降。之后，又因听信流言再次叛梁归魏。
[2] 无恙：问候语。恙：病，忧。
[3] 将军勇冠三军：言陈伯之之英勇为三军之首。语出李陵《答苏武书》："陵先将军，功略盖天地，义勇冠三军。"三军：古时各个朝代含义不一，有时指步、车、骑三军，有时指上、中、下或左、中、右三军。此处泛指军队。
[4] 才为世出：语出苏武《报李陵书》："每念足下，才为世生，器为时出。"此处言陈伯之的才能是当世杰出的。
[5] "弃燕雀"二句：言陈伯之有远大的志向。《史记·陈涉世家》："陈涉太息曰：'嗟乎，燕雀安知鸿鹄之志哉！'"
[6] "昔因机"二句：指陈伯之过去弃齐归梁，得到梁武帝的恩遇。因机：顺应机缘。遭遇：遇合。
[7] "立功"二句：指陈伯之归梁后建功封侯。《梁书·陈伯之传》："力战有功。城巿，进号征南将军，封丰城县公，邑二千户……"开国：梁时封爵，皆冠以开国之号。
[8] 毂（gǔ）：原指车轮中心的圆木，此处指代车舆。
[9] 拥旄（máo）：古代高级武将持节统率军队。旄：用牦牛尾装饰的旗子，此处指旄节。
[10] 奔亡之虏：逃跑投敌者，此处指陈伯之背梁降魏事。
[11] 闻鸣镝（dí）而股战：听到箭响声就发抖，言陈伯之降魏后惶恐不安。鸣镝：响箭。股战：大腿颤抖。
[12] 穹庐：少数民族居住的毡帐，即蒙古包，这里指代地处北方的北魏政权。

丘迟

寻君去就之际[13]，非有他故，直以不能内审诸己[14]，外受流言，沉迷猖獗，以至于此。圣朝赦罪责功[15]，弃瑕录用[16]，推赤心于天下，安反侧于万物[17]，将军之所知，不假仆一二谈也[18]。朱鲔涉血于友于[19]，张绣剚刃于爱子[20]，汉主不以为疑[21]，魏君待之若旧[22]。况将军无昔人之罪，而勋重于当世。夫迷涂知反，往哲是与[23]；不远而复[24]，先典攸高[25]。主上屈法申恩，

[13] 寻：推求，思考。去就：指陈伯之弃梁降魏事。
[14] 直：但，仅。内审：内心反复考虑。诸：兼词，"之于"的合音。
[15] 赦罪责功：言梁朝宽赦陈伯之的罪过而求其建立功业。
[16] 瑕：玉的斑点，此处指过失。录用：选用。
[17] "推赤心"二句：梁朝推心置腹待人，使那些反复无常的人都能安定下来。《后汉书·光武帝纪》："降者更相语曰：'萧王推赤心置人腹中，安得不投死乎？'"又："（汉兵）诛王郎。收文书，得吏人与郎交关谤毁者数千章。光武不省，会诸将军烧之，曰：'令反侧子自安。'"（反侧子：指心翻覆动摇图谋不轨的人。）
[18] 不假：不借助，不需要。仆：我。
[19] "朱鲔（wěi）"句：王莽末年绿林军将领朱鲔曾劝说刘玄杀死刘秀的哥哥刘演。刘秀攻洛阳，朱鲔守御，刘秀遣岑彭前去劝降说：建立大功业的人不会计较小恩怨。如果投降，不仅不会被杀，还能保住官爵。朱鲔乃降。涉血：喋血，流血满地而污足。友于：即兄弟，此处指刘演。
[20] "张绣"句：《三国志·魏书·武帝纪》："（建安）二年春正月，公（曹操）到宛。张绣降，既而悔之，复反。公与战，军败，为流矢所中，长子昂、弟子安民遇害。……（四年）冬十一月，张绣率众降，封列侯。"剚（zì）刃：用刀刺入人体。爱子：指曹操长子曹昂。
[21] 汉主：指汉光武帝刘秀。
[22] 魏君：指曹魏君主曹操。
[23] 往哲：以往的贤哲。与：赞同。
[24] 不远而复：指迷途不远而返回。《周易·复卦》："不远复，无祇悔，元吉。"
[25] 先典：古代典籍，指《易经》。攸：所。高：嘉许。

吞舟是漏[26];将军松柏不翦[27],亲戚安居,高台未倾[28],爱妾尚在。悠悠尔心[29],亦何可言!

今功臣名将,雁行有序[30]。佩紫怀黄[31],赞帷幄之谋[32];乘轺建节[33],奉疆埸之任[34]。并刑马作誓[35],传之子孙[36]。将军独靦颜借命[37],驱驰毡裘之长[38],宁不哀哉!

夫以慕容超之强[39],身送东市;姚泓之盛[40],面缚西都[42]。

---

[26] "主上"二句:言梁朝宽宏大量。主上:指梁武帝萧衍。屈法:轻法。申恩:申明恩惠,有重恩之意。桓宽《盐铁论·论菑》:"是以古者,明王茂其德教,而缓其刑罚也。网漏吞舟之鱼,而刑审于绳墨之外,及臻其末,而民莫犯禁也。"吞舟:指能吞舟的大鱼。

[27] 松柏:古人常在坟墓边植以松柏、梧桐以为辨识的标记,这里指代陈伯之祖先的坟墓。不翦:言未曾受到毁坏。

[28] 高台未倾:言陈伯之在梁的房舍住宅未曾遭到破坏。桓谭《新论》载,雍门周说孟尝君曰:"千秋万岁之后,宗庙必不血食。高台既已倾,曲池又已平……"

[29] 悠悠:深思貌。

[30] 雁行:大雁飞行的行列,此处比喻尊卑排列次序,威仪有序。

[31] 紫:紫绶,系官印的丝带。黄:金印。《史记·蔡泽列传》:"怀黄金之印,结紫绶于要(腰)。"

[32] 赞:佐助。帷幄:军帐。《史记·留侯世家》:"运筹策帷帐中,决胜千里外,子房功也。"

[33] 轺(yáo):用两匹马拉的轻车,此处指使节乘坐之车。建节:将符节插在车上。

[34] 疆埸(yì):边境。

[35] 刑马:杀马,古代诸侯会盟杀白马饮血为誓。

[36] 传之子孙:功臣名将的爵位可传给子孙。

[37] 靦(tiǎn)颜:厚着脸皮。借命:苟且偷生。

[38] 毡裘:胡人衣着,这里指代北魏。长:头目,此处指北魏君主。

[39] 慕容超:北朝南燕君主。晋末宋初屠掠淮北,刘裕北伐将他擒获,押解至南京斩首。

[40] 东市:汉代长安处决犯人的地方,后泛指刑场。

[41] 姚泓:北朝后秦君主。刘裕北伐破长安,姚泓出降。

[42] 面缚:面朝前,双手反缚于后。西都:指长安。

丘迟

故知霜露所均[43]，不育异类[44]；姬汉旧邦[45]，无取杂种[46]。北虏僭盗中原[47]，多历年所[48]，恶积祸盈，理至燋烂[49]。况伪孽昏狡[50]，自相夷戮[51]；部落携离[52]，酋豪猜贰[53]。方当系颈蛮邸，悬首藁街[54]。而将军鱼游于沸鼎之中，燕巢于飞幕之上[55]，不亦惑乎！

暮春三月，江南草长，杂花生树，群莺乱飞。见故国之旗鼓，感平生于畴日[56]，抚弦登陴[57]，岂不怆悢[58]！所以廉公之

[43] 霜露所均：霜露所及之处，即天地之间。
[44] 异类：异族。《左传·成公四年》："《史佚之志》有之，曰：'非我族类，其心必异。'"
[45] 姬汉：即汉族。姬：周天子的姓。旧邦：指中原周汉的故土。
[46] 杂种：古代汉族对少数民族带侮辱性的称呼。
[47] 北虏：指北魏。僭盗：非分掠夺。中原：黄河中下游地区，当时已为北魏占有。
[48] 多历年所：拓跋珪于公元386年建立北魏，至公元505年已一百多年。
[49] 燋（jiāo）烂：溃败灭亡。燋：通"焦"。
[50] 伪孽：这里指北魏政权。昏狡：昏聩狡诈。
[51] 自相夷戮：指北魏内部的自相残杀。北魏宣武帝景明二年（501），咸阳王元禧谋反被杀；宣武帝正始元年（504），北海王元祥也因起兵作乱被囚禁而死。
[52] 携离：四分五裂。携：离。
[53] 酋豪：部落酋长。猜贰：互相猜疑，怀有二心。
[54] "方当"二句：言北魏统治者很快就会被缚至京城悬首示众。蛮邸：外族首领居住的馆舍。藁（gǎo）街：汉代长安街名，是少数民族聚居地，蛮邸即设于此。
[55] "而将军"二句：言陈伯之处境之危险。《后汉书·刘陶列传》："此犹养鱼沸鼎之中，栖鸟烈火之上。水木本鱼鸟之所生也，用之不时，必至燋烂。"鼎：古代烹煮用器，三足。巢：筑窝。飞幕：动荡的帐幕。
[56] 畴日：昔日。
[57] 陴（pí）：城上女墙。
[58] 怆悢（liàng）：悲伤。

思赵将[59]，吴子之泣西河[60]，人之情也。将军独无情哉！想早励良规[61]，自求多福。

当今皇帝盛明，天下安乐。白环西献[62]，楛矢东来[63]；夜郎滇池[64]，解辫请职[65]；朝鲜昌海[66]，蹶角受化[67]。唯北狄野心，掘强沙塞之间[68]，欲延岁月之命耳[69]。中军临川殿下[70]，明德茂亲[71]，总兹戎重[72]，吊民洛汭[73]，伐罪秦中[74]。若遂不改[75]，方思仆言[76]。聊布往怀[77]，君其详之[78]。丘迟顿首。

[59] 廉公：廉颇。《史记·廉颇蔺相如列传》："廉颇居梁久之，魏不能信用。赵以数困于秦兵，赵王思复得廉颇，廉颇亦思复用于赵。"思赵将：想复为赵将。
[60] 吴子：吴起。《吕氏春秋·观表》载，吴起为魏国守西河（今陕西韩城一带）。魏武侯听信谗言，使人召回吴起。吴起预料西河必为秦所夺取，故车至于岸门，望西河而泣。后西河果为秦所得。
[61] 想：盼望。励：勉励，做出打算。良规：妥善的安排。
[62] 白环：白玉环。《世本》："舜时，西王母献白环及佩。"
[63] 楛（hù）矢：用楛木做的箭。《国语·鲁语下》："仲尼曰：'……昔武王克商，通道于九夷、百蛮，使各以其方贿来贡，使无忘职业。于是肃慎氏贡楛矢、石砮，其长尺有咫。'"
[64] 夜郎：古国名，在今贵州桐梓一带。滇池：昆明湖，今云南昆明西南。二者均为汉代西南方国名。
[65] 解辫：解开盘结的发辫，改从汉族的风俗。请职：请求封职。
[66] 昌海：西域国名。即今新疆罗布泊。
[67] 蹶角：以额角叩地，以示归服。受化：接受教化。
[68] 掘强：即"倔强"。《汉书·伍被传》记伍被说淮南王曰："东保会稽，南通劲越，屈强江、淮间，可以延岁月之寿耳，未见其福也。"
[69] 岁月之命：不长的寿命。
[70] 中军临川殿下：指萧宏。时临川王萧宏任中军将军。殿下：对王侯的尊称。
[71] 明德：光明的德行。茂亲：至亲，指萧宏为梁武帝之弟。
[72] 总：主持。戎重：军事重任。
[73] 吊民：慰问百姓。洛汭（ruì）：洛水汇入黄河的洛阳一带，此处指魏都洛阳。汭：水流隈曲处。
[74] 秦中：今陕西中部地区，当时为北魏所有，故此处代指北魏。
[75] 遂：因循。
[76] 仆：作者自称。
[77] 聊布：聊且陈述。往怀：往日的友情。
[78] 其：副词，表祈使。详之：细加考虑。

丘迟

赏析

《与陈伯之书》是丘迟写给陈伯之的一封书信，然此信除却以劝人归降为目的之外，最为人珍视并历来被视作南朝散文中的代表则是其中的写景部分——"暮春三月，江南草长，杂花生树，群莺乱飞"。梁武帝攻齐之时，时任江州刺史的陈伯之曾与之对抗，后被招降。梁武帝天监元年（502），陈伯之起兵反梁，兵败奔魏。天监四年（505）冬天，临川王萧宏北上伐魏，于是丘迟奉命写信招降陈伯之。

丘迟试图通过层层剖析进而打动人心，他的劝说大概可以分作五步。第一步，他先赞颂陈伯之的才华与志向，从而点出他处境的卑劣。像他这样"勇冠三军，才为世出"，有鸿鹄之志不同于燕雀之人，在梁时，逢遇明主便可以"立功立事，开国称孤"，"朱轮华毂，拥旄万里"；现在却奔亡他乡，躬身事魏，"闻鸣镝而股战，对穹庐以屈膝"。这一"壮"一"劣"之间，高下立见，直击人心。第二步，在打开了对方的心门之后，丘迟开始为他分析回梁的环境。一来梁武帝圣明，会对他"赦罪责功"。他开解陈伯之当初"寻君去就"，主要是没想明白，被流言蛊惑。所以陈要回朝不仅不会受罚，还有机会建功。二来祖坟犹存，亲戚安居，房屋未倾，爱妾尚在。所以于情于理都应立下决心，弃暗投明。第三步，丘迟揭露了北魏的罪恶，认为其盗取中原，"恶积祸盈"。况且统治者昏庸狡诈，"自相夷戮"，恐怕陈伯之将来也不能自保，这又给了陈伯之心口有力的一击。相比梁朝的君臣和谐，去留还用多论？利害道尽，到了第四步作者笔锋一转，于下文回忆起江南美景来。"暮春三月"这一句区区十二个字，却有着"点缀媚映，似落花依草"（钟嵘《诗品》）一般的诗意情怀。要人抛弃家乡情谊，谈何容易！委屈在外争罢功名，若不能魂归故国又是何等的遗憾！如果说在这之前都是分析得失，以理服人，那么这一部分则是回归初心，以情感人。试问，姹紫嫣红，草长莺飞，故乡美景，谁能不想，谁能不念？况且历来的文人墨客最不能抵抗的就是乡关之思，这个问题的提出就是一个切入口，

与陈伯之书

能在关键时刻瓦解千万游子的心。最后在信的结尾,作者再次陈述梁朝形势,表示"当今皇帝盛明,天下安乐",劝陈伯之早做打算,勿失良机。

丘迟对他劝降的每一步都经过了严谨的构思,所以通篇读下来才会让人有"说到心坎儿里"的感觉。不过这篇文章的骈文痕迹很重,一是频繁用典,大大小小的典故纷至沓来,支撑着他的议论。二是体例整齐,骈文化的句式和韵律都很明显,基本四言到底。好在丘迟的笔力足够深厚,能够充分消化骈文的形式以为己用。所以统观全文,作者在劝人归降时有理有据,情理兼长。语气上时而强势,时而温柔。从国家大义到个人小节,晓之以理,动之以情,切实从陈伯之的立场出发劝诱,比较容易被他所接受。另外上文提到陈伯之与梁朝的关系曾有反复,如果冒昧归降是否会遭到梁武帝的报复?虽然我们不能读到陈伯之的文字,但想来他可能也是有顾虑的。而丘迟的招降信正好一一消除了他的顾虑,并为他展现了美好的前景,所以后来陈伯之读罢便决定率兵归梁也就不难理解了。只是相传陈伯之本身就不是一个忠烈之士,朝秦暮楚的事情对他并不为难。但丘迟的文章却借此契机一展风采,发挥作用,入选《文选》,也着实是件美事了。

郦道元
（约466—527）

字善长，范阳涿鹿（今河北涿州）人，北魏地理学家、散文家。历任冀州镇东府长史、东荆州刺史、御史中尉等职，以执法严峻著称。后出为关右大使，为反叛的雍州刺史萧宝夤所杀，其生平事迹见于《魏书》。生平好学，博览群书，尤喜地理，曾遍游北方，实地考察水系流向，遂"因水以证地，即地以存古"，作《水经注》一书。引书达437种，迻录碑刻302块，保存了大量失传的文献资料。全书文笔清丽，隽永传神，具有山水小品特有的韵味，其中尤以《河水注》《江水注》中的有关文字最为杰出。

水经注·三峡[1]

　　自三峡七百里中，两岸连山，略无阙处[2]。重岩叠嶂[3]，隐天蔽日，自非停午夜分[4]，不见曦月[5]。至于夏水襄陵[6]，沿溯阻绝[7]。或王命急宣[8]，有时朝发白帝[9]，暮到江陵[10]，其间千二百里，虽乘奔御风，不以疾也[11]。春冬之时，则素湍绿潭[12]，回清倒影[13]。绝巘多生怪柏[14]，悬泉瀑布[15]，飞漱其间[16]，清

注　释

[1] 三峡：即长江三峡，瞿塘峡、巫峡、西陵峡的合称。
[2] 略无：简直没有。阙处：空缺的地方。
[3] 叠：重叠。嶂：像屏障一样的山峰。
[4] 自非：若非。停午：同"亭午"，正午。夜分：半夜。
[5] 曦：太阳。月：月亮。
[6] 襄陵：指水漫上山岗。襄：上。陵：山冈。
[7] 沿：顺流而下。溯：逆水而上。阻绝：阻断，隔绝。
[8] 王命：朝廷的诏令。急宣：紧急传达。
[9] 白帝：白帝城，在今重庆奉节东白帝山上，相传为刘备托孤处。
[10] 江陵：今湖北江陵。
[11] "虽乘奔"二句：虽然骑着快马，驾着长风，也不如船行快。奔：快马。御：驾。不以：不如。
[12] 素湍：雪白的急流。绿潭：碧绿的深水。
[13] 回清倒影：在清澈的江水中映出两岸的倒影。
[14] 绝巘（yǎn）：极高的山峰，绝壁高崖。怪柏：形状怪异的松柏。
[15] 悬泉：悬空而下的泉水形成的瀑布。
[16] 漱：冲刷。

郦道元

荣峻茂[17]，良多趣味。每至晴初霜旦[18]，林寒涧肃[19]，常有高猿长啸，属引凄异[20]，空谷传响，哀转久绝[21]。故渔者歌曰："巴东三峡巫峡长，猿鸣三声泪沾裳[22]！"

[17] 清荣峻茂：指水清、树荣、山高、草茂。
[18] 晴初：天初晴。霜旦：下霜的早晨。
[19] 肃：肃杀。
[20] 属（zhǔ）引：形容猿声连续不断。凄异：凄惨悲凉。
[21] 转：回响。
[22] 巴东：东汉郡名，治所在今重庆奉节一带。

赏 析

　　《水经注》的性质类似于《山海经》《地理志》之属，是当时比较接近"国家地理"的著作。它的底本是西晋郭璞的《水经》，此书专记各种水路情况，大大小小共载了137条。但由于过于疏略，只有一万来字，所以郦道元便为之作了这部"注"。本文是给《水经·江水》中"（江水）又东过巫县南，盐水从县东南流注之"一句作的注释，作者在本身乏味的记录中加入了三峡四季山水的景色描写，使其立刻鲜活了起来，也使本文从一篇地理记，摇身一变成了优美的写景散文。

　　这篇小文围绕着三峡的两个景观展开描写——"山"与"水"。众所周知，三峡地势高峻险要，依山带水，它的美就在于山水相映成趣。郦道元在写山的时候，主要突出它的峭拔。文章开门见"山"，曰："自三峡七百里中，两岸连山，略无阙处。重岩叠嶂，隐天蔽日，自非停午夜分，不见曦月。""重岩叠嶂"呼应了开头说的七百里山脉"略无阙处"，"遮天蔽日"则是极言其高，山脉磅礴有如屏障，给人一种强大的压迫感。许是《水经注》本身带有些科学文献的性质，所以郦道元还补充说只有正午或者半夜才能见到太阳和月亮。也就是说，不到日月升至最高点，使光芒垂直照下来，人在三峡中是几乎看不到日月的。另一处写山是在后半部分，但不是直写而是曲写。怎么曲写呢？曰："绝巘多生怪柏，悬泉瀑布，飞漱其间，清荣峻茂，良多趣味。每至晴初霜旦，林寒涧肃，常有高猿长啸，属引凄异，空谷传响，哀转久绝。""绝巘"指的是极高的山峰，峰顶怪柏林立，加之瀑布飞漱，呈现出一种奇异的地貌形态。作者用"清荣峻茂"四个字将水清、树荣、山高、草茂一言以蔽之，道尽了三峡的趣味。

　　其次是写水。本文出自《水经注》，作者自然是要花精力来描写江水的。水的特色在于四时不同，景致各异，或急或缓，判然有别。比如夏水上涨，漫过山岗，这时陆路就会被阻绝，同时水路也就成了最便利的交通方式。故而若有王命急宣，千二百里的路只要借助

 郦道元

三峡水势,便"虽乘奔御风,不以疾也"。这里的"奔"和"风"一样,可理解为名词,也就是骑着快马驾着风。当然,凡人是不能腾云驾风的,作者只是借助想象中一种最快捷的交通方式来衬托出三峡的江水之急,无出其右。但是春冬之时的水色就不同了,与湍急的夏水比起来,在比较寒冷的季节里,三峡的水就会显现出一种静谧无声的幽深。作者用"素湍绿潭,回清倒影"八个字来形容,着重描绘出冷色调的水波细节,突出了水之"清",并与山影浑然一体。最后作者隐晦地写到了秋水枯涩,"林寒涧肃","常有高猿长啸,属引凄异,空谷传响,哀转久绝"。这是全文的点睛之笔,"猿啼"本身就是一个哀伤的符号,专门被用在无家可归、徘徊不定的文本中,所以也经常用在三峡游子的语境里。这里猿啼的设定给整个画面充分留白,只闻其声不见其影的背景让读者更容易沉浸到自我的哀痛中去,而不会被外物牵引。想一想在一个写景的长镜头里,照过了山,照过了水,照过了丛林瀑布,镜头慢慢拉远,山高水长,空空荡荡,四下静寂,唯闻水声。或有客船、渔舟浮在江上,此时猿声四起,怎不叫人心碎呢?不过诗仙李白大概是个例外吧,他唱出"两岸猿声啼不住,轻舟已过万重山"的时候,心里可是快意得很呢!

吴均
（469—520）

字叔庠，吴兴故鄣（今浙江吉安）人，南朝梁文学家。家世贫寒，性好学，有俊才。天监初为吴兴郡主簿，擅诗，时称"吴均体"。后待诏著作，累迁奉朝请。因私撰《齐春秋》免官，不久又奉诏撰三皇讫齐通史，成本纪、世家，列传未就而卒，《梁书》及《南史》中均有其传记。其文写景工丽，辞气清拔，尤以小品和书札见称，《与朱元思书》即其代表之作。又作志怪小说《续齐谐记》。原集已佚，明人张溥辑有《吴朝请集》，收入《汉魏六朝百三家集》。

吴 均

与朱元思书[1]

风烟俱净,天山共色。从流飘荡[2],任意东西。自富阳至桐庐[3],一百许里,奇山异水,天下独绝。水皆缥碧[4],千丈见底。游鱼细石,直视无碍。急湍甚箭[5],猛浪若奔[6]。夹岸高山,皆生寒树,负势竞上[7],互相轩邈[8],争高直指[9],千百成峰。泉水激石,泠泠作响[10];好鸟相鸣,嘤嘤成韵[11]。蝉则千转不穷[12],猿则百叫无绝。鸢飞戾天者,望峰息心[13];经纶世务者,窥谷忘反[14]。横柯上蔽[15],在昼犹昏;疏条交映[16],有时见日。

注 释

[1] 朱元思:一作"宋元思",字玉山,南朝梁时人,生平事迹不详。
[2] 从流:任船随流而行。
[3] 富阳:今浙江富阳,临富春江。桐庐:今浙江桐庐,亦临富春江。
[4] 缥碧:苍青色。
[5] 急湍:急流的水。甚箭:甚于箭,比箭还快。
[6] 奔:奔驰的马。
[7] 负势竞上:指山倚仗形势,争相比高。
[8] 轩:高。邈:远。
[9] 直指:直指天空。
[10] 泠(líng)泠:清脆的水声。
[11] 嘤嘤:鸟叫声。《诗经·小雅·伐木》:"伐木丁丁,鸟鸣嘤嘤。出自幽谷,迁于乔木。"
[12] 转:同"啭",鸟鸣,此处指蝉鸣。
[13] "鸢(yuān)飞"二句:像鹞鹰直上云天一样追名逐利的人,看到如此高耸的高峰,也便息灭了雄心。鸢:鹞鹰,善于高飞。戾:至。
[14] "经纶"二句:筹划经营政务的人,看了如此幽静的山谷,也会流连忘返。经纶:整理丝缕,引申为治理的意思。
[15] 柯:树枝。
[16] 条:小枝。

与朱元思书

赏 析

吴均为南朝梁时文学家,能诗能文。他因文体清拔独特一度引人效仿,时称"吴均体"。《与朱元思书》是其记叙从富阳到桐庐一百许里山水之美的散文,寄托了自己向往自然、厌弃世俗的心情。

"风烟俱净,天山共色。"富春江上烟波浩渺,山水一色,朦胧梦幻。吴均初一落笔,就奠定了清新飘远的审美基调。六朝散文不胜枚举,就算都是写山、水、草、树,不同的作者也有着各不相同的抒写模式。比如前面鲍照的《登大雷岸与妹书》,鸿篇巨制,一看就是豪迈的泼墨画;而吴均的这一篇浓淡相宜,又是另一种写意的画风。吴均叙述他从富阳一路漂至桐庐,乘着小舟任意东西,所见百里尽是"奇山异水",景色"天下独绝"。周围的江水是苍青色的,清澈得能察千丈之底,中有"游鱼细石,直视无碍"。水流湍急,似箭如马,动静结合,清灵别致。从水向上望去,富春江群山"皆生寒树,负势竞上,互相轩邈,争高直指,千百成峰",壮丽肃杀。山水既成,作者再配以鸟鸣、蝉啭、猿啼、鸢唳的四重奏,"嘤嘤成韵","千转不穷",充实了画面。最后他借"鸢飞戾天者,望峰息心"之景比拟人心,感叹奔走名利之人在这番山水下也会受到感化,忘记折返世俗。而自己更是得以在此得到了心灵的净化,安然枕藉乎舟中,行驶于晓风疏影里,暂时消除了与世俗的纠缠。

这篇《与朱元思书》就像一幅画,恰到好处地给人重现了富春江的美景。北宋画家郭熙在其文章《林泉高致》中曾提出,山水画应使观者如在其中,产生"可游可居"的审美印象。而吴均此文在描景时也是如此,大景中有小景,近景推向远景,如此一来此处与彼处都能相映成趣,无一处落苍白。使读者可远观,可细玩,随着文字移步换景,如在画中游一般。其实我们不妨将此文与存世的《富春山居图》对照来看,看看作家的笔和画家的笔是如何相互诠释,做到"诗中有画,画中有诗"的,想必会很有收获。除此之外,吴均在撰文时不忘寄托情思,他在刻画山水之美的同时,也写出了游山水之人的任意放诞,显得更为真诚可爱,富有情韵。

萧统
（501—531）

字德施，小字维摩，南兰陵（今江苏常州西北）人，南朝梁文学家。梁武帝萧衍长子，天监元年（502）立为太子，未及即位而卒，谥昭明，世称昭明太子，其生平事迹见于《南史》及《梁书》。萧统性仁孝，宽和容众，信奉佛教，喜爱文学。曾在东宫招聚文士刘孝威、庾肩吾等人，编录先秦两汉至梁初诗文成《文选》三十卷，以文体类别分录历代作品，表现出注重文学审美意义的鲜明倾向。《文选》一书在历代影响极大，以至形成了一项专门的"文选学"。《隋书·经籍志》载有其文集《昭明太子集》二十卷，后散佚。明人张溥辑有《梁昭明集》，收入《汉魏六朝百三家集》。

陶渊明集序 [1]

夫自衒自媒者，士女之丑行[2]；不忮不求者，明达之用心[3]。是以圣人韬光[4]，贤人遁世[5]。其故何也？含德之至[6]，莫逾于道[7]；亲己之切，无重于身[8]。故道存而身安，道亡而身害。处百龄之内[9]，居一世之中，倐忽比之白驹[10]，寄遇谓之逆旅[11]。宜乎与大块而盈虚[12]，随中和而任放[13]，岂能戚戚劳于忧畏[14]，

注 释

[1]《陶渊明集》：南朝梁昭明太子搜集、整理陶渊明的作品，辑成一集，即《陶渊明集》。本篇是为《陶渊明集》写的序。
[2] "夫自衒（xuàn）"二句：自我炫耀、自为媒妁是一种丑行。语出曹植《求自试表》："夫自衒自媒者，士女之丑行也。"自衒：自我炫耀。自媒：自为媒妁。古代婚姻要有"父母之命，媒妁之言"，自媒是非礼行为。士女：士人与女子。
[3] "不忮（zhì）"二句：不嫉妒不贪求是明智通达之士的心理。语出《诗经·邶风·雄雉》："不忮不求，何用不臧？"明达：明智通达。
[4] 圣人：至智至善有完美人格的人。韬光：隐藏声名才华。
[5] 贤人：有才又有德的人。遁世：避世隐居。
[6] 含德：怀藏道德。《老子》第五十五章："含德之厚，比于赤子。"
[7] 道：指道家的自然之道。
[8] "亲己"二句：道存身安是最为重要的事。亲己：爱护自己。切：急切，深切。无重于身：没有超过自身的。
[9] 百龄：百岁，代指人的一生。
[10] 倐忽：形容时间流逝的快。《庄子·知北游》："人生天地之间，若白驹之过隙，忽然而已。"
[11] 寄遇：寄居在世。道家认为，人生在世不过是暂时寄居，故有"人生如寄"之说。逆旅：旅舍。
[12] 大块：大自然，大地。《庄子·齐物论》："夫大块噫气，其名为风。"成玄英疏："大块者，造物之名，亦自然之称也。"盈虚：盈满或虚空，谓发展变化。
[13] 中和：此为道教的中和，指元气。《太平经·和三气兴帝王法》："元气有三名：太阳、太阴、中和。"任放：放纵任性。
[14] 戚戚：忧伤的样子。忧畏：忧虑惧怕。

萧 统

汲汲役于人间[15]！齐讴赵女之娱[16]，八珍九鼎之食[17]，结驷连骑之荣[18]，侈袂执圭之贵[19]，乐既乐矣，忧亦随之。何倚伏之难量[20]，亦庆吊之相及[21]。智者贤人，居之甚履薄冰[22]；愚夫贪士，竞之若泄尾闾[23]。玉之在山，以见珍而终破[24]；兰之生谷，虽无人而自芳[25]。故庄周垂钓于濠[26]，伯成躬耕于

[15] 汲汲：急切貌。役于人间：为世间之事所奴役。
[16] 齐讴赵女之娱：喻声色歌舞的娱乐享受。齐讴：齐地的歌曲。古代齐人多善歌。《列子·汤问》载：秦青"抚节悲歌，声振林木，响遏行云"，韩娥"既去而余音绕梁栭，三日不绝"。赵女：古时赵国多出美女，且能歌善舞。张衡《南都赋》："于是齐僮唱兮列赵女。"
[17] 八珍：其说不一，俗以龙肝、凤髓、豹胎、鲤尾、鸮炙、猩唇、熊掌、酥酪蝉为八珍，亦泛指各种美味。九鼎：喻豪贵之家的奢侈生活。古代权贵之家列鼎而食。周礼规定：天子九鼎，诸侯五鼎，大夫三鼎。
[18] 结驷连骑：言古代权贵出行时车马之多。四马一车曰驷，一人一马曰骑。
[19] 侈袂：广袖，大袖。古代官服皆为大袖，故以侈袂喻指入仕。执圭：手持圭，指做官。圭：长条形的玉器，为官吏执持之物。
[20] 倚伏：指祸福之互相转换。《老子》第五十八章："祸兮，福之所倚；福兮，祸之所伏。"
[21] 庆吊：庆祝和吊唁，指喜事与丧事。
[22] 居之：指居官位。甚：甚于，超过。履薄冰：喻危险。《诗经·小雅·小旻》："战战兢兢，如临深渊，如履薄冰。"
[23] 竞之：指在官场上竞逐。若泄尾闾：好像万川归海，永无满足的时候。《庄子·秋水》："天下之水，莫大于海：万川归之，不知何时止而不盈；尾闾泄之，不知何时已而不虚。"尾闾：古代传说中泄海水之处。
[24] 见珍：被人珍视。终破：最终被打碎。
[25] 虽无人而自芳：言虽无人欣赏，但自己仍散发芳香。
[26] 濠：水名，在安徽凤阳东北。《庄子·秋水》："庄子钓于濮水。楚王使大夫二人往先焉，曰：'愿以境内累矣！'庄子持竿不顾……""庄子与惠子游于濠梁之上。庄子曰：'儵鱼出游从容，是鱼之乐也。'惠子曰：'子非鱼，安知鱼之乐？'庄子曰：'子非我，安知我不知鱼之乐？'"两则故事皆无垂钓于濠之事，此处可能是萧统将两事混为一谈。

野[27],或货海东之药草,或纺江南之落毛[28]。譬彼鸳雏,岂竞鸢鸱之肉[29];犹斯杂县,宁劳文仲之牲[30]!至于子常、宁喜之伦[31],苏秦、卫鞅之匹[32],死之而不疑,甘之而不悔[33]。主父

[27] 伯成:即伯成子高,尧时诸侯,后辞爵位而躬耕于野。《庄子·天地》:"尧治天下,伯成子高立为诸侯。尧授舜,舜授禹,伯成子高辞为诸侯而耕。禹往见之,则耕在野。"
[28] "或货"二句:安期生卖药海边;楚人老莱子遁耕于蒙山之阳,曰:"鸟兽之毛,可绩而衣。"用典均出自西晋皇甫谧《高士传》。
[29] "譬彼"二句:譬如鸳雏那样的洁鸟,怎么会去竞逐腐鼠?《庄子·秋水》:"惠子相梁,庄子往见之。或谓惠子曰:'庄子来,欲代子相。'于是惠子恐,搜于国中三日三夜。庄子往见之,曰:'南方有鸟,其名为鹓雏……发于南海而飞于北海,非梧桐不止,非练实不食,非醴泉不饮。于是鸱得腐鼠,鹓雏过之,仰而视之曰:"吓!"今子欲以子之梁国而吓我邪?'"鸳雏:即鹓雏,传说中的凤属之鸟,此比拟高贤之人。鸢鸱:鸷鸟,属猛禽类。
[30] "犹斯"二句:又如杂县这种鸟,怎么会以成为文仲祭祀用的牺牲为荣?《国语·鲁语上》:"海鸟曰'爰居',止于鲁东门之外三日,臧文仲使国人祭之。展禽(即柳下惠)曰:'越哉,臧孙之为政也!夫祀,国之大节也;而节,政之所成也。故慎制祀以为国典。今无故而加典,非政之宜也。'"三国韦昭注:"爰居,杂县也。"杂县:即爰居,一种海鸟。文仲:指臧文仲,春秋时期鲁国的大夫。牲:祭祀用的牺牲。
[31] 子常:指楚令尹囊瓦子常。楚平王时为令尹。平王卒,昭王立。蔡昭侯有佩与裘,唐成公有两肃爽马,二君入楚,佩、裘和马被囊瓦觊觎。二君不与,被囊瓦扣留。及蔡人献佩,唐人献马,乃放归蔡侯、唐侯。后二君从吴伐楚,囊瓦三战不胜,遂奔郑。宁喜:春秋时期卫国大夫,宁殖之子。卫献公因对孙林父(父子)和宁殖(惠子)无礼,被驱逐出卫国,逃至齐国。孙、宁二人另立殇公。宁殖死后,孙林夫与宁喜争宠,互相攻击。卫献公在外流落十二年后归卫,因忌宁喜争权,杀宁喜。事见《左传·襄公二十七年》。
[32] 苏秦:战国时期纵横家,主合纵,曾佩六国相印,风光一时。后约纵为张仪所败,客居于齐,被齐大夫刺杀。卫鞅:即商鞅,战国时期卫国人,曾佐秦孝公实行变法,使秦国富强。孝公死,子惠文王继位。惠文王素与商鞅不和,遂将商鞅车裂。
[33] "死之"二句:子常等四人对权力与富贵至死不疑,甘心为获得权力而争斗,死而不悔。

偃言："生不五鼎食，死则五鼎烹。"[34] 卒如其言，岂不痛哉！又楚子观周，受折于孙满[35]；霍侯骖乘，祸起于负芒[36]。饕餮之徒[37]，其流甚众。

唐尧，四海之主，而有汾阳之心[38]；子晋[39]，天下之储，而有洛滨之志[40]。轻之若脱屣，视之若鸿毛[41]，而况于他人乎？

[34]"主父偃"三句：典出《汉书·主父偃传》："尊立卫皇后及发燕王定国阴事，偃有功焉。大臣皆畏其口，赂遗累千金。或说偃曰：'大横！'偃曰：'臣结发游学四十余年，身不得遂，亲不以为子，昆弟不收，宾客弃我，我厄日久矣。丈夫生不五鼎食，死则五鼎亨耳！吾日暮，故倒行逆施之。'""元朔中，偃言齐王内有淫失之行，上拜偃为齐相。至齐，……乃使人以王与姊奸事动王。王以为终不得脱，恐效燕王论死，乃自杀。""公孙弘争曰：'……非诛偃无以谢天下。'乃遂族偃。"

[35]"又楚子"二句：指楚庄王问鼎之轻重大小，遭到周朝大夫王孙满反诘之事。《左传·宣公三年》："楚子伐陆浑之戎，遂至于雒，观兵于周疆。定王使王孙满劳楚子，楚子问鼎之大小轻重焉。对曰：'在德不在鼎。……成王定鼎于郏鄏，卜世三十，卜年七百，天所命也。周德虽衰，天命未改。鼎之轻重，未可问也。'"

[36]"霍侯"二句：霍光给汉宣帝做骖乘时，宣帝对其比较忌惮，感到如芒刺在背。这是导致他后来身死族灭的重要原因。《汉书·霍光传》："宣帝始立，谒见高庙，大将军光从骖乘，上内严惮之，若有芒刺在背。后车骑将军张安世代光骖乘，天子从容肆体，甚安近焉。及光身死而宗族竟诛，故俗传之曰：'威震主者不畜，霍氏之祸萌于骖乘。'"霍侯：指西汉大将军霍光。霍光生前曾被封为阳武侯，死后谥号宣成侯，故称霍侯。骖乘：又称"车右"，坐在车子右边的持戟保卫之士。负芒：背上如负芒刺。

[37]饕餮：传说中贪食的恶兽，贪食，有首无身，常作为青铜器的纹饰。此处比喻贪婪凶残之人。

[38]汾阳之心：放弃天下、放下权力的心态。汾阳：汾水之阳。《庄子·逍遥游》："尧治天下之民，平海内之政，往见四子藐姑射之山，汾水之阳，窅然丧其天下焉。"

[39]子晋：指周灵王太子晋，又称王子乔。《列仙传》载，太子晋常吹笙作凤凰鸣，后被浮丘公引往嵩山修炼，三十余年后升仙。

[40]洛滨：濒临洛水，指在洛水边隐居修炼。

[41]"轻之"二句：言唐尧与太子晋都把统治天下看得十分轻。屣：鞋履。

陶渊明集序

是以至人达士,因以晦迹[42]。或怀耧而谒帝[43],或披褐而负薪[44],鼓枻清潭[45],弃机汉曲[46]。情不在于众事,寄众事以忘情者也[47]。

有疑陶渊明诗篇篇有酒。吾观其意不在酒,亦寄酒为迹者也[48]。其文章不群,辞彩精拔[49],跌宕昭彰[50],独超众类,抑扬爽朗,莫之与京[51]。横素波而傍流[52],干青云而直上[53]。语

---

[42] 晦迹:隐藏行迹,即隐居。
[43] 怀耧(xī):怀着求福的愿望。耧:福。谒帝:拜见皇帝。
[44] 披褐而负薪:穿着粗布衣服,背着木柴,代指高士行踪。
[45] 鼓枻(yì)清潭:在清澈的江水上荡舟乘游,以喻不愿与世浮沉的高洁之志。《楚辞·渔夫》:"屈原既放,游于江潭,行吟泽畔……渔夫曰:'圣人不凝滞于物,而能与世推移。世人皆浊,何不淈其泥而扬其波?众人皆醉,何不餔其糟而歠其醨?……'屈原曰:'吾闻之,新沐者必弹冠,新浴者必振衣。安能以身之察察,受物之汶汶者乎?宁赴湘流,葬于江鱼之腹中。安能以皓皓之白,而蒙世俗之尘埃乎?'渔父莞尔而笑,鼓枻而去。"
[46] 弃机汉曲:言不愿有机巧之心存于胸中。《庄子·天地》:"子贡南游于楚,反于晋,过汉阴,见一丈人方将为圃畦,凿隧而入井,抱瓮而出灌,搰搰然用力甚多而见功寡。子贡曰:'有械于此,一日浸百畦,用力甚寡而见功多,夫子不欲乎?'为圃者仰而视之曰:'奈何?'曰:'凿木为机,后重前轻,挈水若抽,数如泆汤,其名为槔。'为圃者忿然作色而笑曰:'吾闻之吾师,有机械者必有机事,有机事者必有机心。机心存于胸中,则纯白不备;纯白不备,则神生不定;神生不定者,道之所不载也。吾非不知,羞而不为也。'"弃机:丢弃机械,喻指丢弃机心。汉曲:汉水之滨。
[47] "情不在"二句:感情不在于各种事情上,不过是以各种事情为寄托以达到忘情世事的境界。
[48] 寄酒为迹:把自己的行迹寄托在饮酒中。
[49] 精拔:精妙超拔。
[50] 跌宕:指文笔富于变化。
[51] 莫之与京:无人能与他匹敌。京:大。
[52] 横素波而傍流:如平地白波任意流淌,比喻陶渊明才思丰富。傍:旁边,侧边。
[53] 干青云而直上:言陶渊明人品与义气高邈。

萧 统

时事则指而可想[54],论怀抱则旷而且真。加以贞志不休,安道苦节,不以躬耕为耻,不以无财为病,自非大贤笃志[55],与道污隆[56],孰能如此乎!余爱嗜其文,不能释手,尚想其德,恨不同时。故加搜校,粗为区目[57]。白璧微瑕,惟在《闲情》一赋,扬雄所谓劝百而讽一者[58],卒无讽谏,何必摇其笔端?惜哉!亡是可也。并粗点定其传[59],编之于录。

尝谓有能观渊明之文者,驰竞之情遣[60],鄙吝之意祛[61],贪夫可以廉[62],懦夫可以立[63],岂止仁义可蹈[64],抑乃爵禄可辞,不必傍游太华[65],远求柱史[66],此亦有助于风教也[67]。

---

[54] 指而可想:其旨趣可以想见。指:旨趣,意向。
[55] 笃志:专心致志。
[56] 与道污隆:随道而变化,顺任自然。污隆:升与降,盛与衰。
[57] 粗为区目:粗略地编订其篇次目录。
[58] "扬雄"句:扬雄认为文章应该有劝谕讽谏的作用。《汉书·司马相如传》:"相如虽多虚辞滥说,然要其归引之于节俭,此亦《诗》之风谏何异?扬雄以为靡丽之赋,劝百而讽一,犹骋郑、卫之声,曲终而奏雅,不已戏乎!"又扬雄《法言·吾子》:"或问:'吾子少而好赋?'曰:'然。童子雕虫篆刻。'俄而,曰:'壮夫不为也。'或曰:'赋可以讽乎?'曰:'讽乎!讽则已,不已,吾恐不免于劝也。'"
[59] 点定:整理写定。传:传记。
[60] 驰竞:奔驰竞争,指在官场上的争名夺利。遣:消散,消除。
[61] 鄙吝:卑鄙吝啬。祛:除。
[62] 贪夫:贪婪之人。廉:廉洁,不贪婪。
[63] 立:立志,树立。《孟子·尽心下》:"故闻伯夷之风者,顽夫廉,懦夫有立志。"
[64] 仁义:儒家所提倡的道德规范。蹈:履行。
[65] 傍游太华:指山林隐居。傍游:遍游。太华:指太华山,即西岳华山,在陕西华阴南。此处代指隐居之所。
[66] 柱史:指老子李聃,相传曾为周朝的柱下史。
[67] 风教:风俗教化。《毛诗序》:"风以动之,教以化之。"

赏 析

　　南朝萧统是第一个为陶渊明编集之人。古语有言："世有伯乐，然后有千里马。千里马常有，而伯乐不常有。"（韩愈《马说》）如果陶渊明是魏晋文坛的一匹"千里马"，那么萧统就是他的"伯乐"。在陶死后近百年的光阴里，他的价值曾一度没有被发现。虽然今人将其奉为田园诗派的鼻祖，但在当时，刘勰、钟嵘等文学大家却只以为陶渊明艺在"中品"，不值多提。所以萧统选编这部《陶渊明集》，在文学史上有着非同寻常的意义。而从这篇最早评价陶渊明及其作品的序文里，也有一二问题值得我们来一同品析。

　　第一，萧统作为发现陶渊明才华的人，不仅是陶渊明的伯乐，也是他的知己。他爱陶文，首先是爱其人。他在《陶渊明集序》里大谈特谈何为圣贤，何为道德，就是想表达自己的认知是向圣贤看齐的，而陶渊明便位在其列。他说"圣人韬光，贤人遁世"，至善至美之人懂得收敛锋芒，有才有德的人就会选择隐居。这是因为"含德之至，莫逾于道；亲己之切，无重于身"，道德的重点在于归于自然，能一直牢记这个道理并以身践行才是最重要的。而陶渊明恰恰用他的一生证明了这个道理，还将他的人生感悟都记录在了自己的诗文中。每读其文，萧统便受一次震撼。他盛赞陶公"文章不群，辞彩精拔，跌宕昭彰，独超众类，抑扬爽朗，莫之与京"。这一段的意思是说，陶渊明文笔精彩，超凡脱俗，抑扬变化之间，展现出了莫能与之匹敌的高远与大气。

　　萧统能理解陶公醉翁之意不在酒，理解他只是"寄酒为迹"，借酒消愁；也能洞悉他淡泊宁静的田园情怀背后是赤诚坦荡的圣人气魄。他读陶公的诗文，无论叙怀、说理，都能领略其中的大情怀、大意境，而不仅求得眼前的小词小句。在他眼中，陶渊明"贞志不休，安道苦节，不以躬耕为耻，不以无财为病"，是"大贤笃志，与道污隆"之人，几乎符合他心中对圣贤之人的所有幻想。所以他极爱陶渊明，以致不能接受陶的笔下会有《闲情赋》这么一篇俗文。从《梁书·昭明太子传》中看，萧统其人"宽和容众，喜愠不形于

萧 统

色，引纳才学之士，赏爱无倦"；而且性爱山水，对女乐歌妓都不感兴趣。虽然身处权力中心，却也不忘把兴盛文学作为己任。遇见陶渊明，是萧统得意终生的幸事，他感到"爱嗜其文，不能释手，尚想其德，恨不同时"，所以要为其编集。

这篇文章透露的另一个问题是，南朝学风尚佛、尚道，文人归隐多出此朝。萧统在序文里引出陶渊明之前，先用了较大篇幅的文字去解释圣贤的含义。这是一种先抑后扬的写法，意在借无数前人的肩膀托起陶渊明的地位。文中多用道家语，如"倏忽比之白驹"，"宜乎与大块而盈虚"，"齐讴赵女之娱"，"何倚伏之难量"等，均出自《老子》《庄子》《列子》等书。而文中列举的那些人，也被分为两类，淡泊隐逸的就是"智者贤人"，好谈功名的就被称作"愚夫贪士"。"庄周垂钓于濠，伯成躬耕于野"；"唐尧，四海之主，而有汾阳之心；子晋，天下之储，而有洛滨之志"。明达的人知道"玉之在山，以见珍而终破"，所以守残抱缺，也欣然惬意。"至于子常、宁喜之伦，苏秦、卫鞅之匹，死之而不疑，甘之而不悔。"萧统感慨这些人一生精进，却可能最终落得"生不五鼎食，死则五鼎烹"的下场。

《庄子·人间世》里有一个寓言，说有一个匠人途遇一棵无比巨大的栎树，却看也不看一眼。他的徒弟非常不解，忍不住询问。匠人解释说这种木材因为做什么都会很快就坏，没什么用处，所以才能存活至今，没人来砍。诚如所说，"桂可食，故伐之；漆可用，故割之。人皆知有用之用，而莫知无用之用也"，这是庄子一早就教过世人的。然而千百年过去了，还是"饕餮之徒"多，"至人达士"少，令人十分痛心。

萧统身为太子，先天下之忧而忧。历史上记载他仁爱宽厚，从序文里我们能看到他的内心是出世的。追本溯源，其实自魏晋南北朝文学自觉以来，文人的思想就出现了一个分支。由于大多数人都经历了乱世的坎坷，所以求仙、隐逸成了他们化解生死痛苦的方法。这个时期的人喜爱玄学，也喜爱佛学，向往平淡，自成一套生存法

陶渊明集序

则。萧统在这个时候选编《陶渊明集》,也算应时而生。他在文章的最末说:"尝谓有能观渊明之文者,驰竞之情遣,鄙吝之意祛,贪夫可以廉,懦夫可以立",意思是读过陶渊明作品的人就会被陶渊明的精神境界所感化,不管曾经有什么样的缺点都可以改过重来。其实,哪有这么神奇呢?但是就算知其不能,陶渊明的诗文对于任何人来说,也都是开卷有益的。所以,萧统要向世人推荐陶渊明,做"有助于风教"的事。

萧统

文选序

式观元始[1]，眇觌玄风[2]，冬穴夏巢之时[3]，茹毛饮血之世[4]，世质民淳[5]，斯文未作[6]。逮乎伏羲氏之王天下也[7]，始画八卦[8]，造书契[9]，以代结绳之政[10]，由是文籍生焉[11]。《易》曰："观乎天文[12]，以察时变[13]；观乎人文[14]，以化成天下[15]。"文之时义远矣哉[16]！若夫椎轮为大辂之始[17]，大辂宁有椎轮之质[18]？增冰为积水所成[19]，积水曾微增冰之凛[20]。何哉？盖踵

注 释

[1] 式：句首语气词。元始：指原始时代。
[2] 眇（miǎo）：通"渺"，遥远。觌（dí）：看。玄风：远古的风俗。
[3] 冬穴夏巢：冬季居洞穴，夏季住木巢。穴：土室，岩洞。
[4] 茹毛饮血：连毛带血生食鸟兽。茹：食。
[5] 质：朴实。淳：敦厚。
[6] 文：文字，文章。作：兴起。
[7] 逮：及，到。伏羲氏：又称皇羲、伏牺、庖牺氏，传说中的上古部落首领。王：称王，统治。
[8] 八卦：相传为最早的象形文字，包括乾、坤、震、巽、坎、离、艮、兑。
[9] 书：指文字。契：刻写。
[10] 结绳：上古用绳子打结记事。政：办法。
[11] 文籍：书籍。《尚书序》："古者伏羲氏之王天下也，始画八卦，造书契，以代结绳之政，由是文籍生焉。"
[12] 天文：指日月星辰。
[13] 时变：指四时变化。
[14] 人文：指诗书礼乐等典籍。
[15] 化成：教化人民，使其有所成就。
[16] 时义：指对时代产生的意义。这句是说，书籍对时代会产生影响，这在很早以前就出现了。
[17] 椎（chuí）轮：即椎车，原始的无辐轮的车，靠大形圆木做轮向前滚动运行。大辂（lù）：大车。
[18] 宁有：岂有。
[19] 增冰：层冰，厚冰。
[20] 曾微：曾无，并没有。凛：冷。

其事而增华[21]，变其本而加厉[22]。物既有之，文亦宜然，随时变改，难可详悉[23]。

尝试论之曰：《诗序》云[24]："诗有六义焉：一曰风，二曰赋，三曰比，四曰兴，五曰雅，六曰颂。[25]"至于今之作者，异乎古昔。古诗之体，今则全取赋名[26]。荀、宋表之于前[27]，贾、马继之于末[28]。自兹以降[29]，源流实繁[30]。述邑居[31]，则有"凭虚""亡是"之作[32]；戒畋游[33]，则有《长杨》《羽猎》之制[34]。若其纪一事，咏一物，风云草木之兴，鱼虫禽兽之流，推而广之，不可胜载矣。

又楚人屈原，含忠履洁[35]，君匪从流[36]，臣进逆耳[37]，深

[21] 踵：继续，追加。增华：增加文采装饰。
[22] 变其本：改变了它原来的性质状态。加厉：更加严重。
[23] 悉：了解，知道。
[24] 《诗序》：指《毛诗序》，相传为汉代毛亨、毛苌为《诗》作传时所写的序言。
[25] "《诗》有六义"七句：语见《诗经·周南·关雎》序文。风、雅、颂：三种不同的音乐曲调。风指民歌，雅用于朝廷，颂施之宗庙。赋、比、兴：指诗的三种艺术表现手法。赋：直陈。比：比喻。兴：托物起兴。
[26] "古诗之体"二句：古代所谓赋只是诗的一体，现在不称其为诗而统称为赋。班固《两都赋序》："赋者，古诗之流也。"
[27] 荀：指荀卿。宋：指宋玉。《汉书·艺文志》载有荀卿赋十篇、宋玉赋十六篇。
[28] 贾：指贾谊。马：指司马相如。《汉书·艺文志》载贾谊赋七篇、司马相如赋二十九篇。
[29] 以降：以后。
[30] 源流：源头和支流。这里是偏义复合词，侧重于流。
[31] 邑居：指宫苑。
[32] 凭虚：张衡《西京赋》中的人物。亡是：即亡是公，司马相如《上林赋》中的人物。
[33] 畋游：狩猎游宴。
[34] 《长杨》《羽猎》：赋名，均为扬雄所作。
[35] 含：怀。履：行为。
[36] 君：指楚王。匪：不能。从流：从善如流，指听取劝告。《左传·成公八年》："从善如流。"
[37] 臣：指屈原。逆耳：指不愿听的忠直之言。《孔子家语·六本》："良药苦于口而利于病，忠言逆耳而利于行。"

萧统

思远虑，遂放湘南[38]。耿介之意既伤[39]，壹郁之怀靡诉[40]。临渊有怀沙之志[41]，吟泽有憔悴之容[42]。骚人之文[43]，自兹而作。

诗者，盖志之所之也，情动于中而形于言[44]。《关雎》《麟趾》，正始之道著[45]；桑间、濮上，亡国之音表[46]。故风雅之道[47]，粲然可观[48]。自炎汉中叶[49]，厥途渐异[50]，退傅有《在邹》之作[51]，降将著《河梁》之篇[52]。四言五言[53]，区以别

[38] 放：放逐。湘南：指屈原被放逐的湘水西南一带。
[39] 耿介：刚强正直。
[40] 壹郁：即"抑郁"。靡：无。
[41] 怀沙：指怀石自沉。《史记·屈原贾生列传》："屈原至于江滨……乃作怀沙之赋。……于是怀石遂自汨罗以死。"
[42] 吟泽有憔悴之容：指屈原在江边行吟时，面容憔悴忧虑。《楚辞·渔父》："屈原既放，游于江潭，行吟泽畔，颜色憔悴，形容枯槁。"
[43] 骚人：指作骚体文的作者。骚：《离骚》的简称。
[44] "诗者"三句：语出《毛诗序》："诗者，志之所之也，在心为志，发言为诗，情动于中而形于言。"志：意志，即思想感情。所之：所到。
[45] "《关雎》"二句：《关雎》是《周南》的首篇，《麟趾》是《周南》的末篇，这里用首末两篇代指《周南》。《毛诗序》："《周南》《召南》，正始之道，王化之基。"正始之道：端正人伦教化的初始之道。
[46] "桑间"二句：桑间、濮上的柔靡之乐，是亡国的预兆。《礼记·乐记》："桑间、濮上之音，亡国之音也。"郑玄注："濮水之上，地有桑间者，亡国之音，于此之水出也。昔殷纣使师延作靡靡之乐，已而自沉于濮水。"
[47] 风雅：指《诗经》中的国风、小雅、大雅。风雅之道：指《诗》在反映和影响社会现实方面的作用。
[48] 粲然：鲜明的样子。
[49] 炎汉：指汉代。古人以水、火、木、金、土五行相生相克作为帝王递相更代之应，认为汉是火德，所以称炎汉。
[50] 厥途：指诗歌的发展道路。厥：其。
[51] 退傅：退位的丞相，此处指西汉历仕楚元王、夷王及王戊三代的韦孟。《在邹》之作：指韦孟因王戊无道辞官隐居于邹而作的《在邹》诗。
[52] 降将：指李陵。《河梁》之篇：指旧传为李陵所作的《与苏武诗》，因诗中有"携手上河梁"句，故称。诗共三首，均为五言，一般认为系后人伪托之作。
[53] 四言：指韦孟的《讽谏》诗和《在邹》诗。五言：指传为李陵所作的《与苏武诗》。

矣[54]。又少则三字[55]，多则九言[56]，各体互兴，分镳并驱[57]。

颂者，所以游扬德业，褒赞成功[58]。吉甫有"穆若"之谈[59]，季子有"至矣"之叹[60]。舒布为诗[61]，既言如彼[62]。总成为颂[63]，又亦若此[64]。次则箴兴于补阙[65]，戒出于弼匡[66]，论则析理精微，铭则序事清润[67]，美终则诔发[68]，图像则赞兴[69]。又诏诰教令之流[70]，表奏笺记之列[71]，书誓符檄之品[72]，

[54] 区以别矣：区别开来。《论语·子张》："譬诸草木，区以别矣。"别：辨别。
[55] 三字：三言诗，汉有《安世房中歌》《郊祀歌》等，均为三言诗。
[56] 九言：九言诗，魏曹丕之孙曹髦有作，今已佚。现存最早的九言诗或为南朝宋谢庄《明堂歌》中的《白帝》一首。
[57] 分镳并驱：形容不同的诗体同时并起。镳：马勒在马口中的部分为衔，在马口外边的部分为镳。
[58] "颂者"三句：语出《毛诗序》："颂者，美盛德之形容，以其成功告于神明者也。"游扬：到处宣扬。德业：事业。
[59] 吉甫：指尹吉甫，周宣王之臣。《诗经·大雅·烝民》一诗为尹吉甫所作。该诗通篇颂扬仲山甫，中有"吉甫作颂，穆如清风"之句。穆若：犹"穆如"。
[60] 季子：指春秋时期吴公子季札。《左传·襄公二十九年》载，季札聘于鲁，观赏周乐。当乐工演奏《颂》时，他赞叹道："至矣哉！……盛德之所同也。"
[61] 舒布：展示铺陈。
[62] 彼：指国风、大雅、小雅以及汉诗。
[63] 总成：总括而成。
[64] 此：指《诗经》中的颂和汉代以后的颂。
[65] 箴：以劝诫警示为主要内容的文体。阙：缺陷，过失。
[66] 戒：上级训导下级、长辈训导晚辈的一种文体。弼：辅助。匡：纠正。
[67] 铭：铸刻于金属器具或碑碣，用于颂扬或警示的一种文体。
[68] 美终：赞扬逝者。
[69] 图像：为人画像。赞：一种专用于颂扬德行的文体。
[70] 诏诰教令：古代朝廷发布的四种不同类型的公文。诏：皇帝颁发的诏书。诰：皇帝对臣下的一种训诫或勉励的文告。教：诸侯王公教导民众的公告。令：政令。
[71] 表奏笺记：古代臣民上书进言陈事的四种文体。
[72] 誓：誓师的文告。符：用以传达命令或声讨的文书。檄：用以征召晓谕或声讨敌人的文书。

萧 统

吊祭悲哀之作[73]，答客指事之制[74]，三言八字之文[75]，篇辞引序[76]，碑碣志状[77]，众制锋起[78]，源流间出[79]。譬陶匏异器[80]，并为入耳之娱；黼黻不同[81]，俱为悦目之玩。作者之致[82]，盖云备矣[83]！

余监抚余闲[84]，居多暇日。历观文囿[85]，泛览辞林[86]，未尝不心游目想[87]，移晷忘倦[88]。自姬、汉以来[89]，眇焉悠邈[90]，

[73] 吊：吊唁死者或慰问其家属的文字。祭：指祭文，祭奠死者的文字。哀：指哀文。这三种文体性质类似，但是祭文必定有祭品，吊没有祭品。哀文往往用于哀悼夭折之人，但也用于一般哀悼。
[74] 答客：借答人问难而自抒情志的一种文体，如东方朔《答客难》、扬雄《解嘲》等。指事：指如枚乘《七发》等借"七事"来启发太子之类的文体。
[75] 三言八字：指用三言或八言写成的杂言诗。
[76] 篇辞引序：也是四种文体。篇：诗篇，《文选》"乐府类"收录了曹植《美女篇》《白马篇》《名都篇》，这里的"篇"可能是指乐府。辞：《文选》有"辞"一类，收录有汉武帝《秋风辞》、陶渊明《归去来兮辞》。引：歌曲的一种，《文选》收录有曹植《箜篌引》。序：用来陈述作者意旨的文章，《文选》载录署名子夏的《毛诗序》等。本篇《文选序》亦是序类文。
[77] 碑碣志状：也是四种文体。碑：指碑文，用来刻石纪功。碣：也是碑文之类。长方形的石刻叫碑，圆首形或者形状在方圆之间、上小下大的石刻叫碣。志：墓志，记死者之生平行事。状：行状，叙述死者的德行。
[78] 锋起：言其众多。
[79] 源流间出：许多文体的源与流相互间杂交错着出现。间：间杂，交错。
[80] 陶匏：两种乐器。陶：埙，土制。匏：笙、竽类乐器。
[81] 黼黻（fǔfú）：古代礼服上的花纹。黼为黑白相间者，黻为黑青相间者。
[82] 致：意趣情致。
[83] 备：完备。
[84] 监抚：指为皇帝代行国事或外出巡视。余闲：余暇。
[85] 文囿：即文坛。
[86] 泛览：广泛阅览。辞林：文章之林。
[87] 心游目想：应为"目游心想"，指在心中想象文章的情景事理。
[88] 移晷：日影移动，指时光流逝。晷：日影，引申为时光。
[89] 姬：指周朝，因周代姬姓，故称。
[90] 眇焉悠邈：指年代久远。眇、悠、邈，都是久远的意思。

文选序

时更七代[91]，数逾千祀[92]。词人才子，则名溢于缥囊[93]；飞文染翰[94]，则卷盈乎缃帙[95]。自非略其芜秽[96]，集其清英[97]，盖欲兼功太半，难矣[98]！

若夫姬公之籍[99]，孔父之书[100]，与日月俱悬，鬼神争奥[101]，孝敬之准式[102]，人伦之师友，岂可重以芟夷，加之剪截[103]？老、庄之作，管、孟之流[104]，盖以立意为宗，不以能文为本，今之所撰[105]，又以略诸[106]。若贤人之美辞，忠臣之抗直[107]，谋夫之话[108]，辨士之端[109]，冰释泉涌，金相玉振[110]。所谓坐狙丘[111]，

[91] 七代：指周、秦、汉、魏、晋、宋、齐七个朝代。
[92] 数：时数。祀：年。
[93] 缥囊：指青白色帛做的书袋。缥：青白色的帛。
[94] 飞文染翰：形容才思敏捷，书写快速。
[95] 缃帙：指用浅黄色的帛做的书套。缃：指浅黄色的帛。帙：书套。
[96] 自非：若非。略：删略。芜秽：糟粕，指不好的文章。
[97] 清英：或应为"精英"，指好的文章。
[98] "盖欲"二句：要想达到事半功倍的效果，是很难的。
[99] 姬公：指周公姬旦。
[100] 孔父：指孔子。鲁哀公诔孔子，称孔子为"尼父"。
[101] 鬼神争奥：其玄妙深奥可与鬼神相匹敌。
[102] 准：准则。式：法式。
[103] "岂可"二句：怎么能重新加以删节切断？重：加。芟夷：除草，这里指删除。
[104] "老、庄"二句：泛指诸子之书。
[105] 撰：编撰，甄选。
[106] 诸：之。
[107] 抗直：刚直的言论。
[108] 谋夫：谋士，出谋划策的人。
[109] 辨士：即辩士，能言善辩的人，犹说客。端：舌端，此处指言论。
[110] "冰释"二句：贤人、忠臣、谋夫、辩士的言辞又如冰融泉涌，才思敏捷；内容与形式完美结合，如金似玉。金相玉振：经雕琢整理后文质俱美的金玉，形容内容形式都很完美。
[111] 狙丘：齐国地名。

萧 统

议稷下[112]，仲连之却秦军[113]，食其之下齐国[114]，留侯之发八难[115]，曲逆之吐六奇[116]，盖乃事美一时，语流千载，概见坟籍[117]，旁出子史[118]，若斯之流，又亦繁博。虽传之简牍[119]，而事异篇章，今之所集，亦所不取。至于记事之史，系年之书，所以褒贬是非，纪别异同，方之篇翰，亦已不同。若其赞论之综辑辞采[120]，序述之错比文华[121]，事出于沉思，义归乎翰藻[122]，故与夫篇什，杂而集之。远自周室，迄于圣代[123]，都为三十卷[124]，名曰《文选》云耳。

凡次文之体[125]，各以汇聚[126]。诗赋体既不一，又以类分；类分之中，各以时代相次。

[112] 稷下：在今山东临淄北。狙丘、稷下皆因辩士云集而闻名。
[113] 仲连：鲁仲连，战国时期齐国人。《战国策·赵策》载，赵孝成王时，秦兵围赵都邯郸，魏王使辛垣衍劝说赵国尊秦为帝。鲁仲连恰好在赵国，晓之以利害，驳斥了辛垣衍，使赵孝成王打消了投降的念头。秦将得知后，退兵五十里。
[114] 食其：郦食其，秦汉之际谋士。《史记·郦生陆贾列传》载，在楚汉战争中，郦食其曾说服齐王田广投降汉朝。
[115] 留侯：即汉人张良，封留侯。《史记·留侯世家》载，汉高祖用郦食其计，欲立六国之后，张良用八事责难之。
[116] 曲逆：即汉人陈平，封曲逆侯。《史记·陈丞相世家》载，陈平辅佐汉高祖，曾出过六条奇计。
[117] 概：梗概。坟籍：泛指书籍。
[118] 旁出：旁见侧出。子史：古书分经、史、子、集四类。子指诸子之书，史指史书。
[119] 简牍：竹简和木牍，泛指书籍。
[120] 赞论：即《文选》所选史书中"传赞"一类的文体，如《汉书·公孙弘传赞》《后汉书·皇后纪论》等。综辑：连缀。
[121] 序述：指史书"叙传"的"述赞"，《文选》将其归为"史述赞"一类，如《汉书·述高纪赞》《汉书·述成纪赞》。错比：错杂排列。
[122] 归：附丽。翰藻：指优美的文辞。
[123] 圣代：指萧统所在的南朝梁。
[124] 都：凡，总。
[125] 次：编排。
[126] 汇聚：类聚。

文选序

赏 析

《文选》是我国现存编选最早的诗文总集，选录了先秦至梁代八九百年间一百多个作者的七百余篇文学作品，囊括诗歌、散文等各种题材。因由昭明太子萧统主持编选，故称《昭明文选》。萧统在编选这部《文选》时，对历朝历代一众作品进行了筛选与品评，从而制定了一套取舍的标准，并在《文选序》里进行了说明。所以这篇序文在一定程度上反映了萧统的文学观。

作为文选集，既然要涵盖前朝所有阶段的文学作品，那么这部书的性质就好比一部文学史，是一种对经典的再创造。作者从远古时期讲起，追溯文字的起源，一步一步，阐述文学的发展规律。我们在《周易·系辞传》和《说文解字叙》里面也可以看到这种历史追述，它经常被置于经典性的文本中，是古人一种"辨章学术，考镜源流"态度的体现，所以经常出现。通过对历史发展的溯源，作者强调了"变"的主题。文学是随着时代的推演而变化的，犹如"椎轮"一变而为"大辂"、"积水"凝结成"增冰"一样。虽然文学的起源实为久远，其具体情况已不甚清晰，但还是有探讨研究的必要，因而作者"尝试论之"。

萧统在具体论述文学流变的时候，基本上是从能收入文集的讲到不能收入文集的。统言之，诗、骚是重中之重，及至赋、颂也非常重要。次之是箴、戒、论、铭、诔，作者择善而选；再次是诏、奏、书、吊、述赞等，他也择文而集。至于他不选的，可分为两类：一类是文中糟粕，统统略去，即"略其芜秽，集其清英"；一类是诸子之言、良将之辩和史传之类，因为文体特殊所以不选。

在选与不选之间，我们对萧统的文学观就可略知一二了。从入选的作品来讲，他认可《诗经》是文学的起点，并且认为后代各种文学之"体"都是由《诗经》的"六义"逐渐发展而来的，如四言诗、五言诗、骚体和赋体。《诗经》的意义在于，它最早揭示了"诗者，盖志之所之也，情动于中而形于言"的本质。事实上，这不仅仅是诗歌的本质，也是文学的本质。而且《诗经》所代表的是"风

萧 统

雅之道",故"粲然可观",在文学史上举足轻重,所以是编选集的第一选择。第二,作者提到自汉以后文体得到了极大的发展,日益繁复。一方面诗歌句式改变,出现了赋和颂;一方面"众制锋起,源流间出",即不同文体的功能性日渐突出,需要进行更为细致的分类。这代表了文学在发展的过程中不仅自身的形式日渐完善,而且与政治、教化的联系也更加紧密起来。比如,"箴兴于补阙,戒出于弼匡","箴"的作用是提点过失,"戒"的作用是弼匡辅正。这些文体的不断出现,使文学真正成为载道的介质,而文人也得以成为真正的朝廷脊梁,走上历史舞台。

那么从落选的作品来看,萧统当时已经对"文学"的概念有了自己的看法。我们今天所说的"国学"系统,在萧统那里就不属于"文学"的范畴。其实,这个眼光还是比较毒辣的,今人也已经逐渐意识到了这个问题,所以纷纷在大学的文学系之外设立"国学院"。而萧统在当时是这样论述这个问题的:关于诸子百家,它们的内容围绕道德、人伦,"与日月俱悬,鬼神争奥"。但是,面对这样的圣人话语,一来无法删选,二来文学性不够突出,所以不录。关于忠臣良将之辩,作者以为其多发于具体事端,与一般的文艺创作也不同,所以也不录。最后,史传之类,微言大义。史家原本秉笔直书,也不图妙笔生花,不是文学,所以也不能选录。此处萧统在说到诸子散文的时候,有一句话很值得注意,曰:"老、庄之作,管、孟之流,盖以立意为宗,不以能文为本……"这句话为我们理解诸子文学,甚至其他的文学文章有很大的提点作用,从中也可以看出萧统将"文"和"教"是分得很清的。

通观整篇《文选序》,萧统由"文"的起源与发展论起,简述各种文体的发展过程,并指出选入的文章都具有"事出于沉思,义归乎翰藻"的特点,从侧面否定了南朝一些靡丽过当、无病呻吟的文学作品,矫正了文坛的风气。

萧绎
（508—555）

字世诚，小字七符，梁武帝萧衍第七子。初封湘东王，后为荆州刺史、江州刺史。他起兵平定侯景之乱，后于江陵即位，改元承圣，史称梁元帝。承圣三年（554）西魏攻破江陵，被俘后不久遇害，其生平事迹见于《梁书》。萧绎好文学，通佛典，其作品属于典型的齐梁绮丽风格，其著述以《金楼子》最为重要，其中《金楼子·立言篇》在文学理论史上具有重要意义。另有文集52卷，《汉书》注释、《周易》讲疏、《老子》讲疏等共360余卷。这些著述虽有不少出自门下文人之手，但也可见他对文学和学术的重视。文集久佚，今有明人张溥的辑本《梁元帝集》，收入《汉魏六朝百三家集》。

萧绎

采莲赋

紫茎兮文波[1]，红莲兮芰荷[2]。绿房兮翠盖[3]，素实兮黄螺[4]。于时妖童媛女[5]，荡舟心许[6]。鹢首徐回[7]，兼传羽杯[8]。棹将移而藻挂[9]，船欲动而萍开。尔其纤腰束素[10]，迁延顾步[11]。夏始春余，叶嫩花初。恐沾裳而浅笑[12]，畏倾船而敛裾[13]。故以水溅兰桡[14]，芦侵罗裳[15]。菊泽未反[16]，梧台迥见[17]。荇湿

注 释

[1] "紫茎"句：莲花初生时呈紫色，在微波中伫立。语出宋玉《招魂》："紫茎屏风，文缘波些。"文波：微波。
[2] 芰（jì）荷：荷花。芰：菱角。语出宋玉《招魂》："芙蓉始发，杂芰荷些。"
[3] 绿房：指莲蓬，因呈圆孔状间隔排列如房，故称莲房。又因呈翠绿色，故称绿房。翠盖：指荷叶。
[4] 素实：白色的莲籽。黄螺：指莲子。莲蓬外形团团如螺，成熟后转黄，故称。
[5] 妖童媛女：指衣着华丽的少男少女。妖童：俊俏的少年。媛女：美女。
[6] 心许：以心相许，内心契合。
[7] 鹢（yì）首：船头。鹢：水鸟名，形如鹭而大，羽色苍白，善翔。古代画鹢首于船头，故亦称船为鹢或鹢首。
[8] 羽杯：形如羽翼的酒杯。一说是插有鸟羽的酒杯，促人速饮。
[9] 棹：船桨。
[10] 束素：成捆的白绢，形容女子细腰犹如束素。宋玉《登徒子好色赋》有"腰如束素"句。
[11] 迁延：徘徊，停留不前。顾步：边走边回首。
[12] 浅笑：微笑。
[13] 敛裾：收起裙裾，形容害怕船倾的样子。
[14] 兰桡（ráo）：兰桨，兰木做的船桨。桡：船桨。
[15] 裳（jiàn）：同"荐"，垫子。
[16] 菊泽：秋天开满菊花的泽地。反：通"返"。
[17] 梧台：古梧宫之台，旧址在今山东临淄西北。迥：远。

沾衫[18]，菱长绕钏[19]。泛柏舟而容与[20]，歌采莲于枉渚[21]。

歌曰："碧玉小家女，来嫁汝南王[22]。莲花乱脸色，荷叶杂衣香。因持荐君子，愿袭芙蓉裳[23]。"

[18] 荇（xìng）：荇菜，水生植物名，嫩时可供食用，多生于荷塘中。
[19] 菱：一种水生草本植物。钏：手镯。
[20] 柏舟：柏木做的舟。容与：徘徊，漫步。屈原《九歌·湘君》："时不可兮骤得，聊逍遥兮容与。"
[21] 枉渚：地名，为枉水人玩水之处，在今湖南常德南。
[22] "碧玉"二句：《乐府诗集·清商曲辞·碧玉歌》引《乐苑》："《碧玉歌》者，宋汝南王所作也。碧玉，汝南王妾名。"后称贫家女为小家碧玉。
[23] "因持"二句：手持莲花进献于君子，但愿他穿上绣有芙蓉图案的衣裳。屈原《离骚》："制芰荷以为衣兮，集芙蓉以为裳。"荐：进献。袭：穿衣。

萧绎

赏 析

  采莲是江南旧俗,最早有"江南可采莲,莲叶何田田"的歌谣,反复叠唱,暗示男女情思。后来这一风俗传到六朝,更为流行。那时的文人也喜欢描写采莲的场景,他们不仅爱那娉娉婷婷的红香绿玉,款款而立;更爱那穿行在荷塘碧波间的少男少女们。他们在采莲时的一颦一笑、一举手一投足,无不充盈着清新活泼的青春魅力,荡人心魄。

  萧绎的这篇《采莲赋》也是一样,他把妖童媛女调情嬉笑的场面描绘得鲜妍明媚,又不至落入俗套。"紫茎兮文波,红莲兮芰荷。绿房兮翠盖,素实兮黄螺。"这第一句是场面铺写,用的是辞赋的格式。简短的五言句式轻巧明快,适合歌唱;句中的"兮"字拉长节拍,还带着些仿古骚体的美感。这四个短句都是同样的格式,并且每句的开头都点缀了一些颜色。清波粼粼,紫茎婷婷,红莲袅袅,芰荷盈盈。莲蓬饱满,如"绿房翠盖";莲子成熟,好比"素实黄螺"。如此美妙的夏日,"于时妖童媛女,荡舟心许"。"妖童"是俊俏的少年,"媛女"是美好的淑女。他们荡舟荷间,芳心暗许,这一句就把全文的主题都点明了,可知作者不是在写景,而是在写情。

  但萧绎是不会直写情的,他要融情于景,借景抒情。且看他的描写:"鷁首徐回,兼传羽杯",船头的苍鹭徐徐回首,舟中的人儿酒饮微醺。"棹将移而藻挂,船欲动而萍开",水里的绿藻缠住了船桨,湖面的浮萍被船头拨开。"尔其纤腰束素,迁延顾步",美人袅娜多姿,站在那里欲行又止。她们姣好的面庞仿佛"夏始春余,叶嫩花初",挠得人心痒。"恐沾裳而浅笑,畏倾船而敛裾",少女们莞尔浅笑,唯恐一个不慎,船儿便倾覆于碧波之上。"故以水溅兰桡,芦侵罗袸。菊泽未反,梧台迥见。荇湿沾衫,菱长绕钏。"轻舟摇曳,溅起的水花打湿兰桨,摆动的芦穗沾在垫子上。一路行舟而去,女孩儿们撩水玩耍,不知道水荇已经抹湿了衣衫,菱条也缠在了手镯上。不过那有什么关系呢?她们依然开心雀跃,"泛柏舟而容与,歌采莲于枉渚"。仔细听,她们唱的是:

采莲赋

> 碧玉小家女，来嫁汝南王。
> 莲花乱脸色，荷叶杂衣香。
> 因持荐君子，愿袭芙蓉裳。

这歌词是多么的纯真无邪，多么的娇羞可爱！少女般的莲花，花样的少女，甜蜜的情思跃然纸上。萧绎用不多不少的语言，把每一处细节都刻画得那样真实，拟人状物相得益彰。虽然全文篇幅短小，但难得语词精美，清新流利，音乐谐美。且每个细小的意象都有其浪漫之处，无一字浪费，绘声绘色，重现了江南采莲的趣味。景不动船动，船动水也动，水动牵着心动，这样层层写来，一幅小家碧玉的采莲消夏图便宛然眼前了。

庾信
（513—581）

字子山，南阳新野（今属河南）人，北周文学家，庾肩吾之子。天资聪敏，勤奋好学，尤善《春秋左氏传》。早年随父出入宫廷，为昭明太子伴读。所作诗文轻艳绮丽，与徐陵并为宫廷文学的代表，人称"徐庾体"。仕梁累迁通直散骑常侍，曾出使东魏，还为东宫学士，领建康令。侯景作乱，奔江陵，梁元帝时被任命为御史中丞，不久，又迁右卫将军，封武康县侯，加散骑侍郎。后出使西魏，逢西魏以大军十万进攻江陵，江陵沦陷后，他羁留于北朝。历仕魏、周，做过北周弘农郡太守，官至骠骑大将军、开府仪同三司，世称"庾开府"，《魏书》《北史》均有传。其文学创作分前后两期，前期风格于清新之中杂有流丽，而后期风格则转向"乡关之思"。其诗赋均取得了很高的成就，可谓集六朝之大成。有《庾子山集》传世，明人张溥辑有《庾开府集》。

哀江南赋序 [1]

粤以戊辰之年 [2]，建亥之月 [3]，大盗移国 [4]，金陵瓦解 [5]。余乃窜身荒谷 [6]，公私涂炭 [7]。华阳奔命 [8]，有去无归。中兴道销 [9]，穷于甲戌 [10]。三日哭于都亭 [11]，三年囚于别馆 [12]。天道周星，物极不反 [13]。傅燮之但悲身世，无处求生 [14]；袁安之每

注 释

[1] 哀江南：哀悼江南的萧条寥落。语出《楚辞·招魂》："魂兮归来哀江南。"
[2] 粤：发语词。戊辰之年：梁武帝太清二年（548）的干支纪年。
[3] 建亥之月：阴历十月。
[4] 大盗：窃国篡位者，此处指当时举兵反叛作乱的侯景。移国：篡国。
[5] 金陵：南朝梁国都，今江苏南京。瓦解：溃败，指被攻陷。
[6] 窜身：逃匿藏身。荒谷：借指楚地江陵（今属湖北）。
[7] 公私：公室私家，指官与民。涂炭：比喻遭遇灾难，如陷泥涂炭火。
[8] 华阳：指陕西商县，代指西魏都城长安。奔命：指庾信于梁元帝承圣三年（554）奉命出使西魏后被扣留一事。
[9] 中兴：指梁元帝即位江陵，平定侯景之乱。道销：指江陵又被西魏攻陷。
[10] 甲戌：梁元帝承圣三年（554）的干支纪年。是年，江陵陷落，梁元帝遇害，中兴之道断绝。
[11] 都亭：都城中的亭楼。《晋书·罗宪传》载，三国蜀亡，永安守将罗宪率部下在都亭内哭了三天。
[12] 囚于别馆：亡国的使臣不能在使者的正馆居住，却被囚禁在别馆之中。别馆：接待使臣的正馆之外的客舍。
[13] "天道"二句：按照天理，王朝兴衰应该是周而复始的，但梁朝气数已尽，故物极不反了。天道：天体运行的规律。周星：岁星，十二年绕行一周。极：尽。反：通"返"。
[14] "傅燮（xiè）"二句：《后汉书·傅燮列传》载，傅燮为汉阳太守时，王国、韩遂率兵围城，城中兵少粮尽，其子劝他弃城回乡，他说："吾行何之，必死于此。"遂战斗而死。

庾信

念王室，自然流涕[15]。昔桓君山之志事[16]，杜元凯之平生[17]，并有著书[18]，咸能自序[19]。潘岳之文采[20]，始述家风[21]；陆机之词赋[22]，先陈世德[23]。信年始二毛[24]，即逢丧乱[25]，藐是流离[26]，至于暮齿[27]。《燕歌》远别[28]，悲不自胜；楚老相逢，泣将何及[29]！畏南山之雨[30]，忽践秦庭[31]；让东海之滨，遂餐

[15] "袁安"二句：《后汉书·袁安列传》载，袁安为司徒时，见皇帝幼弱，外戚专权，因而经常呜咽流涕。
[16] 桓君山：东汉桓谭，字君山。志事：有志于事业，此处指著书立说。桓谭曾著有《新论》二十九篇。
[17] 杜元凯：西晋杜预，字元凯，著有《春秋左氏经传集解》。
[18] 并：皆。
[19] 咸：都。自序：自述生平志趣。
[20] 潘岳：字安仁，又称潘安，荥阳中牟人，西晋文学家。
[21] 始述家风：潘岳作有《家风诗》，历述家族风尚。
[22] 陆机：字士衡，吴郡华亭人，西晋文学家。
[23] 先陈世德：陆机有《祖德》《述先》二赋，称扬祖先功德。
[24] 二毛：指头发呈黑白二色。侯景之乱时，庾信三十六岁，已有白发。
[25] 丧乱：指侯景举兵谋反。
[26] 藐：远。是：此，这里。
[27] 暮齿：晚年。
[28] 《燕歌》：乐府诗中有《燕歌行》，多写相思离别之情，庾信也有此类作品。
[29] "楚老"二句：《汉书·龚舍传》载，龚胜为楚地人，王莽篡汉后慕名遣使征召他出来做官，他拒命绝食而死。有一楚地老父来吊，哭之甚哀。楚老：即指来吊龚胜的老父。
[30] 南山之雨：《列女传》载，陶答子之妻为劝勉陶答子藏身远祸，给他讲了一个南山玄豹遇雾雨，七天不出山觅食，以保护其毛色的故事。此处以玄豹自喻，示避祸远害之意。
[31] 践秦庭：指申包胥哭秦廷事。《左传·定公四年》载，吴楚交战，楚臣申包胥至秦国求援，"秦伯使辞焉，曰：'寡人闻命矣。子姑就馆，将图而告。'对曰：'寡君越在草莽，未获所伏，下臣何敢即安？'立，依于庭墙而哭，日夜不绝声，勺饮不入口七日。秦哀公为之赋《无衣》，九顿首而坐。秦师乃出。"此用申包胥哭秦廷事说明自己使魏本是想求保梁室。

哀江南赋序

周粟[32]。下亭漂泊[33]，高桥羁旅[34]。楚歌非取乐之方[35]，鲁酒无忘忧之用[36]。追为此赋，聊以记言，不无危苦之词，惟以悲哀为主。

日暮途远[37]，人间何世！将军一去，大树飘零[38]；壮士不还，寒风萧瑟[39]。荆璧睨柱，受连城而见欺[40]；载书横阶，捧珠盘而不定[41]。钟仪君子，入就南冠之囚[42]；季孙行人，留守西河之馆[43]。申包胥之顿地，碎之以首[44]；蔡威公之泪尽，加

[32]"让东海"二句：反用伯夷、叔齐为让君位逃至海滨，后闻武王伐纣，不食周粟而死之事，言自己本想谦让自守，却不能像夷、齐以身殉国，而是在西魏做了官。
[33]下亭：东汉孔嵩应召入京，路宿下亭，马被盗去，此处用以表达旅途多艰。
[34]高桥：一作"皋桥"，在江苏苏州阊门内。东汉梁鸿曾在桥边皋伯通家帮佣。此处又以梁鸿自喻，言寄人篱下的生活凄苦无比。
[35]楚歌：楚地的民歌，音调凄婉。
[36]鲁酒：鲁地所产薄酒。此句暗用《庄子·胠箧》"鲁酒薄而邯郸围"之意。
[37]日暮：指年老岁晚。途远：指远离故国。
[38]"将军"二句：东汉冯异辅佐刘秀打天下，建立东汉政权，而论功行赏时，独倚于大树下，人称"大树将军"。此处借用字面义，言己去国和社稷衰亡。
[39]"壮士"二句：意思是自己出使西魏就像荆轲刺秦一样，一去不返。《战国策·燕策》载，荆轲赴秦行刺出发时，太子丹在易水旁设宴饯别，荆轲歌曰："风萧萧兮易水寒，壮士一去兮不复还。"
[40]"荆璧"二句：《史记·廉颇蔺相如列传》载，战国时赵国上卿蔺相如捧璧入秦，用和氏璧与秦昭王交换十五座城池。秦王得璧后意欲反悔，相如机智夺回，并威胁秦王如果硬抢将与和氏璧一起撞柱而亡。睨：斜眼看。
[41]"载书"二句：《史记·平原君虞卿列传》载，战国时赵平原君使楚商讨合纵抗秦，门客毛遂见楚王犹豫不决，便捧铜盘上阶，请歃血立盟。载书：盟书。珠盘：用珠装饰的铜盘。
[42]"钟仪"二句：《左传·成公九年》载，春秋时楚国人钟仪为晋军所囚。晋侯见其仍戴着楚地的帽冠，令抚琴，仍操南音，因此被范文子称为"君子"。
[43]"季孙"二句：《左传·昭公三十年》载，春秋时鲁国大夫季孙意如随昭公赴平丘之盟，邾、莒等国告发鲁国正在侵伐其地，晋侯便不准入盟，并把季孙扣留在西河（今属陕西）。行人：使者，掌管朝觐、遣使之事。
[44]"申包胥"二句：见注[31]。这句是说，江陵沦陷，自己却不能像申包胥那样求得救兵。顿地：以头叩地。

之以血^[45]。钓台移柳，非玉关之可望^[46]；华亭鹤唳，岂河桥之可闻^[47]？

孙策以天下为三分^[48]，众才一旅^[49]；项籍用江东之子弟^[50]，人唯八千。遂乃分裂山河，宰割天下。岂有百万义师，一朝卷甲；芟夷斩伐，如草木焉^[51]！江淮无涯岸之阻^[52]，亭壁无藩篱之固^[53]。头会箕敛者^[54]，合从缔交^[55]；锄耰棘矜者^[56]，因利乘便^[57]。将非江表王气，终于三百年乎^[58]？是知并吞六合^[59]，不

[45]"蔡威公"二句：意思是自己对梁亡悲痛至极，而又无可奈何。《说苑·权谋》载，春秋时蔡威公眼见国家灭亡，闭门痛哭三天三夜。

[46]"钓台"二句：谓故乡之柳是远在边关的人无法望见的。《晋阳秋》载，晋陶侃镇守武昌时，令各营士兵遍植杨柳。钓台：在武昌（今湖北武汉）。玉关：即玉门关，在今甘肃敦煌西，这里借指北方。

[47]"华亭"二句：意思是自己怀念故国，而故国已不复可见。《世说新语·尤悔》载，陆机卷入八王之乱后，兵败河桥，与弟陆云同时被杀，临刑前叹道："欲闻华亭鹤唳，可复得乎？"华亭：在今上海松江，陆机的故乡。唳（lì）：鸟鸣声。

[48] 孙策：孙权之兄，三国时吴国的奠基者。三分：指魏、蜀、吴三分天下。

[49] 一旅：五百人。相传孙策平定江东，最初凭借的不到五百人。

[50] 项籍：即项羽。《史记·项羽本纪》载，项羽起兵反秦依靠的是江东征募的八千子弟。

[51]"岂有"四句：哪有百万之师，一朝溃不成军，被人杀得如同锄草一样呢？《南史·侯景传》载，梁时侯景兵反，梁将王质、庄铁、大春、谢禧先后不退便降，号称百万的援兵也跟着溃走。卷甲：丢了盔甲，形容溃败。芟（shān）夷：除草，消灭。

[52] 江淮：长江、淮河。阻：阻挡，这里是屏障的意思。

[53] 亭壁：军营壁垒。藩篱：竹木编织的屏障。

[54] 头会箕敛者：指按人头用簸箕收取谷税的低级官吏。

[55] 合从：即"合纵"，战国时六国联合抗秦的一种策略，此处指起事者的相互联合。

[56] 锄耰（yōu）：两种农具。棘矜：两种兵器，棘即戟，矜即矛。

[57] 因利乘便：指陈霸先利用混乱之便，乘势废梁建陈。

[58]"将非"二句：谓南朝的气数，约历三百年而终。江表：江外，指长江之南，此处指金陵。王气：王者之气。三百年：指从孙权在金陵建都，历经东吴、东晋、宋、齐、梁五朝，前后将近三百年。

[59] 并吞六合：此处指秦扫平六国，统一天下。六合：天地四方。

免轵道之灾[60];混一车书[61],无救平阳之祸[62]。呜呼!山岳崩颓[63],既履危亡之运[64];春秋迭代[65],必有去故之悲[66]。天意人事,可以凄怆伤心者矣!况复舟楫路穷[67],星汉非乘槎可上[68];风飙道阻[69],蓬莱无可到之期[70]。穷者欲达其言[71],劳者须歌其事[72]。陆士衡闻而抚掌,是所甘心[73];张平子见而陋之[74],固其宜矣!

[60] 轵(zhǐ)道:亭名,在今陕西咸阳西北。秦末刘邦入关,秦王子婴在轵道旁出降。
[61] 混一:统一。车书:车马道路和书写文字。秦始皇统一全国后,曾推行"车同轨""书同文"等措施,此处指晋武帝司马炎统一天下。
[62] 平阳之祸:指晋怀帝、愍帝先后被刘聪、刘曜杀害于平阳。平阳:在今山西临汾。
[63] 崩颓:崩溃倒塌。《国语·周语》:"山崩川竭,亡之征也。"
[64] 履:踏上。
[65] 迭代:循环更替。
[66] 去故:离开故国故都。
[67] 楫(jí):船桨。
[68] 星汉:天河。槎(chá):木筏竹排。西晋张华《博物志》记载有人曾从海上乘浮槎进入天河。
[69] 飙(biāo):暴风。
[70] 蓬莱:传说中的海上三座神山之一,此处喻指故国故都。
[71] 穷:指人生失意困顿。达:表达,倾诉。
[72] "劳者"句:语出东汉何休《春秋公羊传·解诂》:"饥者歌其食,劳者歌其事。"
[73] "陆士衡"二句:用陆机(字士衡)嘲笑左思作《三都赋》的典故,说明自己的赋作即便遭人嘲笑,也心甘情愿。《晋书·左思传》载,陆机刚到洛阳,想作《三都赋》,后听说左思已作了,便"抚掌而笑",给弟弟陆云写信说:"此间有伧父,欲作《三都赋》,须其成,当以覆酒瓮耳。"
[74] 张平子:张衡,字平子,东汉科学家、文学家。见而陋之:张衡读了班固的《两都赋》,认为太过鄙陋,于是另作《二京赋》。

庾信

赏析

庾信是南北朝过渡时期的著名诗人和文学家。以四十二岁流亡北方为节点，他的一生可以分为前后两个时期：前期的创作有着浓厚的宫廷色彩，思想内容较为浅薄；而后期因遭逢亡国之变，文风也急转直下，一变而成沉郁苍凉的样子。《哀江南赋》是其晚年之作，篇幅冗长。前面的序文以骈文的形式写成，详细说明了作赋的背景和原因。关于本文的主旨，他自己解释说是"不无危苦之词，惟以悲哀为主"，是纯粹的抒情言志之作。

"哀江南"本是旧题，来源于《楚辞》中的《招魂》。《招魂》是屈原为招回客死他乡的楚怀王魂魄而作，其辞云："目极千里兮伤春心，魂兮归来哀江南"。而南朝又处战国楚地，庾信便以此来哀悼故国的灭亡。这篇序文叙述了他自身的流亡经历与离国之痛：梁武帝太清二年（548），侯景作乱，六朝金粉之地化为过眼云烟。庾信仓皇之中逃离家乡，不想从此有去无回。梁元帝承圣三年（554），西魏攻下梁国。庾信的人生也从此发生转折。他清楚地认识到梁国已亡，不能复兴，悲痛交加，不能自已。他自述"年始二毛，即逢丧乱，藐是流离，至于暮齿"，多年的流离过早地让他愁白了头发。且不论年轻时的理想抱负没有了施展的机会，只是想到暮年流亡，就悲不自胜。但是迫于君命，他当初也是不得不到北方做官，求魏保梁。旅途漂泊，寄身他乡，更添乡关之思。他无法承受自己年事已高却有家无回的惨状，也无法承受被魏国欺骗的现实。自己本是希望能用辛苦换来家国的平安，到头来却是徒劳。西魏攻下了梁，自己也被扣留在北方。庾信回想故国往事，不禁悲叹梁朝脆弱"如草木焉"！他向天发问："将非江表王气，终于三百年乎？"如果建立王朝者终不能免于灭亡，那么对于目睹了山岳崩颓、国家破灭，只剩下年复一年回味悲伤的人来说，实在是"可以凄怆伤心者矣"！可惜归乡无望，这一片爱国深情只能作文以排遣了。

梳理过文章脉络之后便会发现其中的内容并不难懂，难懂的是作者在那些晦涩的典故里暗藏了许多深意不直接说明。比如他说在

哀江南赋序

江陵陷落之后,自己"三日哭于都亭,三年囚于别馆"。这是实写吗?可能是,也可能不是。因为当年蜀国亡国的时候,永安守将罗宪就在都亭哭了三天。那么庾信也哭了三天吗?这我们就不知道了,但他借用这样的典故,是要说明自己的伤心绝不比前人少,是借古人之事言自身之痛。再如,他一连列举了桓谭、杜预、潘岳、陆机这些文人,羡慕他们有所成就,从而反衬出自己流离失所、为时局所困的悲哀。从庾信的典故里,我们可以看到一些人是被用来自喻的,一些人则是用来对比的。他选择的引用对象也分为将士、文人、君子几类,用来陈述不同的心情状态,运用得非常灵活。引用将士的时候,如东汉的冯异、战国的荆轲,多是为了表现庾信的报国之志无处施展;而引用君子时,如楚老、陶答子,则是为了倾诉自己不愿叛国重仕的忧心。要想读懂全文,就需要读者一一去破解这些历史密码。这多少会有些惹人生嫌,所以后世就有人说庾信作这篇序文实在太过炫耀才学,简直如同掉书袋。

其实,庾信的"炫技"嫌疑不是此时才有的。我们一开始就说要注意庾信的身份,他是南北朝过渡的遗民,所以在他流寓北方之前,前半生是浸泡在南朝靡丽讲究的文坛里的。当时他身处南朝宫廷,是太子跟前的当红才子,写诗作文皆是一流,还有以他命名的"徐庾体"传世。只是那时的庾信还不懂什么是丧国之痛,也没有什么身不由己,写的不过是一些娱乐奉和的作品,只要词句华美,才华流溢就是最好。直到中年变故,饱尝人间苦楚,才一改文风。这也是庾信这篇《哀江南赋序》之所以如此著名的原因,因为它在六朝文学史上有着里程碑的意义。从他的人生经历上来讲,他的文学既能代表南朝,又能代表北朝。更重要的是,在时代洪流的涤荡之下,他最终结下了"穷南北之胜"(倪璠《注释庾集题辞》)的文学硕果。通过这篇散文,我们看到庾信所表达的情感主要有二:一是内心的亡国之痛,思乡之苦;二是对亡国一事的难以相信,或者说不愿相信。他少年得意,暮年萧条,虽受到北朝的厚待,但是异国他乡的环境反而对他是一种刺激。他在文中以悲惨之境话悲惨之情,

 ## 庾信

显然是对现状无法接受。他曾经声色犬马，如今却寄人篱下。他无论如何也想不通，过去那个强大美好的王朝怎么可能就在瞬间崩溃，万劫不复呢？但是人生的实质本就是如此，变数来了也只有接受而已。有了这样的感情基础再来读庾信的《哀江南赋序》，发现竟是在读亡国大夫的血泪了。

杨衒之
生卒年不详

  杨或作阳,又误作羊,北平(今河北保定)人,北魏散文家。《魏书》《北史》均无传,生平事迹已不甚可考。但据其著述可知,北魏末年曾以奉朝请出为期城郡(今河南泌阳)太守,后又官抚军府司马、秘书监。因东魏孝静帝武定五年(547)重过洛阳,有感于北魏定都以后,大批佛寺经尔朱荣、高欢两次骚乱遭到严重破坏的情况,写成《洛阳伽蓝记》一书,对旧闻传说采撷改撰,详细追记了城内外四十八座寺庙的建置兴废,文笔优美,语言明快,在长于写景的同时,又涉及当时社会生活的各个方面,纪实性与文学性俱佳。

杨衒之

洛阳伽蓝记·白马寺[1]

白马寺,汉明帝所立也[2],佛入中国之始。寺在西阳门外三里[3],御道南[4]。帝梦金神,长丈六,项背日月光明,金神号曰佛。遣使向西域求之,乃得经像焉[5]。时白马负而来[6],因以为名。

明帝崩,起祇洹于陵上[7]。自此以后,百姓冢上,作浮图焉[8]。寺上经函至今犹存[9],常烧香供养之。经函时放光明,耀于堂宇,是以道俗礼敬之[10],如仰真容[11]。

注 释

[1] 白马寺:寺名,在今洛阳城东洛龙区白马寺镇,创建于汉明帝永平十一年(68),是佛教传入中国后兴建的第一座官办寺院。
[2] 汉明帝:刘庄,汉光武帝刘秀之子,公元58年至公元75年在位。
[3] 西阳门:当时洛阳城西面由南往北数起的第二座城门。
[4] 御道:皇帝出行用的车道。
[5] 经像:佛经和佛像。
[6] 负:背着,驮着。
[7] 祇洹(Qíhuán):印度摩伽陀国王舍城"祇树给孤独园"的简称,印度佛教圣地之一,园中建有精舍,如来佛在其中说法,这里指用来修行佛法的禅房。陵:陵寝,帝王的坟墓。
[8] 浮图:梵文佛陀的旧译,通常作"浮屠",是"佛"的全称。但也有把佛塔的音译误作"浮屠"的,因此称佛塔为"浮屠""浮图",此处即指佛塔。
[9] 经函:装佛经的匣子,此处指经文。
[10] 道俗:指僧人和俗人。
[11] 真容:指佛的真容。

浮屠前，柰林、蒲萄异于余处[12]，枝叶繁衍，子实甚大。柰林实重七斤，蒲萄实伟于枣[13]，味并殊美[14]，冠于中京[15]。帝至熟时，常诣取之[16]，或复赐宫人。宫人得之，转饷亲戚[17]，以为奇味。得者不敢辄食[18]，乃历数家。京师语曰："白马甜榴[19]，一实直牛[20]。"

[12] 柰（nài）林：果木名，俗称花红，亦名沙果。蒲萄：即葡萄。
[13] 伟：大。
[14] 殊美：极美。
[15] 中京：指洛阳。
[16] 诣：到。
[17] 饷：馈赠，赠送。
[18] 辄食：立刻吃掉。
[19] 榴：指柰林果实，古以石榴为柰属。
[20] 一实直牛：一个果实值一头牛的价钱。

杨衒之

赏 析

　　和《水经注》相似，《洛阳伽蓝记》也是一部地理书。"伽蓝"一词是梵文的音译，意思是寺庙、佛院。当时北魏隆行佛教，当朝的皇帝甚至提出"佛教万善同归，敷导民俗"的政策。所以洛阳也因此一度"招提栉比，宝塔骈罗"，盛极一时。但是等到作者杨衒之行役到洛阳之时，看到的却是"城郭崩毁，宫室倾覆，寺观灰烬，庙塔丘墟"的景象。此时距离北魏分裂已十余年矣，物是人非的强烈刺激激发了曾为北魏旧臣的杨衒之的悲悯之心，所以他写下此书以传后世。

　　白马寺建于东汉明帝时期，是佛教传入中国后兴建的第一座官办寺院。作者在第一段先简单介绍了白马寺的位置及其由来。相传当初"帝梦金神，长丈六，项背日月光明，金神号曰佛"，所以派遣使节到西域求取佛经和佛像来供奉。当时驮经的是白色的骏马，所以这个寺就叫作白马寺。后来在章回小说《西游记》里面，作者安排给唐僧的坐骑也是白马，不知是不是有意如此。然后作者写道，汉明帝驾崩之后，人们便在他的陵寝之上修建禅房，弘扬佛法。自此百姓也争相效仿，在自己的坟冢上造佛塔。可见当时官方对民间的佛教传播影响很大。作者讲起人们对佛教的虔诚，说他们现在也还"常烧香供养"白马寺最初的经卷；"经函时放光明，耀于堂宇"，于是僧俗人等皆礼敬跪拜，"如仰真容"。这样简单几句，就已经概括了白马寺在民间信佛者心中的地位之高。最后，作者还穿插了一个小趣事，说在佛塔前有许多沙果和葡萄树，每每结果，果实都硕大鲜美，跟别处完全不一样，享誉中京。所以当时京师有言："白马甜榴，一实直牛。"真是"白马果贵"了！读来饶有趣味。

　　其实说起来，佛教对中国文化的影响可谓源远流长。杨衒之的这篇小文还只展现了中国佛教传播的一小角，就已经颇可玩味了。不管是里面讲述的传说故事还是对白马寺特色的叙述，都能给人留下很深的印象。写景和记事的部分，作者也都能自然流畅地结合在一起。作为我国第一部以记录寺庙为主要内容的书籍，《洛阳伽蓝记》是别具特色的。在魏晋南北朝的散文史上，它是一个将实录与散文艺术结合得很好的代表。

颜之推
（531—约595）

　　字介，琅邪临沂（今属山东）人。自幼好学，博览群书，十九岁时初入仕途，为萧绎的国左常侍，加镇西墨曹参军，后任散骑侍郎。梁元帝承圣三年（554），西魏以十万大军进犯江陵时被俘，幸中途逃至北齐。在北齐入朝为官，并历任数职，官至黄门侍郎，故后世称其为"颜黄门"。后隋灭北齐，颜之推又于隋文帝开皇年间（581—600）被召为学士，不久以疾终。依其自叙，叹息"三为亡国之人"。颜之推博学广闻多才，于学问无所不通，为文辞情并茂，对沟通南北文化和革除齐梁浮艳文风发挥了积极的作用。传世著作有《颜氏家训》和《还冤志》等，其中《颜氏家训》成书于其晚年，文风朴实且厚重，堪称北朝散文代表。原有文集三十卷，后散佚，今存其辞赋不足十篇。

颜之推

颜氏家训·涉务[1]

士君子之处世,贵能有益于物耳[2],不徒高谈虚论[3],左琴右书,以费人君禄位也[4]。国之用材[5],大较不过六事[6]:一则朝廷之臣,取其鉴达治体[7],经纶博雅[8];二则文史之臣,取其著述宪章[9],不忘前古;三则军旅之臣,取其断决有谋,强干习事[10];四则藩屏之臣[11],取其明练风俗[12],清白爱民;五则使命之臣,取其识变从宜[13],不辱君命;六则兴造之臣[14],取其程功节费[15],开略有术[16]:此则皆勤学守行者所能办也[17]。人

注 释

[1] 涉务:专心致力于某种具体工作。
[2] 有益于物:犹有益于社会。物:万事万物,引申为社会或外部世界。
[3] 徒:空。
[4] 费:浪费。禄位:俸禄与爵位。
[5] 材:指人才。
[6] 大较:大致,大略。
[7] 鉴达治体:明白通达治理国家的体制。
[8] 经纶:整理丝缕、理出丝绪和编丝成绳统称"经纶",引申为筹划治理国家大事。博雅:学问渊博,品行端正。
[9] 宪章:典章制度。
[10] 强干:力强能干。习事:熟谙战事。事:此处指战事。《左传·成公十三年》:"国之大事,在祀与戎。"
[11] 藩屏之臣:保卫边疆的重臣。
[12] 明练:明白,练达。
[13] 识变:有见识,善通变。从宜:因事制宜。
[14] 兴造:兴建营造,指土木建筑之事。
[15] 程功:计算完成的劳动量。程:计算,考量。节费:节省费用。
[16] 开略:开创经营。术:方法,办法。
[17] 守行:保持好的品行。办:做到。

性有长短,岂责具美于六涂哉[18]?但当皆晓指趣[19],能守一职,便无愧耳。

吾见世中文学之士,品藻古今,若指诸掌[20],及有试用[21],多无所堪[22]。居承平之世,不知有丧乱之祸;处庙堂之下[23],不知有战陈之急[24];保俸禄之资,不知有耕稼之苦;肆吏民之上[25],不知有劳役之勤[26]:故难可以应世经务也[27]。晋朝南渡,优借士族[28],故江南冠带有才干者[29],擢为令、仆已下[30],尚书郎、中书舍人已上[31],典掌机要[32]。其余文义之士[33],多迂诞浮华[34],不涉世务,纤微过失,又惜行捶楚[35],所以处于清

[18] "人性"二句:言每个人的性情才能不一样,不能要求六个方面都好。责:要求。具:皆,都。美:擅长。涂:通"途",方面。
[19] 指趣:宗旨,意义。
[20] 若指诸掌:犹"了如指掌",极其熟悉。
[21] 试用:任用。
[22] 无所堪:不能胜任。
[23] 庙堂:指朝廷。
[24] 战陈:指战争。陈:后作"阵"。
[25] 肆:陈列。
[26] 劳役:苦役。勤:苦,累。
[27] 应世:应付世务。经务:经营业务,指为官所应当处理解决的事务。
[28] 优借:优待。
[29] 冠带:戴冠束带,指做官的人。
[30] 擢:提拔。令:指尚书令。仆:指仆射。令和仆都是相当于宰相的高官。已下:以下。
[31] 尚书郎:尚书省的属官。中书舍人:中书省的属官,负责宣布诏令,接收奏书。已上:以上。
[32] 典掌:掌管。
[33] 文义之士:文职官员。
[34] 迂诞:迂腐放诞。浮华:浮躁。
[35] 惜行捶楚:舍不得进行责罚。捶楚:杖击,鞭打,为古代刑法之一。楚:刑杖。

颜之推

高,盖护其短也。至于台阁令史[36],主书监帅[37],诸王签省[38],并晓习吏用[39],济办时须[40],纵有小人之态[41],皆可鞭杖肃督[42],故多见委使[43],盖用其长也。人每不自量[44],举世怨梁武帝父子爱小人而疏士大夫,此亦眼不能见其睫耳[45]。

梁世士大夫,皆尚褒衣博带[46],大冠高履[47],出则车舆,入则扶持,郊郭之内,无乘马者。周弘正为宣城王所爱[48],给一果下马[49],常服御之,举朝以为放达[50]。至乃尚书郎乘马,则纠劾之[51]。及侯景之乱[52],肤脆骨柔,不堪行步,体羸气弱,

[36] 台阁:汉时指尚书台。《后汉书·仲长统列传》:"光武皇帝愠数世之失权,忿强臣之窃命,矫枉过直,政不任下,虽置三公,事归台阁。"李贤注:"台阁,谓尚书也。"令史:官名,汉代兰台尚书属官,居郎之下,掌文书事务。
[37] 主书:主管文书的官吏,又称主书令史。监帅:监督军事事务的主帅。
[38] 签省:典签和省事,皆为州府属官。
[39] 晓习:懂得,熟悉。吏用:任用官吏之道。
[40] 济办:成功地把事办妥。时须:需要临时处理的事务。
[41] 小人之态:丑态。
[42] 肃督:严肃监督。
[43] 委使:任用。
[44] 每:常。
[45] 眼不能见其睫:比喻每个人都有认识上的盲点。《韩非子·喻老》载:杜子谏楚庄王伐越曰:"臣愚患之。智如目也,能见百步之外而不能自见其睫。"睫:睫毛。
[46] 尚:崇尚。褒衣博带:宽大的衣服,广博的带子。《汉书·隽不疑传》载:暴胜之"遣吏请与相见。不疑冠进贤冠……褒衣博带……"
[47] 大冠:高帽子。高履:高齿屐。
[48] 周弘正:字思行,历仕梁、陈二朝。宣城王:即萧大器,梁简文帝萧纲的嫡长子,梁武帝中大通四年(532)封宣城郡王。侯景之乱中被害,年二十八,追谥哀太子。
[49] 果下马:南朝时被视为珍品的一种小马,高三尺,能在果树下行走,故又称"果马""果骝"。
[50] 放达:放任通达,不拘礼法。
[51] 纠劾:弹劾。
[52] 侯景之乱:侯景本北齐降梁之臣,梁武帝纳降侯景后,封他为梁王。太清二年(548),侯景从安徽寿阳起兵叛梁,迅速攻陷京城建康,梁武帝及简文帝均为其所害。

不耐寒暑，坐死仓猝者[53]，往往而然。建康令王复，性既儒雅，未尝乘骑，见马嘶喷陆梁[54]，莫不震慑，乃谓人曰："正是虎，何故名为马乎？"其风俗至此。

古人欲知稼穑之艰难，斯盖贵谷务本之道也[55]。夫食为民天[56]，民非食不生矣，三日不粒[57]，父子不能相存。耕种之，茠锄之[58]，刈获之[59]，载积之[60]，打拂之[61]，簸扬之，凡几涉手[62]，而入仓廪，安可轻农事而贵末业哉[63]？江南朝士，因晋中兴，南渡江，卒为羁旅[64]，至今八九世，未有力田[65]，悉资俸禄而食耳[66]。假令有者，皆信僮仆为之[67]，未尝目观起一坺土[68]，耘一株苗；不知几月当下[69]，几月当收，安识世间余务乎？故治官则不了[70]，营家则不办[71]，皆优闲之过也。

[53] 坐死仓猝：突然而死。坐：因。
[54] 嘶喷：边鸣叫边嘘气。陆梁：跳跃。
[55] 贵谷：重视五谷。务本：指务农。古代以农为本，以工商为末，故称从事农业劳动为务本。
[56] 食为民天：即民以食为天。天：最高准则。
[57] 三日不粒：三天不吃米粒。粒：谷之实，此处用作动词，吃。
[58] 茠（hāo）锄（chú）：薅草锄地。茠：同"薅"，除去田中杂草。锄：同"锄"。
[59] 刈（yì）获：收获。
[60] 载积：把收割的庄稼积聚在一起。
[61] 打拂：敲打去糠。
[62] 涉手：经手。
[63] 末业：指工商业。
[64] 羁旅：寄居异乡。
[65] 力田：努力耕田。
[66] 资：依靠。
[67] 信：听任。僮仆：仆人。僮：未成年的仆人。
[68] 坺（bá）：翻耕过的土地。
[69] 下：指下种。
[70] 治官：治理官务。不了：不能了断，不胜任。
[71] 营家：经营家务。不办：不成。

颜之推

赏 析

古往今来，父母望子成龙，其用心良苦，不外如是。颜之推出身名门，为东汉关内侯颜盛之后。少年参军，长于戎马，人生中"三为亡国之人"，并两次被俘，险被杀害。如此跌宕辗转，增加了他为人处世的阅历，也使他积攒了千言万语要与子孙诉说。于是他于垂暮之年，将自身经历与立身、治家、处事、为学等经验相结合，著成了《颜氏家训》一书，旨在教诲、告诫家族子弟。本篇《涉务》是《颜氏家训》中最为著名的一篇，"涉务"是专心致力于某种具体工作的意思，意在提倡实务精神。

《涉务》开篇指出南朝士人自晋室东渡以来贵族士君子"高谈虚论，左琴右书"，饱食终日，过着白吃皇粮的靡费生活。寥寥数语切中时弊，引人警醒。他提出，子孙要做国之栋梁，不外乎六条路子：做朝廷之臣、文史之臣、军旅之臣、藩屏之臣、使命之臣或兴造之臣。然而术业有专攻，这每一种仕途对于人才的要求都各有不同。所以颜之推告诉子孙，不必求多，"但当皆晓指趣，能守一职，便无愧耳"，说得很是中肯。

然而"能守一职"又谈何容易？世上之人，纸上谈兵者多，真才实学者少。颜之推对此事看得如此之透彻，话也说得极为明白。想必是亲身经历过官场上的腐败，才能如此针砭时弊。"居承平之世，不知有丧乱之祸；处庙堂之下，不知有战陈之急；保俸禄之资，不知有耕稼之苦；肆吏民之上，不知有劳役之勤。"这话也不是在说别人，而是影射当下。为官做宰之人身在高位，就不知道底下的人稼穑之艰难，更不要讲"先天下之忧而忧，后天下之乐而乐"了。颜之推对于朝廷只注重门第出身、包庇贵族的用人政策提出了严厉的批判，并且指出了正是这些不知民生、不涉实务、见识短浅、软弱无能的豪门寄生虫导致了萧梁的灭亡。他在此处直陈己见，毫不隐晦，且旁征博引，雄辩有力，据理陈词，令人叹服。

世风日下，人心不古。颜之推调侃起梁朝的士大夫也是毫不留情，辛辣有趣。他说现在的这些官僚都喜欢"褒衣博带，大冠高

履"。他们穿成这个样子走路也不方便,所以就"出则车舆,入则扶持"。城里城外,连一个会骑马的也没有。后来有一个叫周弘正的学者骑了一匹小马走在街上,就引得朝廷上下瞠目结舌,赞叹不已。真是小题大做,鼠目寸光!要是尚书郎骑了马呢,就会遭人弹劾,仿佛没有礼数,丢了官家的脸面。时有一个建康令王复,斯斯文文的,从没有骑过马。他看见马儿冲他嘶鸣嘘气,就吓得打战。逢人便说:"正是虎,何故名为马乎?"真是贻笑大方。这样衰颓的风气传承下来,满朝文武"肤脆骨柔,不堪行步,体羸气弱,不耐寒暑"。战乱一来,他们肩不能挑,手不能提,本来胸中就没有多少丘壑,不能为朝廷出谋划策,如今更是手无缚鸡之力,废物一群,岂不是只能束手就擒?所以一个接一个,马上就被时代的巨浪所淘汰。虽是家训,但是这一段写得多么形象,多么生动!颜之推通过讲这些故事,来警醒家族子弟要发奋学习,勇于实践,注重务实,成为有真才实学之人。

另外文中还难能可贵地提出了士人应知农事的观点。民以食为天,古代一个国家的平稳安定更是依赖农民的收成。作者循循善诱,一面告诉子孙粮食的重要,一面给他们讲解产粮的艰辛。"耕种之,茠鉏之,刈获之,载积之,打拂之,簸扬之,凡几涉手,而入仓廪……"关于农作,颜之推把一连串的动词信手拈来,让人很难想象这竟是一个居庙堂之高的文人之所能为。然后他再回头去批评那些追慕虚荣、养尊处优的贵族,直指他们不知稼穑,生活腐朽。颜之推能有这样的眼界,发出这样的议论,与他曾深刻体味生活的艰辛大有关系。所以他在亲身经历的基础上发而成训,更容易感化和说动人。

从风格来看,《颜氏家训·涉务》的文风平实而流畅,能够将说理与叙事完美结合,虽穿插举例却没有乱引典故的弊病,与当时浮夸造作的文风截然不同。从另一个方面来说,作者在说理的时候注意把史实和自己的亲身见闻结合着讲述。既没有一般大家长的权威姿态,又没有板着面孔说教,深入浅出,如同与小辈共话家常,朴

# 颜之推

实恳切,让人在接受家训的时候也能感受到亲情的温暖。唐代之后,又出现了许多家训,如宋代朱熹的《小学》清代陈宏谋的《养正遗规》等。这些书中都多次直接或间接地引用《颜氏家训》中的语句,足见其宝贵价值和深远影响。